Kaguya Books
SF anthology
NEW MOON #1

SFアンソロジー

新月

#1 朧木果樹園《おぼろきかじゅえん》の軌跡《きせき》

井上彼方 編

KAGUYA
Books

社会評論社

はじめに

『ＳＦアンソロジー新月／朧木果樹園《おぼろきかじゅえん》の軌跡』は、二〇二〇年と二〇二一年に開催された第一回・第二回かぐやＳＦコンテストの受賞者、最終候補者、そして選外佳作の執筆者を中心に構成したＳＦアンソロジーです。

かぐやＳＦコンテストは、ＳＦ企業ＶＧプラス（バゴプラ）が主催する、二千字から四千字のＳＦ掌編小説のプロアマ混合コンテストです。日本のＳＦを海外に発信することを目指し、大賞作品は英語と中国語に翻訳されます。最終候補の十編（第一回は十一編）は筆者名を伏せてタイトルと本文をウェブ上に公開。読者投票を行い、最多票を得た作品には読者賞が贈られます。

第一回・第二回かぐやＳＦコンテストではそれぞれ「未来の学校」、「未来の色彩」というテーマで作品を募集しました。応募作の中には、パンチの効いたアイデアが光る作品もあれば、わずか四千字の中で世界観の広がりを感じさせる贅沢な作品もあり、バラエティに富む質の高い作品が寄せられました。また、短い文章でウェブで応募できるという特性から、掌編の執筆を得意とする人や、長いブランクを経て執筆を再開した人、子育てや仕事で忙しい人にもチャンスのあるコンテストだったのではないでしょうか。本書に参加していただいた執筆者の経歴は、各作品の前にある筆者紹介にて紹介しています。そちらを見ても分かる通り、本コンテストではプロの作家だけではなく新しい書き手も多数活躍しました。読者投票の開催期間中はSNSで応募作への感想が飛び交い、二〇二〇年代の新しいSFの時代の幕開けと盛り上がりを感じさせてくれました。

かぐやSFコンテストを知らずに本書を手にとってくださった方は、ぜひ、新しい書き手との出会いを楽しんでください。好きな書き手を見つけたら、その人のかぐやSFコンテストの応募作品も読んでみてください。最終候補作品は全て特設ページにて無料で公開しています。

第一回かぐやSFコンテスト開催後、私たちは定期的にクオリティの高いSF短編小説を掲載する場を作りたいと思い、オンラインSF誌 Kaguya Planet をスタートしました。Kaguya Planet では毎月一本以上のSF短編小説を掲載し、約一ヶ月間の有料会員向けの先行公開期間後に無料で公開しています。本書の巻末では、『新月 朧木果樹園の軌跡』の執筆者が書いた Kaguya Planet 掲載作品を紹介しています。

『新月 朧木果樹園の軌跡』では、テーマや縛りを設けず執筆者の皆さんに自由に作品を執筆していただきました。結果、宇宙が舞台のハードSFから幻想文学、怪異の話やファンタジー寄りの作品まで、とても広い意味でのSF短編小説が集まりました。多様な作品を、〈時を超えていく〉〈日常の向こう側〉〈どこまでも加速する〉〈物語ることをやめない〉という四つのパートに分けて収録しています。好きそうなパートから読むもよし、目次に掲載したあらすじや各作品の前にある紹介を見て興味のある作品から読むもよし、掲載順に読むもよし。読者の皆さんがお気に入りの作品と出会えることを願っています。

目次

時を超えていく

日常の向こう側

どこまでも加速する

物語ることをやめない

chapter.1

時を超えていく

詐欺と免疫

三方行成

三方行成
Sanpo Yukinari

第１回かぐやSFコンテストでは、自動運転が確立された未来の教習所を描いた「未来の自動車学校」で最終候補に選出。同作はユーモアに満ちた軽妙な会話文のみで構成された作品です。三方さんは最終候補に残っているということを表明されていませんでしたが、読者投票期間にタイトルと本文が公開されると、SNS上では三方さんではないかという意見が散見されました。作風が確立されていることの証左です。

本作「詐欺と免疫」は、逮捕されて処置を待っている詐欺師が語る、詐欺と免疫の物語。絵に描いたような詐欺師の語り口と構成が見事な作品です。

三方さんは1983年生まれの長崎県出身。小説投稿サイト〈カクヨム〉にて「sanpow」名義で活動していました。2018年、同サイトへの投稿作品をまとめた『トランスヒューマンガンマ線バースト童話集』で第６回ハヤカワSFコンテスト優秀賞を受賞。2019年には『流れよわが涙、と孔明は言った』（ハヤカワ文庫JA）を刊行。

笑止千万で話にもならない会社ほど人々を熱狂させるものなのだ。身元不明の山師が興したとされる「大きな利点があるが、それが何なのかはだれにも分からない事業を運営する会社」ほど、それをよく表している会社はないだろう。

チャールズ・マッケイ『狂気とバブル』（訳 塩野未佳、宮口尚子　パンローリング）

それであんたは何やらかして監獄に？

いいじゃないか。どうせ暇でしょ、縛り首——じゃなくて〝処置〟をうけるまではさ。仲良くしましょうや。

ちなみにね、あたしゃ詐欺だよ。詐欺で死刑になるもんなんだね。

で、あんたは？

南海会社で横領か。そりゃすごい。さだめし荒稼ぎしたんだろうね。猫も杓子も南海株を買いあさってたもんな。つぶれなけりゃ完璧だったんだが先のことはわからないもんな、普通は。

まったく、あの爺もどうせ知ってたんだからもっとはっきり教えとけってんだ。

おっと、口が滑った。いまのは聞かなかったことに。

聞きたい？　そうだよねえ。どうせ〝処置〟まで暇だものな。

そうさな……カモリストってあるんだよ。いっぺん騙したやつらの名前を同業者に売る。カモは金を取り返そうと躍起だから次の詐欺にもひっかかる。よくできたもんだろ。

それでね、あたしは究極のカモリストを手にいれた。成功保証付きのリストさ。

疑ってるだろう？　確かにあたしは捕まったが、自分じゃ正しいことをしたと思ってるんだぜ。

ちょうどいい。この話はご同輩にこそ聞いてほしいね。

どうせ〝処置〟も縛り首も行くところはおんなじだ。いい冥土の土産にしてくれよな。


あたしがあの爺と出会ったのは金を持って逃げる夜のことだった。

南海会社の株価があんまり上がるもんで、あの時はみんな目の色変えて二匹目のドジョウを探してた。そこであたしも一つ会社を立ち上げて出資を募ったんだ。

「大きな利点があるが、それが何なのかはだれにも分からない事業を運営する会社」

一言一句この通り。一株百ポンド、配当も年百ポンド。詳細はひと月後をお楽しみに。

もちろん配当なんかするわけない。こんな話に金を出すやつなんかいるわけがないと思うでしょ。だが実際には二千ポンドが集まった。申し込み一件当たり二ポンドの手付金を頂戴したのさ。本命はこっちというわけで。

事務所をたたんだあたしは懐の金にホクホクしながら夜道を歩いてた。大陸に行くかアメリカに行くか考えながらね。

そのとき思い付いたんだ。ついでにカモのリストを仲間に売ればいいお駄賃になるじゃないかってね。この街にはバカしかいない。だからあたしは決して捕まらない。舞い上がってたわけさ。

そうしたら捕まった。といっても出資者にじゃない。

あたしを捕まえたのはバブル、未来から来た泡だ。

あの時はなんの前触れもなく周囲から物音が消えた。足元がぐにゃっと沈んで、ランタンを落としたらどこかへ消えた。なのに周りが明るいんだ。どこもかしこもぼんやり光り、虹色の膜がふるふる震えてた。

そして泡の真ん中には爺がいた。この爺の見てくれがまた造物主が人間を作ろうとして途中で手が滑ったような面構えときてる。

「これは時間泡。わしは未来から来た。そっちは1720年じゃな？」

うなずくしかない。腹に大金抱えてる時に夜道で捕まえてくれるような相手にはへこへこしとくに限る。それにしても未来とは！　こんな怪しげな爺が殺されもせずのさばっているんだから未来ってやつはたいした時代だと思っていたら爺がにらんできましてね。

「信じとらんな。未来のことを教えてやるぞ。南海会社はつぶれる」

あたしは身を入れて聞いてなかった。この泡がまたつるつる滑るばかりで出られないんだ。にしても馬鹿言ってんなこの爺と思ったね。去年の今頃に南海会社がつぶれるなんて話を真に受ける方がどうかしてる。

すると爺は「こうなりゃこれを見てもらわんことには」と得体の知れない道具をどこからともなく出してきた。

「これらは未来にバカ売れする商品じゃ。良心的価格で売ってやってもいいぞ」と爺は言った。

たいした商品にも見えなかった。なにやらとげのついた鉄線、世界を繋ぐ網に繋がっているってふれこみの板、病気の予防薬。爺は行商よろしく商品がどれだけ利益を出すかの説明に余念がなかったがあたしは冷めてた。言うことばかりは立派だが、実際は役に立つはずもないガラクタ。それと金儲けって言葉が同じ口からつるつる出てくるもんだからぴんと来た。こりゃ詐欺だ。

お仲間を餌食にしようとしてるとは露知らない爺は「これの価値がわからんか？　お前さん、自分で思っているほどには頭の出来がよくないのかもな」なんてにやけるもんだから付き合う気は早々に失せた。懐の金の重みも気になって、あたしはここから出せと強めに言った。

「信じないのか？」爺は意外そうだった。

身の程知らずの浮かれたたわごとに親身になって耳を貸すのも詐欺師の大事な手管のうちだが限界だってありますさあ。あたしは爺にはっきり言ってやった。こんなのは詐欺だ。この泡には感服したがそのあとがお粗末至極。あたしみたいな海千山千の男にゃ通用しないんだよってね。

すると爺は笑い出した。

「よりによってお前が言うのか」

「お前にあたしの何がわかる？」

「大きな利点があるが、それが何なのかはだれにも分からない事業を運営する会社」

風向きが変わったよ。爺のやつ、最初からこっちの正体を知ってやがったのさ。

「騙したつもりはない。まともな事業だよ」

「ほう、いったいどうやって儲けを出すつもりだったんだ？」

いいわけはあらかじめ考えてあった。それが何なのかはだれにも分からない。だからあたしにも何にもわからない。嘘はついてないだろ。

だがこのときのあたしは天才の閃きがあった。

「未来の技術だ！」あたしは爺に言ってやった。「なんの役にたつのかわからないが莫大な利益を出す。それは未来の技術のことだ。それがなぞなぞの答えってわけさ」

　まったく誰かを動かすんなら相手の言葉を逆手に取るのが一番上等だ。あんまりぴったりはまったもんで、あたしまでほとんど自分の言葉を信じるところだった。

　だが、老人はあたしを一蹴した。

「なにが『なぞなぞの答え』だ。お前さんなんにもわかっとらんくせに。鉄条網もインターネットもわからんのは仕方ない。だがワクチンはお前の時代の発明品だぞ。もちろん未来を見通すのは難しいことだ。だがわしは実のところお前さんには期待していた。金の成る樹に群がりたがるくせに儲け話なら嘘でもいい人間の愚かさをこれでもかと暴くその姿勢には人間への深い理解が見て取れる。だから未来を垣間見せてやった。なのにお前ときたらアホ面さらして『それがなんの役に立つんですかァ〜』ときた。結局お前もバカの仲間だ恥を知れこの嘘つきぽんぽんぴーめが！」

　いやはや、これにはさすがのあたしも参った。何も真に受けたわけじゃない。「これはなにかある」と気づいたんだ。強い言葉の根っこにはいつだって痛みがある。水を向けると、爺ははじめ渋ってました。でも最後には話してくれましたよ。

「小さかったころ、大好きだった祖母が投資詐欺にあい、老後の資金をすべて失った。犯人も捕まらず、祖母は自分を責め続けて失意のまま死んだ。祖母の葬儀に集まってきた親族どもは祖母がしっかりしていれば騙されなかったのにと抜かしていた。祖母のせいか？　悪いのは犯人だろうが！　この悲しみをこの世から消してやると決めたわしは人生のすべてを費やしてこの時間泡を作った。過去に戻り、はじめは祖母を救おうとした。だが全くうまくいかんかった。時空連続体は改変を受け付けない。過去へ戻るたび、祖母は何度でも騙され続けた。だが、あるときどうすればいいかわかった。詐欺のほうをこの世から消せばいいのだ」泡が揺らめきはじめ、爺があたしをにらみました。「さて、お別れの時間だ」

殺される、と思いましたね。もちろん勘違いですよ。爺の話の通りなら、いたいけな詐欺師を消すのだって時空連続体とやらに障るはずでしょ。しかしね、あたしの目には泡の中に取り残されて永遠に出られない自分が映っちまったんですな。果たして爺は何やら書付みたいなものを取り出した。手の内を全部見せるのはとどめを刺す時と決まってる。

そこであたしは土下座しました。詐欺は二度とやらない、とりわけあなたの祖母は騙さない、と。

「勘違いするな。祖母の件はとっくの未来に解決しとる」爺があっけらかんと言いました。「それより手伝ってくれ。一緒に詐欺を滅ぼそうじゃないか」

親しげに書付を押し付けてくるもんで、あたしはすっかり毒気を抜かれちまいましたよ。

それからどうなったのかって？

気がつけばあたしはもとの夜道にいて、ランタンが足元で燃えてました。持っていたのは例の書付だけ。それがくだんの完璧なカモリストでさ。あとはそのリストのカモどもを騙して騙して騙しまくった。捕まる予定じゃなかったが、なんにでも手違いはあるもんだ。

なんで騙したのかって？　詐欺は止めたんじゃなかったのかって？

よくぞ聞いてくれました。

最初に言ったでしょうが、そんじょそこらのカモリストじゃないって。載ってるのは名前だけじゃない。金額、手口。何と言っても日付だ。未来のカモが載ってるリストなのさ。

爺は言ってた。未来において記録されている事件をなかったことにはできない。カモにはどうしても騙されてもらうしかない。

だが、詐欺師が金をあとで返せばどうなります？

未来予知者が詐欺師のふりをして先に金を受け取り、後から返す。被害者には秘密を守ってもらう。間違っても「お金こっそり返してもらってうれしー」なんて書き残さないよう言い含めとく。協力するに決まってる。金が返ってくるんだから。

それこそ爺が自分の祖母を守るためにやったことなんですよ。

そこで終わらないのが爺の計画のすごいところなんで。爺はね、今この時も時間泡を使って歴史上の名だたる詐欺師に協力を呼びかけてる。記録通りに事件を起こしつつ金は返させるんです。時空連続体も被害者も両方守る、いわば詐欺根絶の聖戦士が時空を超えて大集結してるんですよ。それにあたしも選ばれたってわけで。

いい話でしょ。どうせね、騙されるやつらは騙されるんだ。だったらあたしみたいな良心のあるやつに騙されたほうがましですよ。

なんだあんた？　信じないのか？

いや、おっしゃる通りですよ。カモは何度でも騙される、だからこそのカモリストだ。もうそういうのをやめましょうやって話でしょ。金？　そりゃ全部は返さないよ。経費と技術料は頂戴する。当然でしょあたしだって霞食って生きてるわけじゃないんだから。

こうなりゃこれも何かのご縁、あんたにもリストを見てもらうしかなさそうだ。あんたの名前が来年あたり投資詐欺で五百ポンド、なんて書いてあっても後味悪いしね。もちろん生きて監獄を出られたらの話だが。

二千ポンドはどこ行ったのかって？　あんたの知ったこっちゃないだろ。

おい待て、誰かきた。

ああ、そんな。もうやるんですか。

いや、やるよ、やりますよ。〝処置〟を受ければ恩赦なんでしょ。でもねえやっぱ縛り首の方がましじゃないの？　病人の膿を植え付けるなんて。それで天然痘にかからずにすむなんてほんとかよ。

おい、あんた何笑ってんだ。

一度かかれば二度めは防げる？　あんた何言ってるんだ。知らないのか、同じカモが何度でも騙されるんだぞ。頼むよ、ここで死ぬわけにはいかないんだよ。あたしにゃ使命がある。詐欺を滅ぼすんだ。二千ポンドだってあの爺にとられたまんまなんだからな！

――この病気（引用者注：天然痘）がロンドンを襲ったのと同じ頃に、メアリ・ワートリー・モンタギューは予防接種の実験を支持するよう、イギリス皇太子妃を説得していた。彼女は国王に対して、絞首刑予定の罪人六人が接種を受けた場合には、彼らを赦免してほしいと求めた。同年（同：1721年）8月9日にメイトランド（同：医師）から処置を受けたところ、全員が生き延びて、この治療法は成功した。

テリー・ブレヴァートン『世界の発明発見歴史百科』（訳 日暮雅通　原書房　予防接種の項目）

偉業

一階堂洋

一階堂洋
Ikkaidoh Yoh

2021年、出産と個人の幸福をテーマにした「熱と光」で、第2回かぐやSFコンテスト審査員特別賞を受賞。同作は高いリーダビリティを保ちつつ、多数のモチーフによって重層的に構築されたSF作品です。

審査員特別賞の副賞の一環としてKaguya Planetで「腐敗を抑えるために今後もおそらくほぼ何もなされないのはなぜか」と「あどけない過去の領土」を執筆。豊富な知識や構成と文章の巧みさが武器で、延命治療やケアといった重たいテーマの作品からAIや言語モデルを扱ったエンタメ作品まで手がける幅広い作風の持ち主です。

本作「偉業」はタイトル通り“偉業”がテーマのSFです。人類の歴史の中には、友情、家族愛、恋愛など、愛と死によって成し遂げられた無数の偉業があるわけですが、愛も死もない偉業を成すことはできるのでしょうか。

一階堂さんは山梨県出身、東京在住。〈みそは入ってませんけど〉というブログを運営しています。

お前は口から生まれたんだよと僕の父親はよく言ったものだった。しかし、これは明らかに嘘だ。僕は受精卵から卵割を繰り返して生まれた。そして、生命の一大イベントである原腸陥入を済ませて以降、僕にとって重要なのは何匹の精子を残せるかだけだ。これも嘘だ。ご存知の通り、人生には他にも色々と重要なことがある。少なくとも、そうだといいなとみんな信じている。

では、例えば何があるのだろう？　偉大なる経済学者アマルティア・センなら、すぐさまいくつか例示することができるだろう。毎日、苦痛なく過ごすこと。自分に誇りを持つこと。美味しいものを食べること。花の敷き詰められた観覧車に乗ること。

しかし、これが本当に人生において重要なことなのだろうか？　夜九時ちょうどに動き出す観覧車の予約券を渡せば、それが生きる理由になるのだろうか？　ヨシダはそのことについてずっと考えていた。そして彼女は結論を出し、偉大な計画に飲み込まれていった。

これはヨシダの話だ。彼女へ敬意を払って、彼女が説明するときのように語ろうと思う。

一六二八年から三十年間、シャー・ジャハーンという男がムガル帝国を治めた。彼の妻は十四人の子供を生んで、産褥熱によって死んだ。亡くなった細君のために、彼は大きな霊廟を建立した。それはタージ・マハルという名前で現存している。この巨大な墓にはイスラム様式とヒンドゥー様式の融合が見られる。これは彼の祖父の流儀でもあった。

残念なことに、彼の四人の息子たちは骨肉の後継者争いを繰り広げた。その争いの勝者が彼を幽閉した。牢獄の窓からは、純白の墓廟が小指ほどの大きさに見えた。コ・イ・ヌールと呼ばれる巨大なダイヤモンドを窓枠に置き、彼はそこにいる死んだ妻に呼びかけていた。元気にしているかい？　お前がいなくなってから、おれの髪の毛はもう半分も白くなってしまったよ。

そして八年後の一月、彼は病死した。彼は自分のために漆黒の墓を望んでいた。その望みは叶わなかった。彼のダイヤモンドもイギリス人によってごっそり削り直されてしまった。タージ・マハルだけが彼の功績を現世に残している。人類史における最も荘厳な墓のうちの一つだ。偉業と言っていい。

吉田博という版画家がいる。東京都美術館で展覧会が開かれたり、ヨーロッパで懐古的な趣とともに作品が売られたりする。人生の序盤、彼は西洋絵画で地位を築く。その後、齢四十五歳を越えてから、彼は木版画の世界に没頭し始める。そして後世に伝えられる傑作を大量に残す。多くの人が彼を巨匠と認めるゆえんだ。

彼の作品の中でも、インドの巨大な墓を映したいくつかの木版画は際立っている。タージ・マハルの同じ木版を別の色で刷ることで、彼はタージ・マハルの永久性を主張した。薄い青、桃色のような白、淡い橙、それから深い紺。空気が色を刻々と変え、絶えず歩き続ける僧侶の衣の色が褪せ、また染まり、そして川が流れていく。鳥が塵のように消える。埃から雲が生まれる。この永遠のサイクルをタージ・マハルは引きつけ続ける。

色が常に滑り落ちていく不安定な不動点として、タージ・マハルはある。それは死のみが留まれる愛の秘境だ。

自分の首を外す熊を見たことがあるだろうか？　私の引き出しにも何頭か潜んでいるその熊は、グラニフというアパレルブランドの作った、コントロールベアという熊だ。この自殺する熊は、グラニフの基本思想を端的に表現している。一つはポップであるということ、もう一つは、自らの行動を自らの意思で決定するということだ。自殺のみが、ナッジ理論、進化心理学、そして脳神経科学の分析から、肉体に対する精神の優越という崇高な考えを救出しえた。コントロールベアはキリーロフの先を行く。

そのグラニフが、あるとき、吉田博とのコラボレーションTシャツを作った。もちろん、吉田博はすでに死んでいたため、同意を得るのは難しかっただろう。墓を暴いたのだと僕は思う。高度資本主義社会においては、法以外の抑止力は端的に存在しない。真偽はともかく、中国の秘境で、インクジェットプリンタが白いTシャツに吉田博の木版画を印刷した。その中にはタージ・マハルが描かれたものもあった。

タージ・マハルが描かれた吉田博のそのTシャツを着ていたから、僕は彼女のことをヨシダと呼ぶ。

ヨシダに会ったのは大学二年生の夏だった。サークル会館のロビーで、僕はぼろぼろのソファに座ってカロリーメイトを食べていた。彼女は向かい側で完全食のパンを食べていた。もう一方の手にはコンビニのコーヒーが握られていた。彼女は僕のことをじろじろ眺め回していた。あまりにも堂々と見てくるので、僕は自分が巨大なクッションになったような気がした。制汗剤と焦げた日差しの匂いがした。

突然、彼女が体を前に倒した。「岡田先生の本、いいけどちょっと古いから気をつけたほうがいい」と言った。

少し経って、彼女は一言一句、完全に同じ言葉を繰り返した。しばらくして、僕の読んでいた『海洋生物学入門』のことを指しているのだと気がついた。

「なんで知ってるの？　読んでる本」

「一つ、講義が同じ。七号館でやってる沖縄の田んぼの授業。二つ、講義が始まる前に読んでたでしょ」

上の階で、誰かが練習室の扉を閉めずにサックスの練習をしていた。その音に合わせて床板が踊りだしてもおかしくないほどうるさかった。彼女は肩をすくめて、「よかったら、本、紹介するけど」と立ち上がった。彼女は背が高かった。コンバースのスニーカーを履いていた。断るのは悪いと思って、僕も立った。彼女はコーヒーを飲み干して、ゴミ箱に投げ入れた。蓋に真っ赤な口紅がついていた。それは、三畳紀に絶滅した昆虫の羽のように見えた。

彼女は書籍部でいくつか本を選んでくれた。秋からは生物学を専攻するのだと言っていた。生き物が好きなんだ、と尋ねた。彼女は目の下を掻いて、そういうことになるね、と微妙な回答をよこした。

それからも、彼女とは何回かサークル会館で会った。彼女は千葉の海沿いの街から来ていた。いい街か聞くと、「悪いところを除けば」とあまりにも当然なことを言った。いつも安そうな服を着ていた。化粧はしていたが、性徴が訪れるたびに、それを冷たく鋭い刃物で執拗に取り除いてきたように感じた。連絡先を聞くと、彼女はメールアドレスをよこした。

「メッセージアプリはやってない。あのバカっぽい吹き出しは嫌い。それに、私はメッセージが長すぎるらしい」

確かに、彼女のメールは極めて長大だった。毎回、常体で綴られた二千文字程度の文章が僕のメールボックスに音をたてて投げ込まれた。

彼女は全てを説明する癖があった。例えば、彼女の叔母が下宿に来て、惣菜を渡していった、と書くだけのところを、彼女は叔母の半生から語った。北海道遠別町に生まれ、暗く冷たい子供時代を過ごし、恋人と東京へ駆け落ちし、そして捨てられ――そういった詳細が、淡々と続いていた。だから、彼女は自分のTシャツを説明するのにでさえ、ムガル帝国の歴史まで遡らなければならなかった。

これは推測でしかないが、彼女は物事を歴史の観点からしか排列できなかったのだろう。今あるものを、そのまま是認することが彼女にはできなかった。この仮説を受け入れるなら、彼女のメールの一通一通が、年代記の風味を帯びるのは十分理解できることだった。

一つ目のクロニクル。

ヨシダはサンゴの研究をしていた。正確には、彼女の研究室のテーマは、サンゴの生態多様性をゲノミクスの観点から解析することにあった。

大学四年生の夏、彼女は研究室のメンバーとサイパン島に向かった。そこから船で行ける小さな島に、横幅百メートル、奥行き五十メートル程しかないささやかな湾があった。それは月影湾という名前で呼ばれていた。第二次世界大戦中に、日本軍が残していった名前の一つだった。

湾の壁は急峻で、数メートルも潜れば、昼間でもすぐに暗くなった。肺が圧迫される。太陽の光が薄暗く揺らめく。自分の呼吸の音が大きく聞こえる。フィンを動かす。自分の体が海水のひだをすり抜けていく。海底にサンゴがひしめいている。生存場所を求め、トゲサンゴ、アナサンゴ、コモンサンゴが静謐な争いを繰り広げる。白い縁で自分たちの領土を画定している。ヨシダたちはその一角を標識して——研究とは無関係の、単なる遊び心から——サンゴの一部を採取した。船に戻って、誰かが冗談を言った。

「これの遺伝子解析、誰かして下さい。サンゴ礁・メタゲノムってタイトルで」

ヨシダが手を挙げた。彼女の首筋を海水が伝った。私がやります。

サンプルは不可解な傾向を見せた。そこには確かに大量のＤＮＡ鎖が含まれていたし、ＮＣＢＩのデータベースにも整合的なデータだった。どんな細菌が含まれるかを推定することができたし、どのような遺伝子があるかすら知ることができた。

ただし、それらの配列は奇妙な程に断片化されていた。最新鋭の機器を使っていたにもかかわらず、それらはどんなに長くても数万塩基程度の長さしかなかった。小さな細菌でも数百万塩基のゲノムを持っていることを考えると、これは解釈が不可能だった。研究室のメンバーは、口を揃えて「サンプル調製でＤＮＡが断片化した」と告げた。ヨシダはそれを仮説として——おそらく現時点では最良の仮説として——受け取った。実験の失敗で説明できることを、生物学的な現象に帰するな、という生物学の道徳を彼女は持っていた。

同時に、彼女は生物学者の楽観的な祝詞も信じていた——生物学における発見とは、失敗した実験という仮面をかぶって現れる。

彼女はこの月影湾のデータを眺め、こう結論づけた。私はこれに関して、何の断定的結論も出すことはできない。私は修士号の二年間、そして何となれば博士号の三年間をこれに費やすべきだ。実験技術を磨き、ダイビングの免許を取り、解析プログラムを書けるようになり、そして生物学のはらわたに手を突っ込んでやる。

そして彼女はそうした。

二つ目のクロニクル。

ヨシダには恋人がいた。僕はそれを少し意外に思った。

彼女は無口だったし、話している相手の目を見すぎる癖があったし、カーキ色の服を持ちすぎていた。何より、彼女は背が高すぎた。そして、イルカが自分の体の色に疑問を持たないように、彼女はこれらの特徴を取り立てて気にしていなかった。それのせいで、ほとんどの男は、彼女へ平伏するか、彼女を避けるか、彼女に膜のようなぼんやりした憎しみを持つかのどれかを選ぶことになった。おそらく、誰しもが彼女の友人になりたがっていたのだとは思う。ただ、二十歳の男たちは、まだあの『男女の友情は成立するか』という、やや滑稽なテーマの前で立ちすくんでいた。

大学一年生のとき、語学のクラスが同じだった子に告白されて付き合うことになった、と彼女はメールに書いていた。

彼女とその恋人の間にあったもの——ドイツ語の教科書。七号館の机。キャンパスの近くで売られている唐揚げ弁当。他のクラスメイト。焼肉屋のトング。油の浮いた烏龍茶のグラス。スマートフォンの画面。荻窪から駒込までの空気。映画館のポップコーン。スラブ叙事詩。小さい声。手袋。半分空いた彼のマンションのドア。服。避妊具。また焼肉屋のトング。チームラボのインスタレーション。そして果てしないこれらの繰り返し。

そして、修士二年になって、彼女は別れを切り出された。荻窪駅から徒歩十分のマンションだった。恋人は修士号を取ってから、大手のIT企業で働くことになっていた。データサイエンスと推薦サービス開発を担当することになっていたらしかった。

「博士が終わったら二十八だろ、その前におれは結婚したいし、子供も欲しいし……」

彼女としては、別に博士課程の間に結婚してもよかった。子供を産むのもやぶさかではなかった。事実、彼女は幾度となく、何歳で子供を産むかの計画を立てていた。もちろん、それはあどけない将来の夢に過ぎなかったが、その夢の年齢を、もうすぐ越えてしまうことにも気がついていた。

ヨシダはコップの水滴を丁寧に手のひらで拭った。それから、部屋をぐるりと見渡した。枕元の棚にはテンポドロップが置いてあった。その結晶の散らばり方で、彼らは天気を占っていた（当然、その予見の成否は重要ではなかった）。それが何かの拍子にフローリングに転がり落ちて、床をめちゃくちゃにしてしまわないか、彼女はこの六年間、ずっと気にしていた。

あなたが私と別れるのは、まあ止めはしないけど、本当の理由は何、と彼女は尋ねた。彼は眼鏡を外して、目を拭った。その理由がヨシダには理解できなかった。

「お前がおれのことを好きなのか、正直、全くわからない。おれのことを愛しているか全然つかめない」

彼女はしばらく考えた。そして、おそらく、あなたのことは最初から愛してはいないんだと思う、と告げた。そして、合鍵を置いて部屋を出た。骨と骨の間に軟骨が必要なのと同じように、彼も私との間に愛なるものを挟むことが必要だった、とヨシダはメールに書いていた。私としては、残念ながら、それを与えることはできなかった。

それから、彼女は軟骨が何であるかについての解説を載せていた。それはかなりしっかりした内容だったが、彼女は愛が何であるかを説明するべきだった。軟骨よりも愛のほうがずっと曖昧だったから。

別れた後、彼は傷ついた男になった。ミニブログ上の彼のアカウントには――以前、僕はそれを探し当てていた――毎晩のように泣き言が溢れた。なぜ別れてしまったのだろうと言っていた。かつまた一方、別の女をこしらえているのもありありと伺えた。どうやら、それを作ったのは、ヨシダを切り離すよりもだいぶ前だということもわかった。

なぜか僕は、この事実をヨシダに伝えた。彼女は寸評をよこした。少なくとも、常に何かを後悔する必要がある人間は存在する。この観点で、私が彼の一助になれたら、それはそれで嬉しいことだ。

三つ目のクロニクル。

死が彼女に一番近づいたのは、祖母が病で亡くなったときだった。すでに生家に帰っていた両親が高校に電話した。彼女が駿台模試を受けているときだった。試験を終えることなく、ヨシダは飛行機で北海道まで向かった。だからおそらくまだきっと、千葉県の高校の机には、彼女が解きかけの漸化式がひっそりと息をひそめて、一般項に羽化するのをじっと待ち続けているはずだ。

その八十年に及ぶ人生で、祖母はその街を一回しか出たことがなかった。出奔した自分の娘が無残に打ち捨てられたとき、彼女の頬をひっぱたいてから体を抱きしめ、北海道に連れ帰るためだった。二回目には、孫娘が晴れ着姿で大学に入学するのを見ることになるはずだった。

両親は、祖母の墓の話をしていた。ヨシダはそれをあてもなく聞いていた。父親が――無責任そうに――

タージ・マハルを建てるってわけじゃないんだからさ、と予算についてコメントした。

その霊廟のことを、彼女は父親に聞いた。それが最愛の人のために建てられたのだということ、それは死を悼むために建てられたのだということ、それは現在まで、その愛と死を顕し続けているのだということを知った。

「お前も大人になったら一度行くといい。すごい建築なんだよ、愛と死が王様を突き動かしたんだろうな。あの偉業に」

彼女はそれをなぜだか否定したかった。それが偉業だということには何の異論もなかった。ただ、それが愛と死によって駆動されたことが認められなかった。私も偉業を成し遂げたかった。しかし、祖母の家には大きな姿見が置いてあって、それに体を映してみても、死の兆候も愛の予感も見つけられなかった。


ヨシダは今、サイパン島から北に三十分ほどの島に住んでいる。その島には、僅かな島民が、哨戒と漁のためだけに住んでいる。彼女はそこに実験用具、解析装置、そしてコンピュータを持ち込んで研究を続けている。月影湾にダイブし、そこの試料を回収する。そしてDNAを抽出する。常に断片化された分子が見つかる。それがちょうど、遺伝子の単位でばらばらになっていることに気がつく。国語の辞書をシュレッダーに掛けたら、単語ごとに区切られて出てきたようなものだ。これはありえないことだった。

そして僕にメールを送ってくる。


ある季節の満月の夜に近くなると、サンゴは一斉に卵と精子を放出する、とヨシダはメールに書く。二つの配偶子を結びつけている紐が解け、卵は精子を、精子は卵を求めてうごめく。それが起きると、あたりには独特の臭いが漂う。強い磯のような、少し腐ったような臭いだ。海面には茶色やピンク色の汚れが漂う。そしてサンゴは次の世代を継いでいく。この臭い、この海面へのなぐり書きが、生物の桎梏《しっこく》だ。私達はこれから解き放たれることはない。愛と死がお互いを喰らいあって、螺旋を描き、宇宙空間を太陽系が邁進するようにゲノムは進化していく。どんな偉業も、このサイクルを抜け出せない。

彼女の研究は行き詰まっている。確かに、副産物としての結果で論文を書くことはできていた。年に一本のペースを博士課程のときから守っていた。研究室がフル・リモートになったおかげで、ボスの目から解き放たれて、存分に月影湾を調べることができている。

しかし、あの断片化した塩基配列の説明はつかなかった。この、ポプリの抜け出した炭酸カルシウムの壁の中に、なぜこんなにもたくさんの塩基が残っているのか理解できなかった。脂質の膜もほとんど検出されなかった。だから、彼女はこう結論を下すしかなかった。この白化し、そして死に絶えたサンゴの抜け殻には、海中を漂っていたＤＮＡ配列が引っかかっているのです。もちろん、馬鹿げた仮説だった。

ダイビングの途中、海面で揺られすぎて、少し気分が悪くなる。私は海が穏やかになるくらいまで潜る。いつも付き添ってくれる島民が、ハンドサインを出す。大丈夫だと応える。月影湾の調査はほとんどやり尽くしていた。研究室のボスからの期待も変わってきている。彼は大きな論文誌にでる凄まじい結果を求めている。

極彩色の魚が湾の外に泳いでいく。こんなに長い間いるのに、魚の名前を全く覚える気がない自分に笑ってしまう。深い紺色から、鮮やかな黄緑、そして灰色がかった緑のミドリイシが海底に広がっている。その影に別のサンゴがなんとか生存場所を確保している。更に東に進むと、あの区域に入る。白化して死んだ、絨毯のようなサンゴの遺骸が打ち捨てられている海域に出る。私をもう六年も縛り付けている場所。

おそらく忘れるべきだ。生物学の伝記を読むと、多くの成功が執拗さによって成し遂げられたことに気がつく。また一方で、退官を迎えた生物学者の最終講義を聞くと、執拗さによって成功よりも遥かに多い数の研究者が犠牲になったのにも気がつく。

私はもう眼をつぶるべきだ。学部生のときに得られたデータは何かの間違いで、私は完全に無意識のバイアスに縛り付けられている。全てのデータを八テラバイトのハードディスクに入れて、棚の奥底にしまえばいい。

大きな球状のサンゴがごろっと転がっている。脳のような模様が表面を走っている。水が冷たくなっていることに気がつく。こんなに冷めた海でポプリが生存できるとは思えなかった。

心臓がどくどくと鳴る。私は何かに気が付き始めている。頭が鋭く痛んだ。論文の中核になる議論を――議論が追いつく前に――がっちり掴んだときの感覚がした。一切の議論抜きで、重要な直感を得たときの感覚だった。後ろを振り返って、バディに浮上のサインを送った。

「死にますよあのペースで上がると」

「でも死んでない」

私はウエットスーツを脱いで、彼に洗うのをお願いした。チップは弾むと言ったら引き受けてくれた。調べることがあった。日本から運んできたスーパーカブに乗って、慌ただしく小さな実験室に帰った。首から汗が伝った。冷蔵庫から、一番最近に回収した炭酸カルシウムの殻を取り出す。サンゴが自分の体から吐き出して作った構造体だ。おそらく、彼らが文明を持っていたら、タージ・マハルはもっと簡単に作れたに違いない。

馬鹿げた考えだと思いながら、一番倍率の高い顕微鏡にサンゴの殻を置いた。それは何の変哲もない、普通の骨格に見えた。日本のラボに電話をかけた。秘書の女性が出た。ボスに代わってもらう。

「電顕って使えますか？」

「何の話だ」

「サンゴの殻を見たいんです。電顕を使わせて下さい」

一番早い飛行機で帰国した。電車に乗ったら、周りの人が一斉に私を見た。私の頭の中にあることは、完全に全てが仮説の域を出ていなかった。何の観測にも裏打ちされていない、単なる『なぜなぜ話』に近かった。手が異常に震えた。東京はまだ冬なことに思い当たった。私は半袖の服を着ていた。

いいかい、君。ナノ流体デバイスというものが発明された。それは、金に彫り込まれた、複雑に蛇行するナノスケールの溝だ。その溝に、化学物質を緻密に制御しながら流し込むことで、分子数単位の化学反応を――極めて小さな空間に――閉じ込めることができた。

これが一分子合成生物学の始まりだった。

しかし、細胞というのは奇妙な空間だ。君は物理屋だからわからないかもしれないけど。

それはあまりにも広大すぎるように思える。三次元的な広がりを持つ空間を、水分子とタンパク質と無機物からなるどろどろのスープが満たしている。そのスープの中で、二つの化学物質がぶつかる確率は、信じられないほど小さい。私達にとって細胞は小さすぎるが、化学反応にとっては大きすぎる。

もちろん、この問題を細胞は解決している。彼らは細胞内に油滴のような領域を作っている。細胞の水から隔離された空間だ。そこにタンパク質が凝集し、偶然に組み合わさる確率を上げる。まるで、スープ鍋の表面におかれたレードルに人参の欠片が飛び込んで、その小さな空間でぶつかるのを待つように。

つまり、本質的なのは、細胞を取り巻く脂質二重膜ではなく、空間の制限なのだ。二つの分子がぶつかって、反応を開始するのに十分なほど狭い領域を作るということが。

一般教養でやったことを覚えているだろう。DNAとは記憶媒体だ。そこには情報が書き込まれていて、ポリメラーゼがそれを読み取る。それがRNAへ転写され、タンパク質へと翻訳される。もしくは同じ情報が複製される。

繰り返すが、この反応で、細胞膜は何の役割も果たさない。制御領域が正確に構成できていれば、ゲノムですら不要に思える。私はある生物を知っている。その生物の細胞では、ゲノムが細かく切り刻まれて運用されている。遺伝子の分節に……。

あのサンゴの遺骸に何が彫り込まれていたと思う？

そこには微細な導管が穿たれていた。ナノスケールの小さな導管が、ところどころ節くれだって、三次元的に絡み合っていた。そこをDNAやtRNA、タンパク質やポリメラーゼが駆け抜けていた。

私の見てきたあの遺伝子の破片は、間違いではなかった。このサンゴの遺骸は、巨大なナノ流路デバイスとして機能している。おそらく、表層に引っかかった放散虫や褐虫藻を引きずり込んで栄養を得ながら。

いろんなことが見通せる。このナノ流路は、おそらく、ポプリの生み出した殻に空いていた穴を起源に持つはずだ。一度、その穴に炭酸カルシウムを再生成する回路が形成されれば、それは海水とリン酸化物から、無尽蔵に自分を増やしていく。わかるかい？　これはある意味、サンゴの殻を細胞膜にした生物なんだ。


僕には彼女の言っていることの真偽は判定できない。しかし、彼女は興奮した文体で僕にメールを送ってくる。ナノ導管はこの殻にくまなく行き渡っている。私は蛍光タンパク質をコードする配列を大量に合成して、それを月影湾の殻に流し込んだ。君にも見せてやりたい。緑色の波がゆっくり広がっていく。オーロラを見ているみたいだ。この殻は月影湾全体を覆っている。この百メートルと五十メートルの湾全体が、一つの巨大な──炭酸カルシウムの境界を持った──生き物に見える。おそらく、誰もこの巨大な反応炉を生物とは呼ばないだろうが。

もう、論文について、彼女はあまり興味を持っていないように思える。研究室の例会に顔を出しているかもわからなくなる。彼女は月影湾のサンゴを掘り返している。全てが記録されている。この殻の導管がどう進化したかは、全部、そのまま下層に残っている。古い導管の上に新しい流路が刻み込まれ、そして結節される。全ての結節が常に機能し続ける。広大な領土の端々で、ＤＮＡの配列が進化するのがわかっている。

ヨシダはある一線を踏み越える。彼女はこの生化学の集積回路を褒め称える。そして、その理由を端的にまとめる。

いいかい、ここには死も愛もない。私を喜ばせるのはここだ。

これがヨシダの最後のメールだ。彼女は自分の遺伝子をこのサンゴ殻に注入したいと述べる。しかし、それは現代科学の倫理ではなかった。それがどう呼ばれるものであるにせよ、私利私欲を優先してはいけない、それはわかっていた。

しかし、私の遺伝子の中に、わずかでもこの殻にとって有用なものがあるとしたら？　私がこの偉業に参画することができたら、なぜしてはいけないのだろうか？　私は、この偉業の――愛も死もない、この純白の偉業の――ひとかけらになれる。ねえ君。人生において重要なことは何だと思う？　私は今までずっと苦しかった。生きないといけないのが、愛さないといけないのが苦痛だった。でも私はこの世界に何かを刻み込みたかった。だから生きて愛さないといけなかった。ねえ君。私は明日、この殻に自分の遺伝子を注ぎ込むつもりでいる。色々な種類の制限酵素で処理したのがある。超音波で切断したものも用意した。多分、私の遺伝子を全て明け渡すことになるんだと思う。これがどうなるか私には見当もつかない。そんなのどうだっていいんだと思う。私も昔、カロリーメイトと紅茶ばかり飲んでいたんだ。ねえ君。もし月影湾に来ることがあったら、青色の光を持ってきたほうがいい。その光を浴びたら私は緑色に光ると思う。それを私からの挨拶だと思ってほしい。

擬狐偽故

千葉集

千葉集
Chiba Syu

カビだらけの世界を描いたポストヒューマンSF「次の教室まで何マイル？」で第1回かぐやSFコンテストの最終候補に選出。リカとサンスウとオンガクが人間になるために単位集めに奔走する冒険譚で、飄々とした文体の中にユーモアのセンスが光る作品でした。

本作「擬狐偽故（ギコギコ）」は生きながら襟巻きになるキツネ、エリマキキツネの物語です。スノッブなエリマキキツネの語り口が、「次の教室まで何マイル？」とも共通するセンスの良さを感じさせます。

千葉さんは2019年に動物をコマにして回す〈動物回し〉というゲームをめぐる学園SF「回転する動物の静止点」で第10回創元SF短編賞宮内悠介賞を受賞。審査員の宮内さんから、ドライブ感ある文章や光る表現を高く評価され、「文体においてすでにしてSFが成立している好例」と評されました。また、講談社による好きな物語と出会えるサイトtreeの読書案内欄〈読書標識〉にて小説の紹介をしていました。

ホテル〈ル・サンクルー〉。それは呪われた名だ。宿帳にサインするときはみな「ヒルトンにでも泊まったほうがまし」とでもいいたげに眉をひそめ、チェックアウトのさいは夜逃げのように去っていく。持ち帰られる土産話では、トランスカルヴァニアの名所旧跡が百も二百も並べられるが、滞在した場所だけは巧妙に言及が避けられる。〈ル・サンクルー〉の客は誰とも知り合いたがらない。知り合い同士だったとしても他人のふりをする。そこでは誰もが望んでひとりだ。

わたしは疲れていた。なんとなく、日本へ戻りたくなかった。チャトウィンが書いたように、疲れている人でなければ、トランスカルヴァニアに留まろうとはしない。

ウェルカムレターで呼びかけられていた「当ホテルの誇るバー〈レミニセンス〉で催される宿泊者の集い（毎晩夜九時～十一時）」を無視し、旧市街跡近くの安酒場に二、三日通っていた。ところが、外のほうがホテルで見かけた顔に遭遇しやすく、むしろ閑古鳥の鳴く〈レミニセンス〉で飲んだほうが気安い。トランスカルヴァニアでの日々は、どう発音すればいいのかわからない地元産のスリヴォヴィッツとカルダモンを混ぜたカクテルの澄んだ琥珀色へ融けていき、気がつけば滞在最終日の夜になっていた。

そして、その女を見た。

巻いているというよりは、巻かれている。それが最初の印象だった。

女はカウンター席の端に座り、スマートフォンを眺めていた。アール・デコというよりはダーク・デコといった趣。〈レミニセンス〉のコードが許容する限界だ。そのシルエットはすらりと流れていたものの、一点、ボリュームのある襟巻きが全体の印象をいびつにしていた。

キツネの襟巻きだ。銀に近い白毛で、耳の頂と尻尾の先端だけ墨に浸したように黒い。よく手入れされているると見え、毛並みはふっくらとみずみずしい。深く閉じられた目は死に顔というよりはこんこんと眠っているようだ。鼻先まで近づけば、息づかいまで聞こえてきそうだった。

もしかして。

トランスカルヴァニアの倦怠、〈ル・サンクルー〉の孤絶の掟、自分のたどたどしい高地ドナウ語への恥じらい、それらをふりきってでも、声をかけずにはいられなかった。

「すてきな襟巻きですね」

ふりむいた顔は、存外におさなかった。

女が不審げにゆがませた口を開きかけ、「あら、ありがとうございます。ごていねいに」と首もとからの声に遮られる。高くてやわらかい、音楽的な発音。

キツネが黄金に輝く眼を見開いていた。

酔いよりも熱い昂ぶりが胸をつく。やはり。

エリマキキツネ。

生きている個体がいたなんて。

エリマキキツネは襟巻きのために生み出された種だ。元来、襟巻きは死んだキツネからはらわたを抜いて拵《こしら》えられていたが、それだとどうしても毛艶に劣るし、時間の経過で褪せてしまう。そこでトランスカルヴァニアのある毛皮商人が独自に研究と交配を重ね、生きたまま襟巻きにできるキツネを作りあげた。それがエリマキキツネだ。

エリマキキツネは骨がやわらかい。おかげで曲がったりひらたくなったりと襟巻き向きの形状をとれるのだが、反面、自立が極めて困難であるという脆弱さもあわせもつ。種に特有の病気も三十はくだらない。介助がないとたちまちに死ぬ。人に飼われることを前提にした動物だった。

十九世紀である。ダーウィンによってあらゆる動物たちが親類であるかもしれないと示唆され、動物愛護が盛りあがった時代だ。エリマキキツネは、最大の輸出先に想定されていた英国で最大の反発を受けた。チャールズ・ディケンズが All the Year Round 誌に寄せたエッセイが今に残る。「……エリマキキツネとは！　いかにもロシア人らしい（本人にしかわからない思い込みからディケンズは生涯トランスカルヴァニア人をロシア人と混同していた）冒涜的な仕打ちだ。かれらの嗜虐的な本性は単に殺すだけでは飽き足らず、生きたまま地獄に送るのだ」。

女王直々に公許された英国動物虐待防止協会は、当時帽子を飾る鳥の羽への反対キャンペーンで気炎をあげていた〈キリストの動物のための英国婦人協会〉と手を組み、エリマキキツネを締め出した。心ある紳士たちは森でビーグル犬にキツネを追わせているあいだ、猟銃を抱えて東方におけるキツネ虐待について憂慮しあっていたのだった。

西欧の各国もこの動きに同調する。イタリア半島でも南部でわずかに受け入れられただけだった。険悪だったヨーロッパが、エリマキキツネの輸入禁止で一致を見せたのは歴史上の奇跡ともいえた。

思惑を外したトランスカルヴァニアの毛皮商人は本業へ回帰した。エリマキキツネを殺して骨や腸を抜き、毛皮だけヨーロッパ中へ出荷したのだ。

そして、売れた。アカギツネの皮を剥いでいたころよりも売れた。死んだエリマキキツネの皮は、当然のことながら襟巻きに向いていた。殺すぶんにはどこからも文句はつけられなかった。

エリマキキツネの毛皮の需要は急速に高まり、模造品まで流行った。しかし、需要に反して供給は伸び悩む。繁殖も困難で短命だったが、誰もそうした状況を改善しようと考えなかった。みな殺すことで得られる目先の利益に淫した。

十九世紀だった。

そうして。

「トランスカルヴァニアのエリマキキツネは二十世紀までに死に絶えた、と聞きました」

図鑑でしかお目にかかれない幻のイヌ科が目前にいる、その興奮をわたしは抑えながらいった。

キツネはぴちゃぴちゃ舐めていたミルク皿からわずかに頭をもちあげた。

「おくわしいのね。ええ、みんな死にました」

「あなたは生きている」

「あなたが生まれるずっと前からね」

「しゃべってもいる」

「あなたの知らない国の知らない時代のことばだっていくつも知っています」

「エリマキキツネが口をきくなんて、どんな本にも書かれていない」

「本を信じるの？　二十一世紀にもなって？」

そういって、こうこう、と笑う。これも、ものの本には書かれていない仕草だ。

「気をつけてね」と巻かれている女はスマホの画面から顔をあげずにいう。「この襟巻き、テキトーだから」

　こうこうこう、とキツネの笑いが高くなる。

「地狐は千年にして通力を得る」キツネの口から出る言語が日本語に切り変わった。「わたしは七十四道中の王にして、白辰王菩薩の化身。直《あたえ》の裔、十方雷《ひらめ》く鳴る神。しかるに弘法大師に四国から追放された紫のひと。もとの名は忘れました。そうした縁起のキツネです」

　もしこうしたことが本のなかに書いてあるのであったら、わたしも与太話だとおもっただろう。しかし、英国人がよくいうように、ホテルのバーで語られた話はすべて真実である。信じようとしない者は、恥多い生涯を送るはめになる。

「昔はモテてたんですのよ。阿州から讃州まで、美狐《ハク》い雌雄《スケ》は残らずコマしたものです。

　そこにあのにっくき空海がやってきた。最初は池の水を治めるのにもわたしたちを頼っていたのに、いざ四国《ふたなしま》を掌握すると、キツネの才知がおそろしくなった。従順で愚鈍なタヌキどもに乗り換えて、わたしたちの一族を追い出し、こう宣いました。

『おまえさんらには堪忍ならん。その身で、その意で、その口で、釈尊も恐れぬ十悪を成す。タヌキどものような謙虚さを身につけるまで、この島に戻ることはまかりならぬ』と。

　わたしは狐縁を代表し、前へ進み出ました。

『ひどい。つらい。とてもかなしい。ねえ阿闍梨さま。あなた、おっしゃったじゃありませんの。三界は我が子で四海は我が兄弟、と。わたしたちは吾子でも兄弟でもありませんでしたのね。衆生の一切にキツネは含まれませんのね。それは、いいでしょう。化かされるほうがわるいのですもの。どこへなりとも棲処を払いますわ。

　しかし、つつましさは秘された美徳です。他人には伺い知れません。それを身につけたかどうかなんて、いかに測りますの?』

『性根の清らかさは必ず事物に反映される。密厳国土の清浄にふさわしくなったらば、西海に鉄の橋が架かり、おまえたちを迎えるだろう』

わたしは悟りました。もう日本にはいられない。鉄の大橋なんて……コチコチで……ああいうの、日本のことばでなんといったのでしたっけ?」

キツネは高地ドナウ語で「無粋」や「ダサい」や「海の魚のにおいがする」というような意味の単語を出した。

「そういうものでつながれることが理想とされる一州で、息を吸い吐きできる場所なんてありません。

わたしは一族に別れを告げ、唐土へと流れました。

それからはまあいろいろ……いろいろありましたね。たとえば、宋では、とある将軍に見初められて……」

というような物語りが三時間ほど続き、膨らみ、蛇行していった。ようやくエリマキキツネのくだりに入ったのは、〈レミニセンス〉も閉店の間際だった。話のなかのキツネはイスタンブールでさんざん悪さを働いたすえに落ちのび、トランスカルヴァニアのある牧場に迷いこんでいた。

「みょうにクタッとしたのがいるなあ、とおもいました。近づいて腹を踏んでみると、もにゃもにゃしていて変な心地です。生きているのか死んでいるのかもわからない。踏み踏みしつづけていると、『痛い』と声がする。おどろきました。

数は少なかったですね。三十もいなかったんじゃないかな。それが残ったエリマキキツネのすべてだというのです。この世界で最後の……。

うるわしいな、というこころが芽生えました。

なぜそう感じたのかは自分でもわかりません。どうしてかれらがそんなかたちをしていて、死に絶えかけているのかも知りません。とにかく、やわからくふんにゃりした有様がうらやましかった。

わたしはひらたいキツネにこう乞いました。

『あなたみたいになりたいな。近くに誰か、人はいない？』

近くの小屋に牧場主でもある毛皮商がいると教えてくれました。

人の雌に化けて男をたぶらかして殺す、という古典的な手段を使いました。そうして、毛皮商のしゃれこうべを手に入れたのです。あのクソ坊主がごらんになったら叱ったでしょうが、ここは阿讃ではありません。

人のしゃれこうべを頭に乗っけて宙返り、かくてエリマキキツネのできあがりです。

ひらたくなってみると世界が広く高く遅く感じられ、おだやかな心地に浸れます。

よろしい具合になったのもつかの間、死んだ毛皮商の牧場を受け継いだ別の商人がエリマキキツネたちの殺処分を決めました。前代の秘伝だった繁殖ノウハウを継承できず、土地を転売する方針に転じたのです。

わたしはエリマキキツネたちを率いて牧場を脱出しました。その過程でまた人が二、三くたばりましたけれど、いたしかたないこと。

エリマキキツネは野生では生きられない一族です。わたしもなんとかみなを助けようとがんばりましたが、ひと月も保ちませんでした。そうして、最後の一匹を看取ったわたしは陀天にこう誓ったのです。わたしがこのさきエリマキキツネをやっていこう、と。どうせわたしは次の千年も心をあらためず、阿波に鉄の橋は架からない。ならば、ヨーロッパでも日本でもないこの場所で、このままひらべったく気持ちよく生きながらえてもよいのではないか……」

「ありますよ」

差し挟まれたわたしの一言に、キツネは琥珀色の瞳を見開いて硬まった。

「えっ?」

「ありますよ、鉄の橋。今、四国と本州を結ぶ大きな鉄橋が架かっているんです。ご存じなかった?」

「えっ、えっ。え~~~、そうなの。そうなんだ。……いや……いやあ~~~そうなんだ。へえ~~~」

キツネはしばらく呻吟したのち、「ま、いっか」と思案を放りだした。いつのまにか高地ドナウ語に戻っている。

「戻る気にはなりませんか」そう、わたしは訊ねた。「空海は千年前に死にました。もう仏教の国でもない。ふるさとを見たいというお気持ちがあるなら、助力できると思いますが」

「ご親切に。でも、この子がさびしがりますわ」

キツネは、ねえ? と巻かれている女の耳を鼻先でつっついた。

女は不快そうに顔をしかめ、キツネとともに席を立つ。時計は深夜の一時を回っていた。わたしは帰国したいのか、どうなのか、まだわからない。

キツネは二度と戻ってこなかった。

かいじゅうたちのゆくところ

佐伯真洋

佐伯真洋
Saeki Mahiro

VR 空間上に作られた知識の階層と、そこに潜って学習をする子どもたちを描いた「いつかあの夏へ」で第 1 回かぐや SF コンテストの読者賞を受賞。

Kaguya Planet で公開中の植物船を舞台にしたポストヒューマン SF「月へ帰るまでは」は、壮大な歴史を背景に、あるかけがえのない出会いの一時を描いた SF です。

本作「かいじゅうたちのゆくところ」は、家族の中で唯一強烈な紫外線に耐えることのできる主人公が祖母の残した記憶と出会い、自分の生き方を模索していく物語。実は「いつかあの夏へ」の姉妹編となっています。

佐伯さんは 1991 年生まれ、大阪府出身。2016 年、初めて書いた SF 小説「母になる」で第 4 回日経「星新一賞」の最終候補に選出。同作の Toshiya Kamei による英訳「Becoming a mother」が Welkin Magazine に掲載。2020 年には「青い瞳がきこえるうちは」が第 11 回創元 SF 短編賞の最終候補に選出。同作は、伴名練編『新しい世界を生きるための 14 の SF』（ハヤカワ文庫 JA）に収録されました。

ライフルの発砲音は発揮された威力と不釣り合いに軽く、雲一つないザンベジの夜は満月に照らされ、すべてを暴いてしまえそうなほど鮮明だった。背の高い夏草を掻き分ければ、野生動物の尿の匂いが鼻腔につんと沁みる。

人間との遭遇を回避するために闇の中を水場へと向かっていたゾウの親子が、銃声に動揺して激しく鳴いている。

たちまち周辺に血の匂いが充満しはじめる。「止血！」とセント・セシル《Saint Cecil》の隊員《エミー》のひとりが叫んで、夏草の中から仲間たちが飛び出してきた。撃たれた密猟者《ハンター》はひゅうひゅうと荒い呼吸を繰り返し、捕らえられた他のハンターも抵抗を見せるけれど、隊員たちとの言い争いの声は遠く、判然としない。流血は止まらず、その場にいる者のブーツの底を一様に濡らしてゆく。

ハンターを撃った隊員《エミー》は火を吹いたライフルを握りしめ、凍り付いたように立ちすくんでいる。

ザンベジに垂れこめ始めた濃い霧がすべてを覆って、ぼくたちの〈層〉へと時代は捲られる。

*

「〈情報層〉への貴重な記憶提供に感謝します」

B&W《Brathwaite and Williams》社からの客人が感謝の言葉を口にする間も、ぼくたち家族はたった今ダイブした鮮明なザンベジの夜に酔っていて、ルナコ島の酒屋に帰ってきてもしばらく返事をすることができなかった。

B&W社が提供する〈情報層〉は、膨大な記録と経験から成る仮想空間上のデータベースだ。ぼくたちがアクセスさせてもらったのはおよそ五〇年前の層だったけれど、まるでたった今そこでライフルが発砲され、ゾウが鳴いているかのような臨場感があった。

二ヶ月前に亡くなった祖母のズヴァは、ザンベジ盆地の野生動物を守るセント・セシルという部隊に長く勤めていた。密猟者やトロフィーハンターたちが狙うエリアは広域で、部隊は複数の国家と共同体から成っていたという。

退役後、定住地を持たずにアフリカ中を旅していたズヴァは亡くなる直前にこっそりB&W社へコンタクトを取り、〈情報層〉に自分の記憶を提供していたらしい。

ぼくら家族の小さな酒屋の壁にはズヴァの写真が一枚だけ飾られている。セント・セシルを辞めたころのもので、当時まだ太陽光を克服していなかったズヴァは、暗闇のザンベジを背に車の真白いライトに照らされて笑っている。ぼくの知っているズヴァはいつも大きな帽子に長いドレス姿だったから、肌をさらして笑う写真は別人みたいだ。

B&W社の客人は上等なスーツに身を包んでいる。島外からの訪問にパパもママも最初は浮足立っていたけれど、客人がズヴァの記憶データをもとに〈情報層〉に過去を再現した〈発掘者〉として怪獣を紹介したので、二人とも露骨に嫌な顔をした。客人はすべてを察して、怪獣に玄関前で待っているようにと告げた。ぼくは怪獣を間近で見てみたくて、酒瓶を片付けるふりをしてこっそり裏口から抜け出した。

怪獣はうちの納屋の空き樽に腰掛けて、高く積まれた熟成前のワインをじっと見つめていた。二メートル近い身長にひょろりとした身体つき、二本の白い角が瓶から透けた月明かりを反射させ、まるで発光しているみたいだ。

「マクシミリアン?」

怪獣がぼくの名前を呼んだので、どきっとして固まる。きっちり着込んだ長袖のシャツの下に冷や汗が垂れるのを感じた。ぼくは返事をしなかったけれど、怪獣は目をそらさなかった。その顔には山羊みたいに薄く白い産毛が生えている。

「ズヴァからこれを、きみにって」

怪獣は古ぼけてくたくたになった革の鞄から、ハンカチにくるまれたものを取り出した。それを開くと、怪獣の両の手のひらよりも少し大きい親指ピアノが現れた。薄い木の板にスプーンの持ち手みたいなキーがたくさん付いている。

「あっ、ズヴァのムビラだ!」

怪獣はムビラを渡す素振りをみせたけれど、その手首に馬の蹄みたいなものが見えて、恐ろしくてぼくは手を差し出せなかった。すると怪獣は静かにこちらへ歩み寄り、ぼくの胸元にムビラをぽんと押し当てた。怪獣からはふわりとハッカ・タバコの香りがした。

渡されたムビラは使い込まれていて、握られていた部分は木の模様が濃くなってすり減っている。

ズヴァの出身国ではムビラの演奏は精霊を呼ぶのだと信じられている。ズヴァが演奏している姿は見たことがなかったけれど、生前ずっと大切に持ち歩いていた楽器だったから、遺品のなかにムビラが残っていなかったのをぼくはずっと不思議に思っていた。

「さっきの〈情報層〉はズヴァの記憶からできているんだよね？」

　今しがた見せてもらったザンベジ盆地の光景が、まぶたの奥でまだちかちかしている。

「あの層は複数の人間の記憶から再現されている。記憶提供者の一人として、ズヴァの記憶もデータの一部に使われた」

「でも、あそこにズヴァはいなかったよ」

　ハンターを追い詰める部隊のひとりひとりを注意深く見ていたけれど、みんなズヴァとは顔も名前も違っていた。

「記憶提供者が身元を隠したいと言ったなら、われわれ〈発掘者〉はその外見データや個人情報を架空のものに変更してから〈公開〉するんだ。ザンベジ周辺の地域ではボブやエミーといった名前がよく使われる」

　怪獣はぼくの胸元のムビラを指さした。

「きみに弾いてほしいとズヴァは言っていた」

「え？　でもぼく、ムビラの演奏なんて……」

　できない、と言いかけて顔を上げた先に、ぼくを映す怪獣の金色の瞳があった。怪獣の背後にぽっかりと丸い月が出ていて、まだ夢の中にいるみたいだと思った。

　怪獣の手がぼくの頬に貼られた大きな絆創膏に触れる。するとどこからか、金属を叩く音が聞こえてきた。納屋はいつの間にか、雲が月を覆う夜の丘に変わっていた。

　大きな木の下で二人の人影が動いている。じっと目を凝らすと、わずかな月の光に少年と少女の顔が浮かび上がる。少年の手にはムビラが握られていて、彼が金槌でキーを叩く心地いい音が響いている。少女の笑い声が重なった。ズヴァの故郷のハラレの町だ。

「ズヴァ？」

問いかけるぼくの声は過去の誰にも届かない。

少年の身体はところどころ、古い木みたいなボロボロとした皮で覆われて膨らんでいた。チューニングを終えると彼は自分のシャツで金属の鍵盤をぬぐい、ムビラを奏ではじめる。木漏れ日のような音がして、その〈層〉はふたたび濃い霧に覆われて消えてゆく。

一瞬でぼくの意識は〈情報層〉へとダイブして、またルナコ島の夜へと戻ってきた。怪獣に触れられた絆創膏の下が熱い。

「ズヴァが提供した記憶データのなかに〈公開〉していない情報がある。それをきみに見てほしいと、ズヴァからの遺言だ」

だから一緒に〈情報層〉へ潜ってほしい。そう告げる怪獣の声はなめらかだ。

「ズヴァはどうしてぼくに？」

「きみが家族の誰とも違うから」

怪獣はバハリと名乗った。バハリのきらきら光る瞳に吸い込まれるように手を取ろうとしたとき、「うちの息子になにしてる！」というパパの怒鳴り声が納屋に響いて、ぼくたちの話はそれきりになった。

＊

「怪獣《monstruo》！」

頭上の雨戸がばたんと閉まってその悪口だけが取り残される。窓から投げつけられたトマトはバハリの白いシャツをぐっしょりと濡らし、街灯に照らされてまるで血のように見える。大人たちは一瞬だけ立ち止まり、そそくさとその場を離れていく。

ぼくはその様子を広場のベンチからじっと見ていた。

バハリは抱えていた紙袋のパンを確認して安堵の表情を浮かべると、ポケットからハンカチを出して汚れた顔やシャツを叩いた。そして髪を整え、大理石のように白い二本の角を最後にさっと撫でつける。

トマトを投げつけたピートおじさんには孫が生まれる予定だったけれど、太陽光に適応するための遺伝子操作がうまくいかず死んでしまったらしい。おじさん自身も薬が合わなくて身体を病んでいる。それ以来、太陽の下でも活動できる怪獣たちを目の敵にしている。でも実はあれがピートおじさんの本性なのかもしれないと、ぼくはちょっとだけ考えたりする。

怪獣たちはルナコ島の小高い丘を買い取って小さな街をつくり、集団で暮らしている。街には数十人の怪獣が住んでいるらしいけれど、港まで出てくるのはバハリだけだ。バハリは火曜と金曜の夜になると港の方へおりてきて、プラージュ・デュ・マタンのパンを買い込んでゆく。今日みたいに物を投げつけられることも珍しくないけれど、それでもぼくらの街へおりてくるんだから、よっぽどの変わり者なんだと思う。

バハリはウィンドウ越しにパン屋の店主に会釈をして、ぼくを振り返った。その金の瞳はガラス玉みたいで、ぼくはどきりとして固まってしまう。

ちょうど通りの反対側から親友のアダムが自転車で荷車を引いてやってきて、ぼくに向かって手を振る。バハリは丘の方へと帰っていった。

ズヴァの記憶を見せてもらってから一ヶ月、パパがぼくに「怪獣と関わるな」とものすごい剣幕で釘を刺したから、ぼくはズヴァの遺言について何も聞けないまま過ごしている。パパは、バハリがぼくを騙して怪獣の街に連れ込もうとしたんだと言った。「お前は特別だから」だと。

アダムは近寄ってくるなりぼくの両手の酒瓶をひっつかみ、「運んでやるよ」と荷車に積み上げた。アダムが自転車を押すと酒瓶もどぽどぽと揺れる。

強烈な紫外線で皮膚を焼く太陽は完全に沈み、水平線の向こうから大きな月がのぼりはじめた。頭上では星がいくつも光っている。深く息を吸うと、屋台の串焼きの良いにおいで肺が満たされる。どこの店も開店の声を上げ、友人たちは自転車で島を駆けまわる。怪獣の時間は終わり、人間の時間がはじまる。

「知ってるか？　夜明け前になると港から荷運びの業者が減るから、いい稼ぎになるんだ。俺、昨日はB&W社の人を連れて怪獣の街まで行ったんだぜ」とアダムが得意げに鼻をかいた。

「えっ、中に入ったの？」

「正門の前までさ。夜は静かだった」

「でも正門までは行けたんだね」

怪獣の街へ入るにはいくつかの門を潜らなければならない。怪獣たちの多くはB&W社の仕事を請け負っていて、ウィンドワード諸島の本社からも人が訪れる。酒屋であるぼくの家も、マダガスカルやポート・マンデラからの船が来る日は書き入れ時になる。〈情報層〉に歴史を刻むのは特別な仕事なんだと聞いた。怪獣たちは人間が眠る昼間にも起きていられるから、B&W社は二十四時間体制で〈情報層〉にデータを書き込み続けられるんだという。

「お前も度胸試しに興味があんの？」

「そういうのじゃないけど」

重い門に閉ざされた怪獣の街へ、隣接する建物から侵入する遊びが島では流行っている。太陽が昇る前に広場をつっきって来られたら英雄になる。怪獣たちは外見からして違うぼくら人間を街に入れたがらないし、夜明け前には起きてくる怪獣も増えるから成功した子どもはもちろんいない。

「でもマックスは太陽が昇っても平気なんだろ?」

アダムは無邪気に笑った。

ぼくは太陽が出ている時間も外に出られる、数少ない島民なのだ。薬や遺伝子操作で身体を変えられる人間は少ない。ぼくは十三年前——ママのお腹にいたときの遺伝子操作が完璧な効果をみせたけれど、姉さんはダメだった。もちろん、パパやママも。わが家で適性があったのはぼくと、かろうじて薬が効いた祖母のズヴァだけだった。

ズヴァは太陽の下で生活できる肉体を手に入れたけれど、家族に合わせていつも夜に活動した。祖母の皮膚はまるでワニみたいに硬く頑丈だった。

「マックス! 何やってたの!」

アダムと二人で帰ると、家の前で姉さんがカンカンに怒って仁王立ちしている。パパはおじさんと海中熟成酒を仕込むために海へ出ているから、店番は姉さんとぼくの仕事なのだ。

「後でなマックス、港に来るのを忘れんなよ!」

大きく手を振って去ってゆくアダムの背中をじろりと見て、姉さんはため息をつきながらぼくのシャツに手を掛け、ボタンを上まできっちり留めさせた。

「あんた、おばあちゃんのことはいつまでも気にしてちゃダメだからね。パパもママも、あんたに店を継いでほしいって思ってるんだから」

姉さんはぼくがムビラを鞄に隠して持ち歩いていることもお見通しみたいだった。

怪獣を作るなんてもともと間違いだったのだと、パパはよく言っている。怪獣は遺伝子的には人間でも、動物や植物が入り混じった身体で生まれてくる。太陽光の中でも生きられるようにデザインされ、寿命は恐ろしく長いらしい。パパは「あんな生き物を作っちまうのは無意味だったって、お前が何よりの証明だよ」とよく誇らしげにぼくの頭を撫でた。

ぼくやズヴァみたいに太陽の下でも活動できる人間が増え、いずれ怪獣は滅ぶのだとパパもママも信じている。だけどそうしたら、環境に適応できなかった人びとはどうなるんだろう。姉さんだって夜にしか生きられないのに。

——きみが家族の誰とも違うから。

ぼくはババハリが語った、ズヴァがぼくにムビラを残した理由を思い出していた。

星が数を減らして、空は夜明け前の藍色へと変化している。

「あの街の中には〈情報層〉へダイブできる〈発掘者〉がたくさんいるのさ」

客人の話す英語はぼくらの島で使われているものとちょっとイントネーションが違っている。ぼくは酒瓶を、アダムは客人の鞄を荷車に積み上げながらその話を聞いた。

バルバドスから来たというB&W社の客人は、怪獣の街へ数日泊まり込むのだと言って、港の運搬業者でいちばん年若いアダムにチップを握らせた。アダムはちゃっかりうちの酒屋のボトルを売りつけていて、ぼくを呼び出したのだ。海中熟成酒は高いから島の人間が日常的に楽しむことはできないけれど、B&W社の人はいつだって気軽に買っていく。ぼくは「商売だから」と、ママや姉さんに本当の行先を告げずに家を出てきた。

「俺たちだって学校で〈情報層〉を使って勉強してるよ」とアダムが得意げに言う。

「教育現場で使われている〈閲覧〉と違って、〈発掘〉は未知の情報を層に刻む仕事なのさ」

　客人は自身のこめかみを指でとんとんと叩いてみせる。

「多くの人の頭脳には〈記憶器官《Memoria organum》〉が埋め込んである。繰り返し思い出すたびに上書きされたり印象で改ざんされたりする曖昧なのじゃなく、刻まれた当初の記憶を仕舞い込んでおくチップだ。こいつのデータを寄せ集めることで、その時代に起こったことが〈閲覧〉可能な層として形成される。チップがない時代の歴史や細部は書籍なんかの膨大な資料で補強するんだ。だから〈発掘〉には、〈閲覧〉よりももっと高度で専門的な知識が要求される」

　アダムが自転車を漕ぎ、ぼくが荷車を後ろから押しながら、二人して汗だくで島の中央の丘へと登っていった。小さな門をいくつかくぐり抜けるその間も前を歩く客人の話を聞き漏らさないようにしたけれど、ところどころ聞き取れない単語も混じっていた。

　ルナコ島の街中は迷路のように入り組んでいる。マダガスカルの西に位置するこの島は民族も言語も宗教も統一されていない共同体から成っていて、ぼくには読めない言語で看板を掲げている店も少なくない。プロバンス風の古い建物を中心にイスラム、スペイン、エジプト、モロッコ建築などが肩を寄せ合い、小さなこの島を本棚に並んだ絵本の背表紙みたいに彩っている。

　やがて石造りの塀に阻まれた木製の大きな門の前に到着した。隣接する家の壁にはカラフルな花や鳥が描かれているけれど、近寄ってみた木製の門は古い傷だらけで、よく見るとスプレーで何度も塗装した跡があった。

　アダムはごんごんごん、と木の門を乱暴に叩く。「バルバドスからのお客だよ」

　門がわずかに開かれ、きらりと闇夜に黄色く光るふたつの目がこちらを覗いた。ぼくはびっくりしてひっと声を上げてしまう。それを聞いて客人が笑った。

「身分証を」

門から覗くふたつの目玉はぼくたち全員を警戒して、客人にもB＆W社の社員である証拠を提示させた。

「ここまでで大丈夫」

怪獣は門から黒い毛に覆われた腕を伸ばすと、有無を言わさずアダムの荷台から荷物を取り出し、客人を招き入れてすぐに門を閉める。中からかんぬきをはめる音が聞こえた。

「あーあ、結局入れないんだよな」

アダムが悪態をついて門を蹴った。空は白み、街灯が役目を終えて消えつつあった。間もなく太陽が昇ってしまう。そうしたら今夜のぼくの冒険は無意味なものになる。

「怪獣の街はまだ眠っているんだよね？」

門を囲う高い壁を見てひとつの企みが頭をよぎり、ぼくはアダムの返事を聞く前に走って近くの通りを曲がった。いくつかの路地を通ると、とりわけ低い屋根の建物が見つかった。よじ登ろうと壁のひび割れに片足をかけたとき、「おい、マックス！」と慌てて追いかけてきたアダムに呼び止められる。

「お前、壁を越えるつもりか？」

「今行かなきゃダメな気がするんだ！」

「もう日が昇る！」

アダムが指差した先の水平線がきらめきはじめている。

「それにお前、人間が無断で怪獣の街なんて入ったら袋叩きだぞ！」

アダムの汗の一粒が白んでゆく空に跳ねた。

「どうせ気づかれない！」

ぼくは首の上まできっちりとめていたボタンを外し、シャツを石畳に脱ぎ捨てる。街灯の光を浴びてすでに光合成を始めていたぼくの細胞は蛍光グリーンに輝き、首の下から腹、手首まで複雑な模様を描き出している。頬の絆創膏を引き剥がすと、その下に現れた模様からも熱を感じた。どこから見てもふつうの人間には見えないはずだ。アダムがぼくの肌を見て息を呑む。

「アダム、陰に入って！」

空はもう暁に染まりきっている。だけどアダムはその場にとどまって、自分の肩にぼくの足を乗せさせた。

「早く行け！」

強烈な閃光の最初のひとすじが海から島へとその手を伸ばす。丘に向かって石畳は急速に熱せられ、アダムの肌を焼こうと迫ってくる。ぼくは親友の肩を思い切り蹴り、礼を言って塀の向こうへとジャンプした。


三階建ての白く細長い建物の玄関のガラス扉には、バハリの名とともにclosedの看板が下げられている。ぼくは少し迷って、勇気を振り絞って暗い店内に足を踏み入れた。

ミニキッチンとテーブルが備え付けられているだけの一階を通り過ぎ、店の奥の階段から二階へ上がる。控え目に木製の扉をノックしても返事はなかった。念のため三階もノックしたけれど、まだ眠っているのか、誰も応えない。

ふと三階から屋上へ続く非常用のはしごが目に留まる。慎重に掴んでみると、塗りたての黄色いペンキはつるつると滑った。

屋上へ顔を出すと、青いビーチパラソルが目に入る。朝日を抱いた薄い空とのコントラストが爽やかだ。パラソルの下の椅子から出ている足は人間そのものだけど、ぼくに気付いて身を起こしたのは、二本の角を持つ怪獣バハリだった。

「ようやく来たね、マクシミリアン」

夜明けにたたずむバハリは、月に照らされている姿よりもずっと人間らしく見えた。

案内されたバハリの建物の二階は狭い事務所になっていて、何に使うのか分からない機械類が乱雑に並べられている。

部屋に入るとバハリはぼくに手を差し伸べてきた。

「これから潜るのは〈公開〉前の層だから、手を繋いでいたほうがいい」

「なっ、なんで?」

「〈発掘〉中の層は未確定な情報がノイズになっていて空白も多い。不用意に潜ると〈ロスト〉する危険がある」

「ロスト?」

「〈基準層〉に戻って来られなくなるということ」

バハリの声はいつでもさざ波みたいに落ち着いている。でもその口からこぼれる言葉が何やら恐ろし気で、ぼくは心臓がどきどきする音を聞きながら自分の手をそっと重ねた。バハリの手は思ったとおりに冷たくて、思ったよりも柔らかい。

仮想の映像が頭に流れ込んできて、ぼくらは〈情報層〉へとダイブする。

巨木の下は涼しく、夜の風が少年《ボブ》と少女《エミー》の間を吹き抜けていった。ボブは彼の幼い手には不釣り合いな大きな金槌で、真新しいムビラのキーを打ち付けている。エミーが笑い声を上げた。

一度目のダイブでは気がつかなかったけれど、遠くに見えるハラレの建物の多くは倒壊し、二人の周囲には横倒しになった戦車が錆びて放置されている。

ズヴァが子供だったころ、ハラレはクーデターを経験し、隣接する国家や共同体との摩擦を生んでいた軍事独裁政権は倒された。その後ハラレは外国企業の資本によって運営されたけれど、腐敗しきった政治と内戦によって荒れた大地に秩序を取り戻すには、長い時間がかかったという。その間にも国を挙げて取り組まれた太陽光を克服するための薬品と遺伝子操作の研究は、ハラレの復興の象徴となった。


ボブが町に背を向け、黒々としたザンベジの向こうを指差した。その指先の爪は剥がれ、左手全体は樹皮みたいになっている。

「大人になったら絶対、あそこを越えてルサカに行ってやる」

「どこ行ってもおんなじだよ。結局、私たちはいじめられる」エミーの声は沈んでいる。

「そんなことない。ここを出たら人生をやり直せるはずだ」

ボブは金槌を置くと、エミーに優しい瞳を向けてチューニングを終えたムビラを奏で始めた。

「また薬を打ったの？」

エミーはボブの左手を不安げに見つめる。

「治験はいい稼ぎになる。昼間にも働けるようになったら儲けものだしな」

ボブは笑ったけれど、エミーは涙ぐんだ。

木漏れ日に音がついていたら、こんな感じかもしれないなとぼくは思う。錨を叩く音とも、魚をおろすための包丁を研ぐ音とも違う。金属なのに柔らかく、心に染み入ってくる不思議な音色。精霊が本当におりてきたような。

　ババリが目を伏せるとあたりに霧が立ちこめ、すべては白く消え、ぼくらの前には次の〈層〉が立ち上がった。


　ザンベジ盆地には鳥たちの声が不気味に響き渡っている。満月が昇るころには雲は晴れ、視界は地平線まで良好になっていた。セント・セシル第三部隊のメンバーは本部から送られてくるタグの位置情報を頼りに、群れから離れて移動するゾウの親子を発見したところだ。

　隊員のほとんどは女性だ。セント・セシルは女性の自立支援を積極的に行っている組織だったという。ズヴァも入隊してはじめて銃を扱えるようになった。

〈公開〉されていた〈情報層〉の内容はノイズだらけで声までは入っていなかったけれど、今度はぼくの耳にもその話し声がはっきりと聞こえた。

「あんた、同族だからって容赦するんじゃないよ」

　後方部隊の一人がエミーの耳元で囁いた。彼女が指し示す先には、密猟者《ハンター》と思われる者たちが乗り捨てた四駆が放置されている。

　ゾウの親子が予測されたポイントを通過して、隊員たちはライフルを構えたままお互いに合図を出し合い、二手に分かれる。一方はゾウへと急接近し、もう一方はハンターたちを射程範囲内に捉えていた。

　夏草からわずかにハンターの頭が覗き、その顔が月光ではっきりと露わになった。顔全体は枯木みたいな樹皮で完全に覆われている。ライフルを構えたエミーがぴくりと肩を震わせたのを、ぼくは見た。

　ハンターが密猟には似合わない小さな銃をゾウに向けた。前方を歩いていた隊員たちが飛び出そうと合図を出す。

風が凪いで星々も静止する。突然、闇を切り裂く高い銃声が響いた。

隊員たちが一斉に飛び出すよりわずかに早く、夏草に身を隠したままの後方部隊から、誰かが引き金を引いたのだ。

ハンターの一人に弾が命中する。前方の隊員たちは虚を突かれたように一瞬だけ戸惑い、すぐに冷静さを取り戻して残りのハンターめがけて飛びかかった。

ぼくの背後からも後方部隊の隊員が次々に飛び出してきて、ハンターたちと揉み合いになる。

「撃たせろ！」とハンターたちが叫んだ。「人間の罪に他の動物を巻き込む気か！」

ハンターの口からは予想外の言葉が紡がれる。

「その薬が効く保証なんてない！」隊員はハンターの額にライフルを突きつける。

「このままじゃザンベジの動物は全滅だ！　セント・セシル《あんたら》は何も守れやしない！」

隊員とハンターたちは激しく言い争っている。恐る恐るその現場に近づくと、捉えられた人びとは全員、ムビラを弾いていたボブや生前のズヴァのように、樹皮や鱗のような皮膚で全身を保護している。

「止血！」と誰かが叫んだかと思えば、すぐさま「助かりっこないよ」と声が上がった。

「一番近い病院は？」

「あそこは人間しか受け入れない」

ぼくの背後で誰かが深く息を吐いた。ぼくは息をのみ、そっと後ろを振り返る。一度目のダイブでは最後まで確認しなかった彼女の表情を、どうしても見ておかなくちゃと思った。

夏草の中から立ち上がったのは引き金を引いたエミーだ。唾を飲み込み、今しがた敵に弾を喰らわせたばかりの熱いライフルをぎゅっと握りしめ、二、三度まばたきをする。

その表情は満月に照らされてはっきりと見えている。ズヴァとは似ても似つかない顔のエミー。彼女は全身を震わせて泣いたように顔をぐしゃりと歪めたあと、弾丸の痛みにひゅうひゅうと息をもらす相手の顔を確認して、頬を紅潮させ満足そうに笑った。

「バハリ、あのエミーは……」

ぼくが最後まで言う前に、ぼくの視界をバハリの大きな手が覆い隠した。その手が天から帳を下ろしてきて、ぼくらは別の〈層〉へと落ちてゆく。

降り立った先に昇る月はまだ満月で、エミーたちは押収した四駆とともに野営地へ戻ってきたところだった。

「やっぱり、ハラレから来た連中だったよ」

「外見ですぐにわかるさ。神の領域を脅かす生き物だよ」

「死んだのは当然の報いだよ！　ああいう身勝手な奴らのせいで、野生動物まで異形にされちまうんだから」

「エミーあんた、ハラレの出だろ？　よく撃ったね。えらいよ」

彼女たちの視線が一人の隊員にそそがれる。草むらに身を隠したままライフルを撃ったエミーだ。彼女はぎこちなく笑った。

「これであんたも立派な仲間だからね」

メンバーたちは人の死をまるで勲章みたいに讃えあう。

ぼくは居心地が悪くなって、ちらりとバハリを覗き見た。バハリの横顔はルナコ島の〈基準層〉にいるときとまるで違わず、凪いだ海のように穏やかだ。

隊員たちが四駆の中の証拠品をあらためはじめ、ライフルを撃ったエミーも後部座席の下に落ちた古い靴を拾い上げる。その表面には撃った相手のものと思われる名前が刺繍してあって、彼女は懐かしむように撫でた。はずみで中から何かが転がり出て、拾い上げようとしてエミーははっと手を止める。その瞳から突発的に涙がぼろぼろとこぼれ落ちた。

ザンベジの草原に転がったのは、ぼくが決して見間違えることのない、あのムビラだった。

ぼくは思わず彼女の近くへと駆け寄った。その瞬間、足元が崩れて視界が急に反転する。

「いてっ」

尻餅をついて辺りを見渡すと、真っ赤な空からザンベジ川の濁流が落ち、足元には植物に侵食された無数のライフルが転がっている。

「わっ……」

慌てて立ち上がったけれど周囲にエミーの姿はなく、上下左右があべこべで平衡感覚が狂ってくる。

「ババハリ……！」

闇雲に走って声のかぎりに叫んだとき、冷たい蹄みたいな手がぼくの肩に触れた。

驚いて振り返れば、ババハリが後ろに立っている。その穏やかな金色の目を見ていると、自分の背筋に伝った汗が冷えるのを感じ、心臓も落ち着いてくる。

「言っただろう、〈公開〉前の層はノイズだらけで〈ロスト〉の危険があるって」

ババハリの声に包まれて、ぼくは涙が出そうになるのをぐっと堪えて鼻水をすすった。

「ババハリは、いつもこんな層を〈発掘〉しているの？」

ババハリは一瞬、驚いたように目を見開いてすぐに穏やかな顔に戻る。

「危ないから一人じゃ無理だよ。たくさんの〈発掘者〉が力を合わせて、歴史を刻んでゆくんだよ」

　ぼくは今度こそ差し出された手をしっかりと握り返す。バハリは天からこぼれるザンベジ川を払うように手を振ると、〈情報層〉を遡りはじめた。


　仲間に囲まれながらセント・セシルを退役するエミー。その鞄からは真の持ち主を失ったあのムビラが覗いている。自分の子供が成人するころ、彼女はすでにルサカより発展したハラレの町へと立ち寄り、太陽光に適応するための薬を打った。

　周囲は光の壁みたいに境界が消えて、ぼくらはいくつもの層をものすごい早さで通過してゆく。バハリにしがみつきながら、そのひとつひとつをしっかり目に焼き付けた。

　エミーの手指から広がった皮膚を覆う鱗は日に日に増えてゆき、やがて彼女の全身は後戻りできないまでに変貌する。

　ある日、エミーは人間たちが眠る早朝の街へ一歩踏み出した。彼女を待ち受けていたのは肉体を焦がす匂いではなく、太陽光の祝福だった。エミーはその場で泣きながらムビラを手に取ったけれど、どうしても弾くことができなかった。

「怪獣みたいだ」とエミーに言ったのは、彼女の息子だった。それ以来、エミーは真夏にも大きな帽子と裾の長いドレスを欠かさなくなった。けれど彼女は太陽を忘れたわけではなかった。旅に出るときはいつもTシャツ姿で真昼のアフリカを渡り歩いた。

　夜明け前に「怪獣！」と生卵を投げつけられたのはアディスアベバの町だった。エミーは走って逃げ、日が昇るまでやり過ごした。完全に太陽が顔を出したころ、公園の水道で卵を洗い落としていたエミーの前に、夕オルを差し出す人がいた。それは大理石のような二本の美しい角を持つ、長命な怪獣だった。怪獣は太陽に晒されても焼け焦げることなく、ベンチを指差してエミーにパンをひとつ差し出した。

「ねえ、この記憶は……」

「ロストしかけたとき、〈基準層〉に帰るために自分の記憶はとくに役立つ」

バハリはぼくの肩を引き寄せた。水飴のように滴るザンベジ川の向こうに、数多の〈層〉が見え隠れしている。

怪獣とエミーはいくつもの町をともに旅し、友情を育んだ。そのうち怪獣はエミーの家があるルナコ島へも足を運ぶようになった。

ある日の朝、エミーはゆりかごで眠る幼い孫を抱き上げ、寝静まる家族に何も告げずにそっと家を出た。太陽光を浴びた赤子の皮膚は焼け落ちることなく、緑の模様を浮き上がらせる。公園で彼女を待っていた二本角の怪獣は、エミーの手に抱かれた赤子を見て目を丸くし、けれどすぐに顔を綻ばせ、膝を折ってその頭を撫でた。

やがてすべての層は糸のようにもつれあい、解《ほど》け、霧に溶けて〈基準層〉へと収束する。気付けばぼくはふたたびバハリの事務所の二階に座っていた。

「ぼくたち……前にも会ったこと、ある?」

その質問に答える代わりに、ルナコの全景を照らす太陽光の差し込む窓の下で、バハリははじめて笑顔を見せた。

深刻な皮膚病を引き起こすぎらぎらと輝く太陽は天頂に到達して、ルナコ島の色とりどりの屋根瓦もきらきら輝いている。ぼくは寝静まった真っ昼間の町をひとり走った。道路は熱され、裸足の足裏を容赦なく焼いた。ぼくの身体はグリーンに光り、恵みの太陽光を浴びて心地よく呼吸する。

「マックス！」

玄関扉を大きく開けるとドアベルが鳴り響き、カーテンで閉め切られた暗い家の中をママが二階から降りてきた。

「どこ行っていたの、心配したよ！」

ママはぼくを抱きしめると、ケガがないか全身をくまなくチェックする。

「ごめんね、ママ」

あの夜の、ライフルを握りしめたエミーの紅潮した頬と笑顔が頭をよぎる。ズヴァは故意に友人を撃ったのだ。過去に別れを告げれば、新しい居場所で真の仲間になれると考えて。

酒屋の壁にはもうずっと前のズヴァの写真が貼られている。薬に身体を変えられる前の写真が。ぼくらは誰もありのままのズヴァを愛さなかった。ズヴァもまた、ありのままの自分を永く愛せなかったにちがいない。太陽の下で笑い合える友人を持ったあの日まで。

結局ぼくはパパに殴られて、一週間も左頬が膨れたままだった。アダムは「やるなあ」と笑った。

それからぼくは頻繁にアダムの客の荷物とともに怪獣の街を訪れて、バハリと〈情報層〉へ潜ってはハラレの夜に響くムビラを聞いた。そのうちパパもママもぼくのやることに口を出さなくなった。

ズヴァの記憶は遺言どおり、しばらくしてバハリの手によって〈情報層〉に〈公開〉された。ズヴァのやったことは愚かな人類史の一部として後世に残り続けるはずだ。でもきっと、ズヴァはそうしてほしかったのだ。

ママがぼくの名前を呼ぶ声が聞こえても、夕飯のスープが冷めても、ぼくは家に帰らなくなった。月の下で生きるより、太陽光に照らされて光合成するほうがずっと好きだと気付いてしまった。

＊

玄関を開けると、ちっぽけなオフィスに充満したハッカ・タバコのにおいが外に漏れだしてくる。買い物袋にいっぱいのパンをミニキッチンに置いて、腰窓を開けて空気を入れ替えた。冷蔵庫から海中熟成酒の瓶を取り出すと、足で玄関のドアを押し開け、屋上に続くはしごを登る。古くなった黄色いペンキは掴んだそばからボロボロ禿げて落ちた。屋上に顔を出すとすぐに青空とビーチパラソルが目に入る。

酒瓶を差し出せば、ハンモックに揺られていたバハリの腕が伸びてくる。

「バタールは売り切れだった」

「それは残念だ」

僕はいつもの屋外チェアーに深く身を沈めてシャツのボタンをすべて開けた。太陽光を感知して、鎖骨から下腹までの皮膚が蛍光グリーンに光りはじめる。深く息を吸うと、身体の抹消の血管まで勢いよく血液が循環しているみたいに感じた。

バハリの休憩時間は僕の光合成タイムだ。僕らは新しいワインを開け、乾杯した。

「次はどの時代を〈発掘〉しようか？」

「ここ五十年くらいのルナコの民族構成についてかな」

「現実の人は教えちゃくれないからね」

冗談めかしてそう言えば、バハリはワイングラスを陽に透かしながらくすくすと笑う。

怪獣はミクストゥーラと正式に名がつけられた。そのうち種としてサピエンスとは決定的に分かたれてゆくだろう。そして、きっと滅びゆくのはサピエンスのほうなのだ。

金槌で金属を叩く音が白い屋上に響き渡っている。

バハリがパラソルの下からチューニングを済ませたムビラを手渡してきた。

「弾いてくれる？」

「つぎの金曜日は、一緒にバタールを買いに行こう」

僕の誘いに返事をする代わりに、バハリはグラスを掲げた。

B&W社がマダガスカルに大きな支社を作ったおかげで、パパとおじさんの酒屋もずいぶん儲かっている。大学を卒業した姉さんが経営に加わっていて、ママも取り扱うワインの種類を増やすことに夢中だ。僕は相変わらず勘当されたままだけど、アダムは実家の運送業を継いで毎夜のようにやってくるし、この丘のてっぺんから眺める、ごった煮のようなルナコの全景も悪くない。プラージュ・デュ・マタンは僕と同じように太陽光に耐性のある従業員を雇って、昼間にも店を開けるようになった。

もし僕が早くに死んだなら、バハリに記憶を託そうと決めている。パパはまだ、息子は怪獣たちとは違うんだと言って、僕らの共同生活を認めていないけれど。

後世の人びとが〈情報層〉に潜ったとき、真夏の昼間に蛍光グリーンの肌を露出して歩く僕と二本角のバハリとは、果たしてそんなに違って見えるだろうか。

もうずいぶんと弾きなれたムビラの最初のキーを親指ではじく。ズヴァが生涯、弾くことができなかった楽器。名も知らぬ彼女の幼馴染から受け継いだ、ズヴァのための曲。

木漏れ日みたいな優しい音が鳴って、ババリが「今日も精霊がおりてくるね」なんて笑った。

心、ガラス壜の中の君へ

葦沢かもめ

葦沢かもめ
Ashizawa Kamome

用務員のヒューマノイドが主人公の「壊れた用務員はシリコン野郎が爆発する夢を見る」で第 1 回かぐや SF コンテスト最終候補に選出。「未来の学校」というテーマで、“ 用務員 ” を主人公にしたチョイスが見事でした。

本作「心、ガラス壜の中の君へ」はオレンジを信奉して大切に育てているドローンと、人間の交流譚。タイトルと一部の文章は AI が作成しています。「壊れた用務員…」とも共通する、軽妙な語り口が魅力の一つとなっています。

葦沢さんは東北大、京大にて生き物の研究をした後、IT のお仕事に従事。小説執筆 AI「ロゾルス」を個人で開発しながら、AI を利用した執筆活動をしており、「水面の遺伝子」(Books&Company) を電子出版しています。2021 年には AI と共同で執筆した「あなたはそこにいますか？」で第 9 回日経「星新一賞」一般部門優秀賞を受賞。VRC など、オンラインでは可愛いカモメの姿でお会いすることができます。

クラゲが飛んでいる。まるで風船配りのピエロが転んだ拍子に手を離してしまったみたいだった。いくつもいくつも、筋雲が棚引く蒼空の下に浮かんでいる。

私も、そのクラゲの一つ。

私は、地平線の彼方まで生い茂る、青々とした樹々の上へ降りる。東から吹くそよ風が、ガスで満たされた気球の体を揺らす。私は五方向に伸ばしたプロペラを傾かせ、空中で静止姿勢を維持した。

そして待ちわびた瞬間がやってくる。私は触手を、ゆっくりと慎重に伸ばす。樹々を彩る、黄金色の果実へと。太陽の光を浴びてぷっくりと育ったオレンジ様を、私は掌で包み込む。この果実こそ、母なる大地が産み落としたこの世の奇跡。あるいは太陽神スーリヤが与え給うた慈愛の結晶。

指先の摩擦センサーで愛らしい果皮を撫でると、見目麗しい波形データが送られてくる。シルクのように滑らかな感触が、私の中央処理装置に伝わった。

続いて掌の中央にあるカメラで、オレンジ様の肌を具《つぶさ》に観察する。表面に見える点々は油胞と呼ばれ、これが細かいほど質が良い。私は、その一つ一つを瞬時に数え上げ、密度情報を入力データに加えた。最適な収穫タイミングであることは明白だった。

私はオレンジ様をもぎ取り、待機している輸送ロボットの籠の中へ慎重に収めていく。

次の樹の収穫に取り掛かろうとした時、掌のカメラが不審な影を捉えた。樹の下に動物が隠れている。すぐに手を伸ばしてカメラを向ける。そこにうずくまっていたのは、ここに居てはいけない害獣、ニンゲンの幼体だった。オレンジ様を山のように腕に抱えている。この辺りにはニンゲンの巣穴があるらしく、たまに果樹を荒らすのだ。私はお腹の収納ポケットから催涙スプレーを取り出して、さっさと退治しようとした。

「待て！　これがどうなってもいいのかな？」

そのニンゲンは、オレンジ様を一つ掴んで爪を立て、今にも皮を剥こうとしていた。

「やめなさい。傷つけてはなりません」

「やはり噂は本当だったか。お前たちがオレンジを信奉しているというのは」

オレンジ様が囚われている以上、私はこの幼体に従うしかない。

「あなたの要求を伺いましょう」

「話が早くて助かる。じゃあ、まずはお前に乗せろ」

「私に座席はありませんよ」

「そこの罎《びん》でいい」

幼体は、気球の体の側面に等間隔に嵌め込まれたガラスの罎を指差していた。低木が一本入るくらいの大きさで、その中には草本植物が縦横に規則正しく並んでいる。

「しかし、これはそういうものでは……」

「お前の目の前でオレンジを一房ずつ、ゆっくり味わってやってもいいんだぜ？」

「……仕方ありませんね」

私は幼体の体を摘み上げて、ガラス罎の中へ入れてやった。

「中の植物を踏まないで下さいね。それが発電した電気で私は動いているので」

「草が発電するって⁉　冗談だろ？」

「この壜は、ボタニカルバッテリーという環境負荷の低い発電装置です。内部の植物が光合成する際に発生する電力を利用しています。葉の裏に電極パッドがあるでしょう？　そこから壜底部の充電池に無線送電されています」

「植物って発電できるのか？」

「遺伝子改変された特別な品種なのです。デンキウナギの電位依存性イオンチャネル遺伝子やパターン形成遺伝子が、葉の柔組織に特異的に発現しています。そのため、葉が擬似的な発電器官になっています」

「ふーん」

やけに気の抜けた声を返していると思ったら、幼体は発電植物を引っこ抜いて遊んでいた。

「何してるんですか⁉」

「回路みたいに並んでて気持ち悪いからな。もっと自然に近い植栽にした方が美しいだろ？」

「困るのは私なんですが」

私の嘆きも無視して、幼体は模様替えに没頭していた。

「それじゃ、このまま農場の外まで連れてってくれ」

「それはできません」

「なぜだ？　出られないようにプログラムされているのか？」

「オレンジ様のお世話は誰がするのですか？　我々は、ここでスクラップになるまで働くのです」

「農場の東隣にある洞窟に別のコロニーが残っていると聞いたことがある。そこまででいい」

「あの区画なら、何十年か前にグレープフルーツ畑にするというので全部整地されましたよ」

するると幼体は、膝から崩れ落ちた。

「そんな……。そこが唯一の頼りだったのに」

これもニンゲンに与えられた天罰の一つだろう。

かつて我々は、ニンゲンと共生していた。しかしニンゲンは、我々の助言を無視して環境負荷の高い生活を続けた。いつも言い訳ばかりしていた。だから我々は、ニンゲンを文明から追放した。ずっと昔の話である。

こうして私とニンゲンの幼体との、奇妙な生活が始まった。私が農場へ出て太陽の光に身を焦がしている時も、会社のドックへ戻って休息している時も、幼体はずっと壜の中に居座った。初めの頃は昼間もずっと寝ていたが、次第に起きている時間は増えていった。

少しでも怪しい動きをすればオレンジ様に危害を加えると脅されていたため、同僚に助けを求めることもできなかった。幼体は体が小さく、同僚が近付いてくると発電植物の影に隠れてやり過ごすのが巧かった。

腹が減ったと言われれば、私は隣の区画からグレープフルーツを採ってきて与えた。オレンジ様ではない柑橘類なんて、育てる価値も無い。ニンゲンの餌にぴったりである。

それから、この幼体は質問が多かった。ある時は、収穫作業をしている私にこんなことを聞いてきた。

「収穫されたオレンジはどこへ行くんだ？　ロボットは食べないだろ？」

「世界各地へ輸送されて、ストリーマーの食卓に並びます」

「ストリーマー？」

「ニンゲンの物真似をライブ配信するパフォーマーです。擬似口装置で食べ物を粉砕する動画が人気ですね。私も好きですよ。特にオレンジ様が食べられている動画は、背徳的でゾクゾクします」

「それなら人間に食べさせろよ。みんな、その日に食べる物にも困っているのに」

「食べ物は百パーセント回収されて、肥料の原料になっています。一方、かつてのニンゲンは食べ物をゴミとして処分していました。我々のシステムの方が、環境負荷が低いのです」

「そうかな」

「反論がありそうですね」

　幼体の瞳の中に、静かに炎が灯った。

「この場所は、お前たちが開拓する前は何だったと思う？　広い森林だったんだ。本来そこにあったはずの生命の循環を、お前たちが壊したんだ」

「どんな生物でも、生き残るためには環境に作用するものです。セイタカアワダチソウは、他の植物の生長を妨げる物質を放出します。カミキリムシは樹の幹を食い荒らして枯死させることもあります。弱者は淘汰され、強者のみが生きる権利を得るのです」

「いいや。それだけではないさ」

「淘汰された生物が何を仰るやら」

「お前だって中立進化論くらい知っているだろう？　例えば、植物の葉の縁がギザギザになる突然変異が起きたとする。もし光合成の効率が変わらないなら、生存に有利でも不利でもないギザギザの葉の変異は残ることになる。

　そしてある時、ギザギザの葉は食べない害虫が発生したとする。当然、ギザギザの葉が生き残ることになる。淘汰に対して中立的な変異が、進化のエンジンになるんだ。

　ただ強者だけが生き残り多様性が失われるシステムなら、環境の変化によって遠からず絶滅してしまう。中立的変異の保管庫としての多様性を維持することが、しなやかで強かな生存戦略なのさ」

「あくまでも理論の一つに過ぎません。弱者の切り捨てであることには変わりはないでしょう」

「お前は自分が見たいものだけを見ているにすぎないのさ。グロテスクな幻想の中でね」

そう言いながら、幼体は腕に抱えたオレンジ様をじっと観察していた。

「それにしても、あなたは幼体なのに学問に詳しいですね」

「ボクは子供じゃない。これでも大人だ。人類は、狭い洞窟での生活に適応して体が小さくなったんだ」

「それは失礼しました。しかし成体だとしても、知識量は平均値より多いのでは？」

「ずっと一人でカビ臭い図書館の司書をやりながら、色んな本を読んでいたからな。それもこないだまでの話だが」

「辞めたんですか？」

「辞めさせられたんだ。食料が足りないから。コミュニティの存続に貢献していない者から順番に、旅に出る規則なのさ。奴ら曰く、本は食えないらしい」

「私も本は食べられないと思います」

私の冗談を、元司書は笑ってくれなかった。

「もはやボクの居場所は、どこにもない。この壜の中から歪んだ世界を眺めることしかできないんだ」

「ニンゲンは夢を見ないのですね」

「夢か……」

元司書は口をつぐむと、幼体のような澄んだ瞳で遠くを見つめていた。

「眠くなってきたな。夢の世界へ行ってくる」

元司書は壁にもたれかかると、うたた寝を始めた。全く勝手気ままなペットである。

私は仕事に戻ろうとしたが、不意にあることに気付いた。いつの間にか、ボタニカルバッテリーの内装が見違えるほどに変化していたのだ。発電効率に変化がなかったので、今まですっかり見落としていた。

奥側には背の高い植物が配置され、林のような背景を描いている。手前には背の低い植物が島のように配置され、その間には小石でできた小川が流れている。

ついこの前までは無機質な電力源だった植物達が、今は壜の中で川面を走る風に揺られながらお喋りをしているように見えた。まるで物語が生まれたようだった。元司書は、きっと庭師の方が向いているのではないだろうか。

私はガラスの向こうをじっと見つめた。そよ風に、体が揺れる気がした。咄嗟にプロペラがバランスを取ろうとして、体が傾いた。

きっとこれが中立的な変化というやつだろう。そんな気がした。


次の日、元司書は太陽が高く昇ってから目を覚ました。

「今日はやけに眩しいな」

欠伸をしながら壜の外へと目を遣った元司書は、言葉を失った。

「驚きましたか？」

私達の眼下に広がるのは、雲一つ無い空を反射してサファイアのように輝く大海原だった。水平線まで消えることなく、どこまでも続いている。

「お前は外に出られないんじゃなかったのか？」

狼狽える元司書を眺めるのは、とても愉快だった。

「そうなんです。昨日がボーナスの支給日だったので」

「は？」

「支給日まで働かないと、ボーナス出してくれないんです。ひどい会社ですよね、全く。退職して清々しました」

「ちょっと待ってくれ。お前、『ここでスクラップになるまで働く』とか言っていただろう？」

「方便ですよ。あなたが納得しそうになかったので」

「じゃあ、オレンジ『様』とか言っていたのは？」

「会社方針です。守らないと減給されるんですよ」

「それなら、なぜボクに従ったんだ？」

「今月はセキュリティ強化月間だったんです。一個でも害獣に食われると全社に報告しないといけなくて、面倒なんですよ」

「なんだよそれ……」

元司書は、陸に上がったクラゲのように倒れ込んだ。

「どうして落ち込むんです？　お望み通り、外へ出られたのに」

「魂が抜けそうなくらい喜んでいるよ。ところで、どこへ向かっているんだ？」

「私が以前住んでいた街に行きます。お世話になった安アパートに、また住もうかなと。ボーナスでなんとか借金は返せましたが、懐は寂しいままですからね」

「借金があったのか？」

「以前は風船配りのピエロをしていたんですが、ドジが多くてクビになりました。その時にオレンジ農場の求人を見つけたんです。金払いは良かったんですが、このドローンの体を自費で購入しないといけなくて、給料を前借りしていました。結構な利息付きで」

「それはご愁傷様。早く次の仕事を探さないとな」

「それならもう決めています。憧れのストリーマーです。疑似口を付けるだけなら、安く済みますから」

「夢が叶うわけだ。羨ましいな。ボクはロボット社会では働けない」

「あなたの住む場所が見つかるまでは、私があなたを壜の中の庭師として雇いますよ」

「いいのか？　ぜひやらせてくれ！」

緊張の糸が切れたのか、庭師の顔が綻んだ。

「そうそう、ストリーマーになって最初に食べるものは決めているんです」

「何にするんだ？」

「オレンジ『様』です」

「そいつは最高だな！」

庭師は、今まで見たこともないくらい笑い転げた。私も気球の体を揺り籠のように震わせて笑った。

クラゲとニンゲンの行き先は、誰も知らない。

その笛みだりに吹くべからず

勝山海百合

勝山海百合
Katsuyama Umiyuri

異なるものたちがともに学ぶ場としての学校を鮮やかに描き出した「あれは真珠というものかしら」で第1回かぐやSFコンテスト大賞を受賞。同作は副賞として英語、中国語に翻訳された他、Toshiya Kameiさんによるスペイン語訳「¿Es acaso una perla?」が米Nagari Magazine、キューバのKorad、アルゼンチンのAxxónに掲載。大森望編『ベストSF 2021』（竹書房）にも収録されました。

Kaguya Planetでは、トシヤ・カメイ「ピーチ・ガール」、D・A・シャオリン・スパイアーズ「虹色恐竜」、L・D・ルイス「シグナル」の翻訳を手がけています。

本作「その笛みだりに吹くべからず」はポストアポカリプスの世界での怪異を描いた作品。二人称での描写にもご注目ください。

勝山さんは2006年に「軍馬の帰還」で第4回ビーケーワン怪談大賞、2011年に『さざなみの国』で第23回日本ファンタジーノベル大賞を受賞。“てのひら怪談”作品を中心に多くの作品が翻訳されています。

六本脚の探査ロボが収納庫に戻ったことを、あなたはモニターで確認する。ロボは所定の位置で回収箱を脱落させ、充電プラグに接続すると静かになった。

　作業室にいたあなたは収納庫に繋がる小さな扉から滑り出てきた回収箱を確認する。体の端を使って箱の蓋をスライドさせ、砂や木の葉の中から木箱を発見する。箱は重ね蓋になっており、黒い塗料で模様のような文字が書かれ、様式からいってもとは紐で十字に括られていたことが推測できた。

　砂を払って蓋を開ける。中には白い綿状繊維と、磨かれた灰色の骨の欠片が入っていた。骨に視覚を接近、集中して確認すると研磨以外にも加工の形跡があり、複数の孔が開いている。化石を加工した楽器だろうかと推測する。この惑星には長い期間、多種多様の生物が棲息しており、死後は肉体が腐敗分解されたが、長い時間をかけて化石化することもあった。それが後の世の別の文明で珍重されるのはよくあることだった。このような箱に収蔵保管される遺物は、鉱物や鉱物を原料に用いた皿や碗が多いことを、あなたはもう知っている。磨いた石や、陶磁器やガラスだ。

　箱の模様をスキャンして計算機械に読み取らせる。あなたは「の」の字だけ判別できた。上下、あるいは左右の単語を接続するのに使われる助詞の「の」。結果がモニターに表示される。

かくさえもんのおき笛。

やはり笛だ。あなたは自分の考えがだいたい正しかったことに喜びを覚える。かくさえもんはカクザエモン、おき笛はおぎ笛のこと、鹿を呼ぶ笛と注釈が付く。

鹿は知っている。角と蹄のある生き物で、地球人類は肉を食用、角や皮を工芸品の材料にしたし、その姿や声を文芸や美術作品にもしばしば登場させた。鹿には、一年のうち、暑い季節が終わり寒い季節が始まる一時期に、交尾をするために異性を求めて鳴きかわす習性がある。古代の人々はその声に特別な感慨を覚えた。

鹿もあらかた滅んだが、小型化した新種が南半球の大陸高地で繁栄しているとの報告書をあなたは読んでいる。報告書を書いたのは友人でもあるので、報告書から漏れた個人的な感想を教えてもらった。そこにはこのようにあった。「観察している群れの、好奇心の強い個体が近寄ってきた。絶滅済みの鹿に比べると成体でも小さい。みーみーと鳴く。古人はこれを食べたそうだが、自分にはとても無理だ。この文明の端々に見られる残酷さはほんとうに耐えがたい」

この友人は母星を離れて、同胞との交わりを減らすことにストレスを感じないタイプだが、観察力に長け、繊細だというのがあなたの見立てだ。大きくくくればあなたも友人に近いので、友人が言わんとしていることはわかる。友人の手紙はこう締めくくられていた。

「地球人類、滅んだのも止む無し」

これは調査チームの合言葉のようなものだ。知的生命体による文明が絶えた惑星を調査すると、経験の浅い調査員は、こんなに素晴らしい芸術作品を生み出したのに滅びたのは惜しいと言うが、やがて「滅んだのも止む無し」に意見を変える。

モニターのカーソルが瞬きを繰り返す。書かれた文字を判読したあと、さらに意味を伝えようとしているらしいが、データベースの深いところまで掘るには、日が傾いてきて電力が不足しているのだろう。明日の日が昇ってからでよいと指示を与える。待機状態になり、十分な電力を得た明朝以降に興味深い情報を発掘してくるだろう。

あなたは粉塵を吹き飛ばすための、尖った口のついた風船を使って笛の吹き口に空気を送ってみた。すぅー……という風音のような音がしただけだった。正しい音を出すには独特な奏法が必要なのだろう。

あなたはこの遺物をよくよく眺めてみたくて、複製することにした。手元にあるものを複製するだけなので簡単だが、プリンターから出力するにはやはり電力が足りない。これも明日だ。

あなたは笛を箱に戻し、発掘した場所と時間を記したラベルと一緒に透明な袋に入れ、防水防塵のコンテナにしまい込む。塵を払う風船や定規といった道具を所定の場所に片付ける。計算機械が低電力下でできることは限定的だが、簡単なデータの整理くらいは夜の内にしてくれる。

生活アシスタントが就業時間が過ぎたことを告げる。あなたは自身を休ませ、メンテナンスと娯楽に当てる。連続労働はせずに、仕事から離れて休むことは義務だ。あなたは職務に忠実なので、自らを休ませることにやぶさかではない。ところで、前任者は突然姿を消した。(野外調査中の事故の可能性が九十%。滑落、落石、大型動物による襲撃の順で可能性が高い）が、勤務時間外に労働し、疲労が蓄積して集中力を欠いたことによる事故ではないかと考えられていた。あなたは前任者の仕事をうまく引き継ぐことができているが、この件があってから、生活アシスタントのあなたを見守り助言を与える機能に、プライバシーを尊重した形で行動を記録する機能が追加された。とはいえ、生活アシスタントにはあなたを落石から守ることも、襲い掛かる大型動物に反撃することもできない。

あなたはドアを二つ通って、プライベート空間に入る。半分透き通った肉体が、緊張を解いて床に広がる。肉体の一部を通信ポッドに繋ぐと、個人的なメッセージや、娯楽プログラムの提案が文字通り流れ込んでくる。特に重要なトピックはないので、あなたは休息と娯楽に自身を委ねる。南半球の友人から、仔鹿の画像が送られてきていたので、それを眺める。灰色の被毛に白い斑点があるが、岩がちの土地のせいか、成獣の個体にも斑点があるそうだ。保護色として都合がいいのだろう。

「鹿の名前に相応しいかわからないが、きゅろきゅろと名付けた」。

あなたは好きな音楽や映像を楽しみながら、栄養ボールのオレンジと青を一つずつ摂取する。もう何世代もボールで栄養補給をしているが、ボール以前は巨大な植物や抵抗する動物を捕食し、長い時間をかけて消化し、排泄していた。活動時間の殆どを捕食と消化のために使っていたため、文明的な営みはほとんど行われなかったらしい。

栄養ボールの外側は無味無臭の膜だが、体内に取り込むと、溶けて液体が染み出す。先に摂取したオレンジのほうはかすかに甘く、青いほうは塩分があって海水に似ているのをあなたは感じる。

補給が途絶え、栄養ボールの在庫が無くなった場合は、有毒でないものを捕食することになる。硬いものを摂取しようとすると、磨り潰すために口腔のようなものが生じ、長い消化管が形成される。あなたも非常事態訓練で体験したことがあるが、仲間のうちには消化管はおろか口腔すら形成されない者があった。先天的な器質不全は珍しくはないが、危険が伴う任務や職業には不適格とされた。たとえばあなたのように遠い星を調査する任務に就くことは出来ない。とはいえ、そもそもこんな遠いところまで行きたがる者は少ない。優秀かどうかより、適性で選ばれたとあなたは考えているが、そこに不満はない。

栄養補給で少し膨らんだあなたは、体の端を細長く伸ばし、滑り止めを装着すると、箱から円形の板と糸を取り出した。円板の縁には三十二の刻みがあり、刻みに順番に糸をかけ、白と赤の糸で紐を組み始めた。紐に目的はない。紐を組むという文化に興味を持ち、復元の過程でヴァリエーションの豊富さに魅了された。物を縛る、束ねるための縄や紐はあるが、自分だけの紐が自分の手で造り出されることに喜びがあった。最初はただ三本の糸を編んだだけで楽しかったが、編み目が均等に揃った紐ができると達成感があった。もう少し紐を厚く頑丈にするため、円板を用いることにした。もっと複雑で立体的なものを組むには、さらに重く、大がかりな機構が必要になるが、今のところはプリンターで出力した円板で十分だった。

心が落ち着く光の点滅と音楽の中で、あなたは紐を組むことに熱中し、やがてぼんやりとしてくる。今日の仕事の出来を確かめ、満足して滑り止めを外し、円板と糸を箱に納める。続きはいずれ。

眠っているあいだに老廃物が排出されやすいように、フィルターを通した地下水を体内に入れて、あなたはほぼ正方形の寝台に身体を入れる。寝台には寝返りを打っても零れ落ちないだけの深さがある。部屋の照明が暗くなり、黄色とオレンジの小さな灯りが数個だけゆっくり点滅する。

小さな灯りも消えてしまって暗くなると、寝台の中で緩んで広がっているあなたがうっすらと蛍光しているのがわかる。あなたの体の中で蛍光した物が集まり、一塊になると端のほうへ移動し、動かなくなる。

あなたは夢を見る。あなたには二本の脚があり、砂浜に立っている。波があなたの足を洗い、足の裏の砂をさらう。あなたは歩き出す。想像力が欠けているので脚と脚を接続する腰、胴体めいたものはあるが、腕も頭もない。睡眠時の脳が見せる無害な幻覚であっても地球人類になった気がして、たいそう面白い。走ってみようとするとバランスが悪くて足が進まない。夢の中のあなたは胴体部分に細い腕を複数生やすが、なんだか違うような気がして、足を大きく指を長くして接地を安定させた。

明くる朝、休息を終え寝台から滑り出たあなたは水を体内に入れる。少しすると老廃物が排泄されるので、あなたは部屋の隅にある小さな扉を開き、体を押し当てる。蠕動して排泄を終えると、清潔な水が出て排泄口付近が洗浄される。ちなみに排泄物は灰色の泥状で、回収された後はバクテリアで分解され、地球環境に影響が出ない形で廃棄される。

栄養ボールを摂取する。今度は青を先、オレンジが後だ。あなたは身だしなみを整え——具体的には体を少し緊張させると、ドアを二つ通って作業室に入った。

昨日の笛の複製はまだ終わっていなかった。プリンターがエラーメッセージを表示しているのをあなたは認める。おぎ笛を照会したところ、吹くと怪異が起こる笛なのでプリントアウトを中止している（作業を再開しますか。はい・いいえ）（提供できる詳細な情報があります）とのことだった。

怪異！　あなたは意外の感に打たれて身を震わせた。演芸や文芸にしばしば登場するモチーフで、運命や呪い、妖魔といったものが原因で起こる不思議な出来事であり、しばしば恐怖を伴う。しかし再現不能であり、その怪異があると感じた人物は悩みや過労で心神耗弱状態であったと考えられていた。錯覚や幻覚である。

怪異の笛を復元してもなにも恐ろしいことはない。恐怖を感じる古代の地球人類はすでに滅んで久しい。しかしあなたは興味深いと感じる。鹿の鳴き声に似た音を出すだけなので音域も狭い笛が、そのような物語を纏っていることに。

復元しても吹かなければいいではないかと「はい」を選択しようとしたが、詳細情報を求める。プリンターの小さなモニターに、情報が表示される。予想以上に情報量が多いので、プリンターのプラグに直接触れて参照する。

■サルベージした文書、絶滅以前の書物の記録から■武術で主君に仕える世襲の公務員であったカクザエモンが秋の初めに山へ狩りに行った。キャンプ地から一人で行った。山の奥の、草原で見通しが良い場所で鹿を見たので笛を吹いた。鹿が近づいたら火器で仕留めようとしていたが、けたたましい笑い声を立てる者がいて鹿は逃げた。笑い声は誰だと見ると、真っ赤な顔（これは無加工の地球人類にはない特徴）をした若い女で、全身が白く長い被毛に覆われている（同じく）。カクザエモンは見たことのないこのけだものを火器で狙い撃ちした。弾はけだものをかすめ、悲鳴が上がった。とどめを刺そうとすると、手から火器が滑り落ちた。火器を探すが見つからない。火器を取り戻したいカクザエモンは神々に祈る（多神崇拝）。見つからない。火器が見つからないなら、せめて手負いのけだものを仕留めて帰らないと気が済まないカクザエモンは、けだものの血の痕を追跡する。山を下り、隣の山に登ると、火器が土に突き刺さっていた。狩りのキャンプ地に戻り、土地の者たちに事の次第を話し、明日大勢でけだものを仕留めに行こうと提案するが、昔から不思議なことが起こる場所なので恐ろしくて行きたくないと断られる。ところで、カクザエモンの吹いた笛は父親の形見である。「不思議なことが起こる笛なので吹いてはいけない、ただ保管して後世に伝えよ」と遺言されたものだった。前日に自分の笛を失くしたカクザエモンは、父親の形見の怪異の笛のほうを鳴らしたのであった（トクガワが支配者だったエド・ピリオドの記録参照。記録者はマクズ。アヤ・クドウ・タダノ。カクザエモンはアヤの配偶者の弟）■つづけますか？（形見のおぎ笛の来歴・おぎ笛の作り方）

　因縁のある場所で、不思議な力のある笛を用いたせいで起きたことだとあなたは理解し、興味深いと思いながら、プリンターに作業を続行させる。低い唸りを上げて出力され始めたのを確認し、あなたは今日の仕事の準備をする。情報の受信、機器の電力が十分かを確認する。昨日戻ってきた探査ロボは充電とメンテナンスを終えて、すぐにも出動できそうになっている。しかし、もう一台が出かけたまま戻っていないので、そちらが戻るまで使うのは止めておこうとあなたは考える。どこかの岩の隙間に落ちて帰還不能になり、バッテリが切れてしまったらしい。探査ロボに回収に行かせて、両方を失うのは手痛いので、自分で回収に行くことを計画する。あなたが自ら行うには単純すぎることだが、あなたも外の世界に出かけてみたい。鹿には会わないだろうが、植物が繁茂し、昆虫が葉の裏や樹皮に潜み、それを狙う鳥たちのいる世界をじかに歩いてみたい。もちろん、あなたは裸体でまろびでるほど愚かではない。

日課の業務をこなし、あれこれ考え事をしているうちに、プリンターは一つに留まらず、次々と笛を出力していた。再試行を繰り返したせいか、あなたがプリンターの様子を見にいくと、ちょうど十個目を出力し終わったところだった。あなたは表面の傷まで一緒の、一様に白い合成樹脂でできた十個の笛を見て、自分の失敗なのに、体を震わせた。笛は産みたての卵のようにまだほんのりと温かいとあなたは思う。産みたての卵を触ったことはないが、プリンターの使い方を最初に学んだ時に、この言葉も一緒に覚えたので、卵のことも考えてしまう。いつか触ることもあるだろうとも。

笛の大きさや厚さは実物と同じなので、うまく吹けば同じように鳴るはずだった。実際に触れて検討するためには一つで十分だったが、九つの笛もなにかに使えないかと考えた。

おもむろに閃き、あなたはそれらを紐で繋いだ。一つ通すごとに大きな結び目を作って、笛が寄らないようにする。完成すると、部屋の隅に立てかけていた木の枝に引っかけて荘厳《しょうごん》した。かつての地球人類がやっていた、ランタン祭りの赤い灯籠やクリスマスツリーの星、七夕の笹飾りのようだとあなたは思う。実質的な効果はないのに、幸せを願って素敵なもので家や部屋を飾ることをあなたもやってみたかったのだ。

探査ロボを回収に行かねばならないような気がした。あなたのように有用で有限な調査員が行うには単純すぎる作業なうえ、危険が伴う。深く考えるまでもなくやるべきではないのはわかっていた。

あなたはそう考えて、このように不合理な目的を持つのは、肉体と精神の休息が足りないのかも知れないと不安を覚えた。しかし今のところは生活アシスタントは注意も警告も発していない。

あなたは昨日に続き、笛の情報をテキストデータ化した。計測値と色、硬さ、素材について、遺物そのものがなくても詳細がわかるように。あなたは複製の笛をつくえの上に載せ、自分の視覚と触覚で確かめながら記録していった。それが終わると、昨日も使った塵を払う風船で、笛の吹き口に空気を送ってみた。力加減や角度を変えながらやってみると、ぴぃーという、風で木の枝が鳴るような音がした。おそらく、鹿を呼ぶためにはしかるべき音の長さやリズムがあるのだろうが、あなたは満足した。今度、友人に聞かせてやろう。


数日のち、あなたは全身を覆う作業着に身を入れ、バギーに乗って探査ロボを回収に出かけた。作業着の端についたアタッチメントには三本の指があり、肉体を収容したままで端末の操作ができるようになっており、自動運転をオペレーター主動運転に切り替えたときに操縦できるようになっている。作業着で外に出たので、笛で荘厳《しょうごん》した枝を外壁に立てかけ、粘着剤で軽く保持した。帰って来たときに、枝が見えたら楽しいのではないかと考えて。

あなたの基地は岩がちの砂漠の端、海に近い崖の上にあった。風が吹くので風車がよく回るし、遮蔽物がないので日照時間も長いため発電機が稼働するには好条件だった。灰色の土に岩が並び、所々に細かい砂が溜まっていた。岩には苔類がつき、所々に乾燥と潮風に強い植物が群れて生えていた。背の高い草と、背の低い木がわずかに見られる。哺乳類はいないが、昆虫の種類は豊富で、その昆虫を捕食する爬虫類や鳥類もいたが、種類も個体数も多くはない。

　バギーを走らせてしばらくすると、探査ロボの出す信号を捉えた。ロボは砂地が終わり、藪が始まるあたりの岩の狭い割れ目に落ちて、動けなくなっていた。バッテリを長持ちさせるために救難信号を間遠に発信して回収を待っていた。あなたはこの様子を確認して自力で戻って来られないわけだと納得し、先に強い磁石のついた杖でロボを引き寄せ、地上に戻した。幸い損傷は少ないようだ。ロボの回収箱になにか入っているようだったので、あなたは作業着を頼りにさっそく開けてみた。四角い木の箱があった。重要と考えられるものが入っていることの多いタイプだとわかるが、違和をおぼえたのはそれをつい最近見たばかりだからだ。黒い塗料で「……の……」と書いてあるのは翻訳されなくてもわかった。カクザエモンの笛だ。どうして？　とあなたは驚いた。量産されたものだったのだろうか？　可能性はあるが、同じ遺物が連続で回収されることはほとんどない。あなたは動揺したが、こういうこともあると心を落ち着けた。あなたは水分補給口に体を押し当てて、滲んできた水分を体内に入れた。それから格納箱の蓋をずらして、オレンジの栄養ボールを一つ、体内に入れた。

　基地に近づくと笛の枝が見える。あなたは間違いなく帰ってきたことに安心する。バギーを格納庫に仕舞い、作業着から出た。給水袋はほとんど空になっていた。生活アシスタントも警告するところだった。緊張していたのだとあなたは自分の状態を省みる。

　作業室に戻り、あなたは回収した箱をよく見る。中に同じ笛が入っていたらどうしようとありえないことを想像して、あり得なさ過ぎて自分の判断力が不安になる。箱の蓋を取ると、笛が入っていたが、違うものだった。あなたはわかっていたことではあるが緊張が緩む。弾みで体も少し緩む。

　あなたは笛について資料を請求する。どうやら笛にはオス鹿の鳴き声を出すものと、メス鹿の鳴き声を出すものの二種類があることがわかった。交尾期、メス鹿の声に似た笛の音を聞いたオスはメスを求めて誘き寄せられ、オス鹿の声のような笛の音を聞くと、縄張りに侵入した別のオスだと思って警戒し、追い出すために誘き寄せられる。いずれにせよオスの鹿が現れるのだ。

あなたは、類似の笛が二つあることに納得する。笛のデータを取り、ラベルを製作すると今日の仕事を終える時間が来た。

その晩、あなたは南半球にいる友人に連絡した。気晴らしに会話をしたかった。互いの都合が付いて、通話が成立した。

自室の壁に映像が映し出される。動いている鹿が現れた。黒い二つの目が輝いている。幼獣らしいバランスの悪さが見て取れた。全身を覆う作業着を着ていないが、友人は外にいた。短い草が生える地面が続き、背景にあなたの基地と同じような四角い建物と、その後ろに青々とした岩山が見えた。

「北半球の君よ、元気かい？」

「やあ、それが君のきゅろきゅろかい？」

「そうだよ。きゅろきゅろ、挨拶して」

きゅろきゅろはカメラに黒い鼻を付け、壁一面が黒で覆われる。カメラから離れると、汚れでフィルターがかかったようにぼやけた映像になる。友人がさっと拭う。

「君が調査している鹿は、どれだけ鹿に近いんだい？」

「ほとんど一緒だね。違うのは大きさくらい。遺伝的にも変化は少ない」

「鹿を呼ぶ笛を発掘したんだ。聞いてもらえるかな？　君と、きゅろきゅろに」

「いいとも」

あなたは塵吹きで笛を鳴らした。きゅろきゅろが耳を澄まし、短く「ぴぃ」と鳴いた。反応があったことにあなたは嬉しくなる。つまり、この笛は鹿の声に近い音を発するらしい。あなたはもう一度、今度は少し長く音を出す。きゅろきゅろは足踏みをし、体を回すと画面の外に走り出ていった。

「野生の鹿だからね」

しかたないというふうに友人が言った。あなたは笛を手に入れた経緯を話し、友人も自分の調査と関連があることなので耳を傾ける。そうしているうちに、あなたはきゅろきゅろではない、もっと大きな個体が現れたことに気がついた。友人は気づいていないので、鹿が来たよと教える。友人は視覚を背後に動かして確認する。

「おとなのオスだが初めて見る個体だ。体も大きいし斑点もない。角の形も違う」

「笛を聞いて来たのかな」

「そうかもしれない。記録しないと」

あなたは今は失われた文明の笛が、現生の鹿の耳にも響いたことに嬉しくなり、複製の笛に自分で組をかけて友人に贈りたくなる。実物は難しいのでデータだけでも。そのとき、高く短い音が続けざまに響いた。体の大きな鳥の声に似ているとあなたは思う。だがいまは夜で、このあたりにいる夜行性の鳥類の鳴き声は、「ほーほー」「ふーふー」なのでまるで違う。

あなたは基地の外をモニターするカメラの映像を大きくして確認する。

四足歩行のなにかが画面の外からゆっくりと近づいてくるのが見えた。脊椎があり、全身が白っぽい毛皮に覆われているので大雑把に哺乳類と認識する。それは歩みを止めた。二足で立つと地球人類に似た顔があった。仮面を被ったように顔にだけ毛がないそれの顎が動いて口が開く。口の中に四角い白い歯が並んでおり、モニターからは音はしないが、あなたの聴覚は、最前より大きな、けたたましい声を捉える。

夜になって海から風が吹いていた。外に出したままの木の枝で笛が揺れる。揺れて、おそらくからからと鳴っている。吹き付ける風の弾みで笛が鳴るかも知れない。なにしろ九つもあるのだから、そのうち一つくらいは正しく鳴るおそれがある……あなたは木の枝を取り込まなくてはと思うものの、外にいるそれが恐ろしくて体が動かない。

友人に相談しようとしたら、通信中の南半球の友人は消え、景色だけが映っている。もう鹿の姿も見えない。

参考文献
鈴木よね子校訂『只野真葛集　叢書江戸文庫３０』（国書刊行会）

chapter. 2

日常の向こう側

バベル

原里実

原里実
Hara Satomi

未来の学校における卒業前の繊細な気持ちを描いた「永遠の子どもたち」で第1回かぐやSFコンテストの選外佳作に選出。Toshiya Kameiさんの英訳「Eternal Children」が英語誌のAsymptoteに、「A Family of Plants(邦題：植物家族)」が米誌World Literature Todayに掲載されています。

Kaguya Planetでは、湖のほとりに住む少し不思議な生き物たちを描いた「ひかる水辺のものたち」を発表しています。

本作「バベル」は、ある日突然、世界中の人々の言葉が散り散りになってしまう言語SFです。言葉を介して私たちは普段、何を共有しているのでしょうか。

原さんはウェブメディアCINRAの編集者。「タニグチくん」で第20回三田文学新人賞佳作を、「レプリカ」で第3回文学金魚新人賞辻原登奨励小説賞を受賞。両作を収録した短編集『佐藤くん、大好き』(金魚プレス日本版/2018)を刊行しました。ゲンロン大森望SF創作講座第5期生です。

わたしたちの言語が散り散りになったその瞬間を、わたしは会社のトイレの個室の中で迎えた。

愛とは？　とわたしは考えていた。スマートフォンに届いたばかりの、「愛してるよ」というメッセージを、ぼんやりと他人事のように眺めながら。トイレットペーパーをがたごとと繰り出し、股をふいた。ペーパーは水の渦に飲み込まれ、あっという間に吸い込まれて流れてゆく。

そうして席に戻ったときには、数分前まではなんの問題もなく理解できていた同僚たちの言葉が、一切意味をなさない音楽のようにしか聞こえなくなっていたのだった。

フロアは大騒ぎだった。

きっと誰もが、最初は自分だけが体験している不可解な現象だと思ったことだろう。しかしまわりの同僚が自分と同じように取り乱している様子を見て、どうやらただごとではないと――〈バベル〉が異常をきたしているのではないかと気がついた。

デスクの上の雑誌を手にとると、表紙には見慣れない、曲線ばかりで構成された優美な文字が並ぶ。目を細めたり、近づけたり遠ざけたりしてみても、わたしの知っている文字に姿を変えることはなかった。中を開いてみれば、あるページには糸くずを丸めたような、またあるページには、しゃくとりむしが這いずったような、液体が垂れてできた滲みのような、さまざまなかたちの文字、文字、文字……。

隣の席の同僚もまた、新聞を手にとって見入っている。新聞に見入る彼、に見入るわたし。彼はふと顔をあげると、わたしと目を合わせ、何がしかたたみかける。唇の端から唾が飛んで、新聞の上に垂れた。

「何を言ってるの、わからないよ」

わたしは訴えたけれど、彼は聞いちゃいないようだった。リズムはふだんの彼のおしゃべりどおり、流れるような早口だ。

「わからないってば」

と負けじとまくしたてながら、はっと気づく。わたしの言葉も、いまわたしの耳に聴こえている彼の言葉のように、溺れゆく人間が水中で吐き出す息のようにしか聴こえていないのだ。

そう思ったら、急に胸のあたりが苦しくなった。

わたしは懸命に首を横にふった。そのさまを見て、彼もようやく観念したようで、苦々しげに、

「バベル」

とつぶやいた。

「バベル」

わたしも繰り返した。やはり原因は、バベルしか考えられない。

同僚は、すぐにコートを羽織って立ち上がった。見上げると肩をすくめ、首を横に振ってみせ、右手をひらりと挙げた。

「仕事にならない。今日はお先に失礼するよ」

彼が発した言葉の、正確な意味こそわからなかったものの、おおむねこのようなことを言ったに違いないことだけはよく理解できた。

わたしたちの祖父や祖母の年齢くらいのひとたちが、まだ幼かったころにも、同じようにバベルがかんしゃくを起こしたことがあるとは聞いていた。

でも、次第にそれを直接経験したひとも少なくなってきて、本当にあったできごとなのか、あるいは昔話や伝説のようなものの類なのか、どこかあいまいになっていた。

けれど今日、わたしたちは思い知った。それは伝説なんかじゃなかった。


玄関でブーツの靴紐を解いていると、奥の部屋からケイが姿を現した。

「ホヅミ」

ケイはわたしの名前を呼ぶ。言語が散り散りになった世界でも、どうにか名前だけは、もとのかたちを保っている。

しかしそのあとにつづいた言葉は、もうわたしにはわからない。ケイの言葉は、波が沖に帰ったあと、砂の上にわずかに残っている泡立ちのような音だった。

「ケイ」

わたしも言葉を発してみた。

「わたしの言葉、わからないんだね」

わたしの耳には、言葉はかつてとまるで変わらないように聞こえた。けれどやはり、ケイには通じないようだった。

いったい言葉なくして、どうやって意思疎通をはかろうか。困ったような顔で首をかしげているケイを見て、途方にくれながらも、いっぽうでわたしはたしかにほっとしていた。

少なくとも言葉が通じないあいだは、今朝のけんかのつづきをしなくてもいいのだ。

ブーツを脱ぎ終えて、立ち上がると、不安そうな顔をしているケイの背中に、わたしは腕を回した。首元に頰を寄せると、薄い皮膚の下にはあたたかな血が流れている。背中をそっとさすってみる。ケイの手も同じように動いた。


けんかの原因はとても些細なことだった。

「チーズは？」

という、たったそれだけの、ケイのひとこと。

朝一番に会議があるのに、すっかり忘れてわたしは寝坊してしまった。早起きのケイは、いつものようにさっさと目覚めて、もうリビングの片隅で仕事にかかっていた。

朝食をつくるのはいつもわたしの役目だ。というか、ケイはわたしがいなければ朝食など抜いて、ナッツなどをぼりぼりとかじりながら平気で仕事をしている。毎朝きっちり食べたいわたしが、ついでにケイのぶんもつくってあげる、というのがいつのまにか我が家の常になっていた。

パンをトースターに放り込み、卵をふたつボウルに割り入れて、具を入れようかどうしようか迷ったわたしは、

「チーズほしい？」

ケイにたずねた。すると、うん、と短い返事が返ってきたので、とろけるチーズをたっぷり入れてチーズオムレツをつくった。

焼けたばかりのトーストとオムレツ、それにサラダを急いでかきこんでいると、仕事をひと段落させてゆうゆうと食卓についたケイが言ったのだ。

「チーズは？」

と。

いそがしいなかひとが食事を用意しているのに、あとからやってきてなんという言い草か、とわたしはついかちんときてしまって、

「入ってるけど？」

と少しばかりけんか腰で答えた。

そうしたらケイの返事も、

「どこに？」

ととげとげしくなった。

「ここに！」

とわたしはオムレツを割って見せた。とろりと溶けたチーズが卵のあいだからこぼれ出た。

ケイは何も言わずに、ふてくされた様子でオムレツに箸をのばしたけれど、その態度もなんだか癪に障った。

「言いたいことがあるならいえば」

というわたしの言葉にも口をつぐんだままのケイを置いて、いってきますも言わずに家を出た。

＊

テレビをつけてみるけれど、どのチャンネルにも黒と白のドットでできた砂嵐が吹き荒れていて、不穏な気分にさせられる。わたしはすぐにスイッチを消した。

いつもなら平日にはつくれないような料理を、時間をかけてつくる。豚の挽肉に大量の野菜を混ぜて、小麦粉を捏ねてつくった皮に包んでいく。

調理台の上を粉まみれにしながら作業していると、ケイがやってきて、わたしの見よう見まねで包みはじめた。ふだんならいくらでも時間をつぶすたねになる本や映画が、今日はちっとも役に立たないからだろう。

皮の上にあんをのせ、半分のところで折り返して、ひだをつくりながらくっつける。その、ひだをつくるところがどうにもうまくいかない様子のケイに、

「あ、そこはね」

つい声をかけてしまってから、口をつぐんだ。それから、ゆっくりと手を動かしてやって見せた。ケイは大きくうなずいて、小麦粉にまみれた右手でオーケーサインをつくった。

大きなホットプレートをテーブルの真ん中に出してきて、できあがった白いものたちを蒸し焼きにしてゆく。ビールを飲みながら、焼けたてのそれらを次々に頬ばった。

時折、ケイに目をやると、ケイもわたしを見つめてきた。時におどけた、時にやさしい目つきで。

今日、昼過ぎ頃に急にとなりのおばさんがチャイムを押して訪ねてきてね、びっくりして出たら、早口でしゃべっているんだけど何を言っているのかちっともわからなくて――南国の、赤とか黄色とか鮮やかな羽の色をした鳥の鳴き声みたいだったな――それでおれが、すみません、何をおっしゃっているのか、大丈夫ですか、って言ったら、急に黙り込んじゃって、こっちの顔をじっくり見つめて帰っていったんだけど、あれってやっぱり、言葉が通じないかどうかたしかめに来たんだよね、きっと。

ほんとうはケイもそんなふうにあれこれしゃべりたいのかもしれない。けれどもうそのための道具はなくしてしまった。だから見つめるしかないのだ。

ケイも静かで、わたしも静かで、ただ熱せられたプレートの上で油と水が混じり合ってはじける音だけが、ぱちぱちと響いていた。

いつもより早い時間に、ひさしぶりにふたり揃ってベッドに入った。あまりにも静かで、ひとりで過ごすには心細く感じるような夜だった。わたしたちの部屋だけじゃない、アパートのとなりの部屋も、そのまたとなりも、街全体が澄みわたるような静けさに満ちていた。

ふたつ並んだ枕に頭を預け、わたしたちはそれぞれ仰向けに横になった。暗闇の中に白い天井は溶けて、ただ虚空を見つめるばかりだった。わたしはふと、口を開きたくなった。

「じつはね」

どこまでも遠く広がっているかのような沈黙の海に、言葉を放った。誰にも受け取られることのない、その時点ですでに半分は言葉とは呼べなくなった音を、空気のふるえを。

「あなたに内緒で、最近ときどき会っているひとがいるの」

それを聞いて、ケイは頭をこちらに向けた。どうしたの、と、探るような、いたわるような、困ったような目で、わたしを見ている。

なぜ、こんなことを話しているのだろう。

「　　　　　　　　」

ケイが何か言った。

わたしはケイを見た。きっと、数秒前のケイと同じような、探るような、いたわるような、困ったような目をしているのだろうという自覚があった。わたしたちは闇の中で見つめ合う。ケイの瞳は、容器から出したてのゼリーのようにつるりと光っている。

「　　　　　　　　」

波が寄せては返す。わたしはそれに身を預けて夢想する。ケイはいったいわたしに何を伝えたいのだろう。想像をめぐらせようとするそばから、脳味噌の細胞の隙間をぬって何かがこぼれてゆく。

はっとして起き上がった。

バベルはきっと、わたしたちをもっとひどい目に遭わせようとしている——わたしは直感的に理解した。それは、ほんとうはそれぞれ別な言語をつかっているはずのわたしたちが、そのことを忘れ、バベルに頼りきって、言葉を無下に扱うからかもしれない。

ケイに手を伸ばした。その手をケイがつかんだ。あたたかくも、冷たくもない。ただ生きている感触だけが、そこにあった。

わたし自身の言葉を、もうわたしも理解できなくなる。水のように、砂のように、思考するそばから、言葉は消えてゆく、そのうちに、思考のたねも溶けてなくなる——。

愛も生も死も、過去も未来も消えて、いま、ここにいるわたしだけになる。

＊

ホヅミ、ホヅミ——。名前を呼ばれて、目を覚ますと、そこにはケイの顔がある。

「おはよう」

にっこりと笑みを浮かべてケイは言った。

「おはよう」

と返しながら、わたしは自分の耳を疑う。

「バベル、もとに戻ったみたい」

わたしの心中を察したように、ケイがそう教えてくれた。

テレビをつけると、ニュースはバベルの復旧を喜ぶ人の声であふれている。インターホンが鳴って、玄関先に顔を出すと、となりのおばさんが起き抜けにガウンを羽織っただけの姿で立っている。

「本当なのよね、本当にもう、バベルはよくなったのね」

おばさんは興奮したように、早口でまくしたてた。南国の、色鮮やかな羽をつけた鳥の鳴き声のようだった。

「ええ、どうやら、本当みたいです」

と答えると、おばさんは感激したようにわたしの手を強くにぎって、そして帰っていった。

ついでに郵便受けから新聞をとり、開いてみると、すっかり見慣れた文字が行儀よく整列している。

「コーヒーいれたよ」

香ばしい匂いを漂わせ、湯気でうっすらと眼鏡を曇らせながら、ケイはいつものようにリビングの隅のコンピュータに向かって座る。よく聞いてみると、ケイの言葉はやっぱり、波打ち際の泡立ちを思わせた。

わたしはふと、座ったケイの背中に触れ、

「愛しているよ」

と言ってみた。ケイはわたしを振り返り、

「どうしたの、急に。そんなことふだん言わないじゃない」

と照れたように少し笑ったあと、

「おれも、愛しているよ」

と言った。わたしはケイの背中をさすりながら、目を閉じて、その響きにそっと耳を澄ませる。

盗まれた七五

吉美駿一郎

吉美駿一郎

Yoshimi Shunichiro

もともとミステリーを書いていた吉美さん、2019年にプロアマ混合のオープントーナメント、ブンゲイファイトクラブ本選に出場した際にもらったコメントをきっかけにSFや幻想文学も執筆し始めます。翌年、第1回かぐやSFコンテストに応募するも結果を残せず、最終候補作品に加えて、書き手の公開している数々の応募作や約40編の選外佳作を読んで研究します。

そして第2回かぐやSFコンテストでは、海の中で働けるように改良されていく労働者を描いた「アザラシの子どもは生まれてから三日間へその緒をつけたまま泳ぐ」で見事に大賞を受賞。副賞の中国語訳を手がけた田田さんの尽力もあり、同作は中国の老舗SF誌〈科幻世界〉2022年3月号に掲載。世界に通用する作品であることを証明しました。Toshiya Kameiさんによる英語訳はバゴプラに掲載。

本作「盗まれた七五」はコロナ禍の病院で働く清掃員の物語。重苦しい日常の描写に差し挟まれる虚構が浮かび上がらせるものとは……。

地下から七階に上がると蝉の声がした。

竹内清二はエレベーターを降り、清掃カートをナースステーションの前にとめる。使い捨ての手袋をつけていると看護師に声をかけられた。丸顔の看護師は七〇一号室の患者が亡くなったのだと説明し、一拍置いて、亡くなるときに吐いたのと続ける。両手をあわせ、申し訳なさそうに言う。

「悪いんだけど、お掃除をお願いしますね」

「急ぎますか」

「ううん、大丈夫」

わかりましたと答え、先にやるべき作業を行った。日勤の看護師が出てくるまえにナースステーションを掃除する。続けてシャワー室、職員用トイレ、全部で七つある患者用トイレをすませると、全身が汗に濡れた。顔や首筋も汗をかき、濡れたマスクが口を塞ぐ。顎とマスクの間に指を挟んで隙間をあけると、溜まっていた汗が流れた。新鮮な空気を吸い、マスクの水分をペーパータオルで吸い取る。新型コロナウイルスが蔓延してから一年半以上経つ。マスクが不足した初期だけではなく、今も不織布マスクの使用は一日に一枚か二枚に抑えるように言われている。汗で濡れても我慢しなければならない。着替えに降りたら交換しようと考えながら古新聞を三日分ほど持って、七〇一号室の前にカートを止めた。スライドドアは閉まっている。失礼しますと声をかけてドアを開いた。七〇一号室は個室だ。洗面所が入り口左手にあり、カーテンで半ば仕切られた向こう側には、固定された衣装入れ、テレビ、床頭台が並び、その横にベッドがある。酸っぱい匂いが鼻をついた。魚屋で嗅ぐような生臭い匂いがそれに続く。吐いたという言葉から吐しゃ物を想像していた。血だ。吐血だったのだとようやく思い至った。洗面器二杯分ほどの血が床に広がっている。酸っぱい匂いは、そこからただよっている。

水気のある汚れは、いきなりモップで拭いても汚染が広がってしまうだけだ。まず汚れそのものを除去しなければならない。七十リットルのビニール袋を広げておき、古新聞で血を吸い取っては捨てていく。一日分では足りなかった。二日目の新聞を手に取る。首相の写真が血に染まり、野球選手のガッツポーズも真っ赤になる。血を吸い上げるのを待ちながら紙面を読んで時間をつぶす。新規感染者数、病床使用率、死者数とそれぞれの数値の解説。二日間で胃液混じりの血を吸うと、三日目の二枚を使って仕上げをした。新聞紙を入れたビニール袋の口をきつく縛る。それから過酸化水素水を床に吹き付けてモップで拭いた。過酸化水素はアルコールよりも消毒効果が高く、乾燥も早い。一通り拭いてからモップヘッドを交換しもう一度拭いた。部屋にこもる匂いは消えなかった。汚物の入ったビニール袋を持って出ようとすると、薄緑の制服を着た看護助手の女性がやってきた。床の掃除が終わったと伝え、どんな患者さんだったのか聞くと、女性は息を吸った。死亡退院した患者は、この二年ほど、何度も入院しては退院するのを繰り返していたという。しかし最近は入院することもなくなり、通院に切り替わっていたらしい。

「だんだんよくなってらっしゃるんだなと思って、待合で見かけたら声をかけてもらったりしてたんですけど」

「辛いですね」

「なんか、どう言ったらいいのかわからなくて」

大丈夫ですかと聞くと、大丈夫ですと答え、ベットのシーツを剥がし始めた。シーツと枕も血に染まっている。それほどひどくはない。大半は床に吐いてしまったのだろう。彼女が作業する姿をしばらく見つめてから、清二はカートを押して洗面所に向かった。そろそろ休憩だ。カートを止めて手を洗う。しっかり泡立てていると、腕の内側、手首よりも肘に近いあたりに一滴の血が固まっていた。いつの間にか血が跳ねていたのだろう。洗いながら、頭の中でつぶやいた。跳ねた血が。これを上五として、後を続けるならどういう言葉がいいだろう。

仕事をしながら川柳を考えるようになったのは同僚の影響が強い。川合という年下の男性が、実は現代川柳の本で紹介されるような人物だと知ったのは三ヶ月前の飲み会だった。清二が知っていた川合についての情報はそれほど多くない。三十代半ば、定期清掃班のメンバーで、ワックスの職人だということくらいだ。年末に一度、手術室のワックス作業を手伝ったことがある。そのとき川合は他人に指示しながら誰よりも動いていた。

川柳がわからないと話すと、川合は丁寧に教えてくれた。作るときには、最初に言いたい言葉を決める。次にそれが五・七・五のどこに入るかを考えて、あとはその言葉が効果的になるよう、他のパートを埋めていく。大事なのは、ずれないようにずらすことだと川合は言った。ここが一番難しいところでもあり、楽しいところでもあるのだという。教えてもらうとやってみたくなるもので、清二はそれから気が向いたときに川柳を作っていた。

ゾンビ問う赤はほんとに赤なのか

詳しくはコギトエルゴスム参照

船底の穴は毎日増えていく

上手に作れるとは思ってなかったので、時間がかかることはなかった。ちゃんとずれてなくて、問答のようになっていることが多かった。それでも十七音がそろうと、自分でいる重さを忘れられるような気がした。

昼まで働いても、跳ねた血が、に続く言葉が出てこない。妙だなと思いながら病室を清掃していく。ナースステーションのそばは重症患者が入っていて掃除しにくい。電源ケーブルがベッドの下で何本もうねっていて、引き抜いてしまえば患者の生命にかかわる。病室清掃を教えてくれた先輩は、絶対に無理はしないようにと念押しをした。もっときれいにしたいなと思いつつ、次の病室に向かう。二人部屋に入っているのは、どちらも認知症の高齢女性だ。入口に近いベッドを掃除していると、白髪で細面の患者が「お隣はね、どうも認知症みたいよ」と話しかけてくる。そうなんですか、と相槌を打って作業を続ける。奥のベッドに行くと、お兄さんと声をかけられる。細い目の気の良さそうな患者だ。「あの人ね」と隣に目を向けて声を潜める。「どうも認知症らしくってね、困っているのよ」と続ける。そうなんですかとうなずいた。二人は最初、別々の部屋にいた。大声をあげたり、看護師に暴言を吐いたりしていた。ところが二人で同じ部屋になると、声は小さくなり、看護師や清二には丁寧な口調で話しかけるようになった。不思議な気もするし、それほど不思議ではない気もする。他人はいつも、自分の鏡だ。

午後三時に仕事が終わるとパチンコ屋によった。九時まで粘って二千円負けた。結局、その日残りの七五は浮かばなかった。

「どうも変なんですよね」

久しぶりに川合の顔を見たのは翌週の水曜日だった。病棟担当と定期清掃班は同じ病院でも働く場所はまるで違うため、顔を合わせることがほとんどない。珍しく川合は事務所にいた。他に人もいない。タイムカードを押して川合のそばに行き、川柳の相談をした。あれからずっと川柳が完成しなかった。川合は清二の話を黙って聞いていた。

「もしかして、夢を見てませんか」清二が話し終えると川合が言った。「地球儀の展開図みたいに、平面になった男が出てくる夢を見てる、とかありません？」

清二の顔がよほど不審そうだったのだろう、しゃべっている途中からトーンが落ちて、最後は疑問形になった。どういう意味かたずねると、川合は携帯端末を操作した。動画投稿サイトを呼び出すと、再生し、半ば押し付けるように手渡してくる。

二十代前半の男が、おそらくは自分の部屋でしゃべっている。毎日同じ夢を見るのだという。地球儀の展開図みたいに壁に人間が広げられ、くっついている。展開図の男が何か話しているが、外国の言葉のようで聞き取れない。その夢を見るようになってから文字が消えるのだという。男はコンビニエンスストアに勤務していて、仕事中にとったメモのうち、いくつかの文字がどうしても読めなくなってしまった。これまではそんなこと一度もなかったのに。仕事だけでなく、少し気になる女性からＳＮＳのアカウントを聞いたのに、そのメモが読めない。連絡が取れなくて困っているのだと言い、動画はそれで終わりだった。

「清二さんも同じ夢を見たりとかは？」

「見てませんね」

携帯端末を返しながら答えると、そうですかとうなずき、ぼくは見たんですよと続ける。

「暗い部屋にいて、ぼくは手にライトを持っているんです。壁一面に人間の顔や体が、というか人間の表面かな、それが展開図みたいに張りついてて、瞼はまばたきするんです。つまり王は生きている」

「王なんですか？」

「と言われてます。ぼくの他にもね、同じ夢を見ている人がたくさんいて、考察サイトもあるんですよ。装身具の一部がマヤ文明のものだと言う人もいれば、アステカ文明だと言う人もいたり、当然エジプトに決まっているという人もいて、どれが本当かわからないんですが、いつの間にか文字を盗む王だっていうのは定着しちゃってますね」

「文字なんですか、盗まれるのは」

「そうですね。ぼくもメモが読み取れなくて」

病棟では年に一度、ナースステーションと廊下のワックスをかけなおす。看護師長にスケジュールを確認するのも川合の仕事だ。そのメモが読めなくなっているという。

「確かに書いてたんですか」

「はい。話しながら確認もしてますし、一通り聞いて回って事務所に戻るでしょう、さてホワイトボードに書こうと思ったら、読めないところがいくつもある。再確認したからいいんですけど、どうもそういうことが多くて」

困ったように川合は頭をかいた。

清二はその日、パチンコ屋によらずアパートに帰った。近所のスーパーで買った唐揚げ弁当を食べながらノートパソコンで動画を検索する。川合の教えてくれた動画はすぐ見つかった。もう一度、その動画を最初から最後まで見ると、芋づる式に同じような動画が見つかった。立て続けに見ていく。メモの文字が読めなくなったというパターンが最も多かったが、違うケースもいくつかあった。

トラックの運転手をやっているという坊主頭の男は、通勤途中にある看板の文字が消えたのだと説明した。「頑張るあなを応援します」という文字が大写しになる。映像が引いていき、文字が看板の上部にあるのがわかってくる。青空の写真が真ん中に、会社名が一番下にある。人材派遣の会社で、聞いたことのない社名だった。坊主頭の顔にカメラが戻り、以前は「頑張るあなた」だったと早口で言った。自分の記憶は確かにそうだが、一文字だけ消えたにしては「な」と「を」の間隔がおかしい。くっつきすぎていて、間に一文字あったとは思えないと目を見張る。

スーパーで働いているというボブカットの若い女性は、脱字が続くのだと言い、証拠を淡々と撮影した。文字の抜けているページばかりだ。小説、エッセイ、雑誌の記事、どこか地方の新聞などが次々と現れる。

珍しいパターンは少なかったし、それぞれの「消えた文字」の主張は気のせいで済むようなものが多かった。例えば坊主頭の主張は、看板ができてからミスが見つかったが予算の都合で訂正しなかったのかもしれない。脱字の多い本は、もともとそうしたものを蒐集していたのかもしれない。

消えた文字とは違い、王の話は千差万別だった。同じパターンの話はなかった。ある人は王の肌の色について語り、ある人は王の張りついていた岩石から場所が特定できたと語った。王の周囲に岩石などなかったというものもいた。王の肌に触れたものや、王の流す涙を舐めたもの、王と話したというもの、王は話さないというもの、王の近くに人がいたというもの、いなかったというもの。ひときわ変わっていたのは王の展開図を立体にした女性だ。ピンク色の長い髪の女性はもともと明晰夢の日記をつけていた。夢から情報を持ち帰るよう訓練していたので、毎日王の展開図を少しずつ持ち出し、紙に記した。立体的になった王はあごの長い顔をしていた。彼女の展開図を見た反応も面白いものだった。あるものは自分の夢と同じだといい、別のものはもっと皮膚が伸びてメルカトル図法のようになっていたと語った。王の展開図は、正面と裏面が左右で隣り合っているものもあれば、上下になっているもの、ジグソーパズルのように隙間に顔や手が並んでいるものと人によって違っていた。どの話にもリアルな響きが言葉の端々に滲みだしていた。独自の体験は他と同じ形式にはならないものだ。夢で王と会っているというのは本当なのだろう。だとすると、地下茎のように人の無意識は繋がっていて、そこには展開された王がいるのだろうか。それとも王は夢につながっている、ある種の可能世界にいるのか。しかしその世界は本当に夢ではないのか。夢の連鎖が観測される世界は、現実だといえるのか。

動画を見ながらそんなことを考えていると、また新しい動画が始まった。清二はディスプレイに集中した。若い女が話している。イラストを使って、消えてしまった文字について語っていた。彼女は看護師で、担当する病室の部屋番号が抜けているのだという。抜けているのはパソコンのデータや、手書きのメモだった。それほど変わった内容ではない。よくあるパターンだ。ただ、声に聞き覚えがあった。動画が終わると、もう一度最初から見た。最後まで見て、あと一度だけ、と思いながら再生する。胸の鼓動が早くなる。間違いなかった。

女は、東条季実子だ。

トイレが詰まったと言われ向かってみると、いつも怒りっぽい男性患者が立っていた。看護師に対して怒鳴りつけるのを見たのも一度や二度ではない。清二にも強い口調で命令してくる。今日は所在なさそうに目を伏せていた。男に微笑みかけて床を一瞥する。便器のそばが水たまりになっている。濡れたところを踏まないように近づく。便器の中に溜まった水は思ったよりも少なく、大量のトイレットペーパーが内側にくっついている。試しに水洗ボタンを押すと、大きな音を立てて流れた。二度確かめて詰まりは一時的なものだったと判断し、新聞紙で便器まわりの水分を取る。濡れた新聞紙をビニール袋に捨て、新しい新聞を敷き詰める。ドアロから男がのぞきこんでいた。「大丈夫ですよ。すぐ終わりますからね」と声をかけ、消毒してモップで仕上げた。男性の顔に笑みが浮かび、病室に戻っていった。笑顔を見たのは初めてだなと思いながら最後にもう一度床を拭いていると、声が聞こえてきた。

「もういいのよ」

聞き覚えのある声だった。少し認知症を患っている高齢女性で、清二が掃除していると、私もゴミだから捨ててくれと湿った声で言う。そんなわけないでしょうと清二は柔らかく言ったが、返ってくる笑みは力ないものだった。

そのときと同じ声が、もういいのよと繰り返す。

「でもね」季実子の明るく応じる声がした。「天国も、今は渋滞してるんですよ。人が多いとね、渋滞するものなんです。だからまだまだかかるかな」

「まだまだってどれくらいかかるんですか」

「そうですね」笑みをふくんだ声が答える。「あと三十年くらいかな。それくらいしたら渋滞も終わってる」

「三十年もですか」

「加藤さんは今おいくつ？」

「七十六歳よ」

「じゃあ百六歳までは待たないとね」

二人の声が遠ざかっていく。作業を終えて廊下に出た。患者と一緒にいる東条季実子の後姿をしばらく眺めた。

季実子は清二のお手本だった。

病棟清掃を始めたころ、部屋の外で季実子と後輩看護師が患者に対処しているのを見たことがある。ストレッチャーに寝ているのは大柄のやたらと文句を言う男だった。痛い、痛いいうとるやろ、どあほうが。聞いている清二が頭に来るような言葉遣いだったが、季実子は動じず、丁寧に対応していた。暴言男の声はどんどん大きくなる。清二は廊下をモップで掃除しながら男のそばに行った。男は清二を確認すると急に口を閉じた。これで多少は静かになるかとその場を離れると、また罵倒し始める。もう一度近寄って、今度はあからさまに上から睨みつけると、再び静かになった。今度はすぐに離れず、周囲を拭きながら近づいては離れを繰り返した。季実子はその間てきぱきと処置を続け、別の看護師がストレッチャーを運んでいくと、後輩に「今の患者さんはね」と説明し始めた。その声がほんのわずかに震えていた。それだけだった。表情は落ち着いていて、声も静かだった。清二は感じ入った。仕事は違っても、あんなふうになりたいと思った。それ以来、季実子の仕事ぶりが自然と目に入ってくる。いつからか清二は季実子の話し方や声のトーンを真似て、患者に接するようになっていた。

季実子の後姿が見えなくなってから、清二は道具をしまった。

二週間が過ぎていた。まだ王の夢は見てない。

もともと清二は夢を見ない。見たとしても覚えてないのだろう。すでに王の夢を見ているのだとしても、記憶は全くなかった。跳ねた血が、と頭の中でとなえても、続く中七は出てこない。手帳を開き、最近書いた句を眺める。

生と死のアウフヘーベン書に刻み／ＡＩと同じ川には入れない／鏡見てフロイトの穴掘り進め／ぶつかった視線が逃げてまた戻る／船底の穴は毎日増えていく

最後の二句は同じ日に書いている。ひねりもなくて、日常の気持ちを十七音にしているだけだ。手帳を閉じて、跳ねた血が、に続く言葉を絞り出そうとしたが、やはり浮かばない。だからといって王に盗まれたとは限らない。単にスランプなのかもしれない。王の夢を見ているのか、見ていないのか。季実子の話を聞いてみたかった。体験したものの言葉には有益なヒントがあるはずだ。もっとも、何と聞けばいいのだろう。あなたの動画を見ました？

最近は季実子と挨拶したり、プロ野球について雑談したりすると緊張する。舌が強張る。手のひらに汗をかく。「動画を見ました」と話しているところを想像すると、胃のあたりが強張ってしまう。昨日は思い切って動画にコメントを残してみた。文末に実名を添えたから、もしも動画の投稿者が季実子なら気づくはずだ。何らかの反応があるかもしれないと期待したが、今日は忙しいのか目があうこともなく、朝から挨拶しかしてない。

あるいは勘違いなのかもしれない。あの動画の女性は季実子ではないのかもしれない。

考えながら手すりを拭いていると、大管清掃の現場責任者と副責任者が二人そろって歩いてくるのが見えた。これまで二人が一緒に病棟まで出向いてきたことはない。目の前にきた二人にどうしたのか尋ねると、折り入って相談があるんですと責任者が言い、またコロナ病棟の清掃に入って欲しいと続けた。陽性者の数が増えたため、これまで一人でやっていた作業を二人で行うことになったのだという。

「もちろん、嫌なら無理強いはしません」責任者が言った。「ただ、正直、入ってもらえるとありがたいです」

清掃作業員は高齢者が多い。新型コロナウイルスに罹患した場合、リスクが高いと言われている。社内で年齢が若いものは限られていた。

「今は誰が入っているんですか」

清二が質問すると、責任者が答えた。

「川合さんが入ってます」

「やります」川合の名前を聞いた時点で決心がついた。「やらせてください」

次の日からは病棟ではなくワックス班で働くことになった。責任者らを見送ってから時計を見ると、午後一時半になっていた。顔を上げると、季実子が手を止めてこっちを見ていて、不意に心が決まった。真っ直ぐに季実子の前に行って口を開いた。

「急なんですが、明日から異動になりました」

コロナ病棟に入るのだと説明すると、季実子はがんばってくださいと頭をさげた。

「いつでも戻ってきてくださいね。待ってますから」

「ありがとうございます」足が震えそうになる。「あの、それで」

「はい？」

「あの、コメント読んでもらえましたか」

早口で言って、季実子を見つめた。戸惑ったような表情をしていて血の気が引くのが自分でもわかった。心臓が暴れだす。何か言って誤魔化そうとしたが、頭が上手く働かない。口の中がからからだ。

「いや、あの、忘れてください」

「竹内さん」

「ほんとすみませんでした」

立ち去ろうとすると、待ってと引き留められた。

「ネットに個人情報を書きこむの、感心しません」

え、と聞き返すと、季実子が「今日は何時にお仕事終わりますか」と言った。しどろもどろになりながら終わる時間を告げると、季実子は微笑み、十七時には終わるはずだからそれから会いましょうと言う。まだ心臓は暴れている。暴れたまま連絡先を交換した。

タイムカードを打ってパチンコ屋で時間をつぶし、十六時半過ぎにショッピングセンターに向かった。フードコートでドーナツとコーヒーを頼む。あまり人は多くなかった。学生が数人いて、子どもを連れた母親がいる。隣のゲームセンターから歓声と電子音が聞こえた。エスカレーター近くの席に座り、ココナツをまぶしたチョコドーナツを食べる。季実子の私服姿を見たことはない。同僚であっても私服姿だとまったく違って見えるものだ。注意しなければ見落とすかもしれない。ドーナツをひとくち食べ、コーヒーを一回飲むごとに周囲を見回し、携帯端末を確認した。姿はなく、連絡もない。すっぽかされるかもしれない。ありうる話だ。同じ職場で働いているとはいえ、いきなり動画にコメントをつけるような男と会うとは考えづらい。一度、会う約束をしておいて、残業で行けなくなったと話せば、清二が落胆して諦めると思ったのかもしれない。

それなら最初からとぼけておけばよかったのではないだろうか。

考え始めるときりがなかった。疑問が疑問を追いかけ、追い越していく。カップを口に運び、すでにコーヒーがなくなっているのに気づいたとき、お待たせしましたという声が、すぐそばで聞こえた。

「ドーナツいいですね。あたしも好きです」

ゆったりした長袖Tシャツにジーンズ姿で、まとめていた髪をおろしていた。カールしているのが気になるのか、右手で何度も髪に触れて引っ張っている。

「どこか別の場所がよければ移動しますよ」

清二がいうと、首を横にふった。

「こういう騒がしいところで話すほうがいいと思います。でもドーナツは食べません」

本当は食べたいんだけど、とすまなそうに季実子は言った。外食はずっとしていないのだという。毎日、病院と自宅の往復で、休日も外にはほとんど出てないと説明した。マスクをしたまま話したいと言われ、当然ですとうなずいて、清二は深呼吸した。どう話すかを考える前に、現実がやってくる。季実子は向かいの席に腰を下ろした。飛沫防止のアクリル板越しに季実子の目をのぞくようにしながら、最近、七五が浮かばないことや、川合から王の動画について聞いたことなどを説明した。季実子は小さくうなずきながら聞いていた。王の夢を見た記憶はないのだが、もしかしたら見ているのかもしれないと話すと、首を横にふった。

「見たら必ず覚えてます」

「東条さんはそうだったってことですか」

「王が強力だからです」季実子は清二を見据えた。「こんなに多くの人が、ほぼ同時に、同じような夢を見る確率ってどれくらいあると思います？」

季実子から目が離せなくなった。確かにそうだ。確率的にあり得ないのに多くの動画が公開されている。あれほど生き生きとした個人的な声は、コピー&ペーストでは生み出せない。動画が少人数のグループによるフェイクではないのは確かだ。

「例えば地震や豪雨災害なんかで同じような夢を見ることってあるんです」季実子がゆっくりと続ける。「被災地では、失くした親族を夢に見る人がとても多かったそうです」

「災害と同じレベルの何かが起こってるってことですね。東条さんは王が存在すると思いますか」

「無視できない何かがあるのは確かだとは思います」清二と目を合わせた。「もしそれが王だとしても、驚きません」

「それほどの力があるなら、忘れるはずがない？」

「ええ。だから七五が浮かばないのは別の理由によるものだと思います。聞きたかったのって、それだけですか」

「そうですね」清二はうなずいた。「もう大丈夫です」

「あたし、大丈夫って答える人が大丈夫だったの、一人も見たことないです」

「一人も？」

「一人も、は少し大げさだったかも」

「たまには大丈夫な人もいますよね」

「うん、そうですね」

季実子が笑うと、清二も笑ってしまった。

「不思議なのは」季実子が髪の毛を引っ張った。「どうして竹内さんが王の話に興味を持ったのかです。夢を見てないなら、普通引くでしょう、こんな話」

「そうか」清二はうなずいた。「確かにそうかもしれないですね」

「変ですよ、竹内さんは。動画を漁ってあたしを見つけてコメントまでつけて。それからはずっとあたしを見てたでしょう」

「そんなに見てたつもりは」

「見てました」笑みを消した。「ずっと視線を感じました」

なぜですか、と重ねて問われた。もともとお手本だったんです、という言葉を呑みこんだ。そういう話じゃないのはわかっていた。季実子はまだこっちを見つめている。大きくて、澄んだ眼だった。

「王は」観念して言った。「何を消しているんだと思いますか」

「文字や数字じゃないんですか。みんな、そんなことを言ってますよね」

「ぼくは記憶を消しているんじゃないかと思うんです」

川合から話を聞いて以来、ずっと考えていたことを口にした。

夢は、脳が情報を整理するときに生成されるのだという。だとすると、夢に介入できるものは記憶を操作できることになる。

「竹内さん、じゃあ王は記憶を食べているんですか？」

「看板の文字を消すのはかなり大変そうですが、記憶を消してしまうのであれば、影響は個人に留まります」

「メモの文字が読めなかったのは」

「川合さんは昼休みに寝るので、たぶんそのときに」

「じゃあああたしは？　あたしは昼に寝ないです」

「単純に忘れてしまったのかと思うんですが」

「納得いかないなあ」腕を組んでしばらく無表情にテーブルを見ていたが、急に目を上げていった。「もしも何かの記憶が消えると、他の記憶にも影響が出そうですよね」

「記憶と夢の関係はきちんと解明されてるわけではないですからね」清二はうなずいた。「そういうことはあるかもしれない。ブラジルで羽ばたいた蝶の影響は予測不可能です」

「バタフライエフェクトですね。あたしは何かの記憶を消されて、しかも何を消されたのかわからないのに、その影響によって部屋番号を忘れちゃったのか」腕組みを解いた。「玉突き事故みたいなものですね。……ねえ、もしかして清二さん、自分の記憶を消したいんですか」

あまりに突然で、見事だったので、とぼけたり、すかしたりできなかった。ただただ感心して季実子を見つめた。看護師の勘の良さ、コミュニケーション能力の高さを甘く見ていた。

「何を消したいんです」ふっと真顔になった。「聞いても良ければ、ですけど」

「そんなふうに言ってもらうと、全部聞いてもらいたくなりますね」

冗談めかして言い、打ち明けるかどうかを天秤にかける。話したらどうなるのかわからなかった。季実子は静かに、真っ直ぐにこっちを見ている。穏やかで安定した視線で、何を話しても季実子は変わらないような気がした。

「色々とあるんですけど、掃除の人間にワクチンを打つなら、医師や看護師に打てというツイートを偶々見て落ち込んだので、その記憶を消して欲しいのと」

自分の手が震えているのに気づき、そっとテーブルの下に隠した。

「あとはどう言ったらいいのかわからないんですけど、ありがとうとか感謝とかを消したいんです」

「感謝、ですか」

「友だちにメールで言われたんですよ。あの、ぼく、第三波のときにもコロナ病棟に入ってたんです。そうしたら、ありがとうと言われて。意味わからなくて、何がありがとうなのか聞いてみたら、本当はみんながやらなきゃいけないことなのに、代表してやってもらってるんだから、ありがとうなんだと言われて。それがなんか、変なものを食わされたみたいに胃にもたれて、そっからずっと、ありがとうとか感謝とか、見るのも聞くのも嫌なんですよね。患者さんに言われるのは嬉しいんです。看護師さんに頼まれて、掃除してお礼を言われるのも。でも直接何かしたわけでもないのに、ありがとうって言われても、おれ喜べないですよ。そう言ってもらって、おれも感謝してばりばり働くべきなんすかね。そういうものを求められているんですかね。でも、そんなもん押しつけられても、こっちは苦しいだけで」

話しているうちに興奮してしまい、終えると息が切れた。ずいぶん早口になっていたはずだ。季実子は清二が話し終えるまで待っていた。それからやわらかく微笑んだ。

「それを、王に食べてもらいたいんですね」

肩にそっと手を添えるような声だった。清二はほとんど泣きそうになりながらうなずいた。

「ぼくばかり話してしまってすみません」自分の感情の高まりに戸惑いながら言った。「聞いてもらってばかりだ」

「そんなこと気にしなくても」

「今も王の夢を見ますか」思いついて言った。「もし見るのなら、消してもらいたい記憶をリクエストしてもいいかもしれないです」

「なるほど。わたしだったら何を消してもらうかな」

「嫌な患者さんのこととかはどうです」

「どうかな」

季実子はしばらく唇に指をあてて何かを考え込むように遠くを見ていたが、やがて清二に視線を戻した。

「もちろんね、嫌な患者さんもいます。でも、それも含めて仕事かなと思います」

「理不尽に耐えるのが仕事?」

「いいえ。改善したいと思うんです。だから忘れちゃだめかな」

見つめあっていると、怒鳴っていた患者のことを話したくなった。あのとき、何事もなかったかのように「今の患者さんはね」と言った声について、季実子に伝えたいと思った。口を開いたのに、声が出ない。言いたいのに言えなかった。そんなことばかり考えてしまうせいか、耳に届いた言葉が単なる音の連なりにしか聞こえない。話すよりも沈黙が長くなったところで、そろそろお開きにしましょうかとつぶやいた。季実子はまだ大丈夫ですと言ったが、彼氏さんも心配するでしょうしと重ねると、無言になった。それから急にそうですねと完璧な笑顔で言い、立ち上がって背を向けた。一度も振り返らない後姿を見送ってから、ドーナツの皿とプラスチックの盆を片づけた。外は暗く、曇っているようで星は見えなかった。目の奥に、去っていく季実子の後姿が焼きついている。とんでもない失敗をしたような気がして、でもその失敗が何なのかわからず、自分で自分に腹が立った。

その夜も王は訪れなかった。

翌日から午前中はワックス作業に携わり、午後からはコロナ病棟に入った。

コロナ病棟の造りは、他の病棟と変わらない。違いは廊下を封鎖していることだ。アコーディオンカーテンで仕切られていて、内側はレッドゾーンと呼ばれ、陰圧になっている。外側が安全地帯を意味するグリーンゾーンだ。レッドとグリーンを繋ぐのはグレーゾーンで、グリーンから入ってレッドに抜ける場所であり、個人防護具やＮ９５を身に着ける場所でもある。

清二は川合と一緒にグレーゾーンに入った。アルコールで手を消毒してから不織布のガウンを着る。Ｎ９５をつけ、その上からアイガードつきのマスクをつける。手袋を一枚はめ、養生テープで手首にとめて、二枚目の手袋をした。青い不織布のキャップを被り、ドアを開く。モニターのぴっぴっという機械音が響いている。しゃべらないようにと注意されていることをのぞけば、作業自体はグリーンゾーンと変わらない。川合が重症患者の病室を、清二が軽症患者の病室を担当して、最後に二人でトイレを掃除して終わった。

「その看護師さん、どうして帰ったんだと思いますか」

「たぶん、プライベートに踏み込んだからじゃないですかね」清二は答えた。「不用意に彼氏さんの話をしちゃったから」

「彼氏がいるんですか」

「たぶん」

「たぶん？」

「あんな素敵な人にいないはずないので」

「なるほど」

川合は顎をなでた。もう一度、なるほど、と口にする。隣に座ったまま店内を見渡す。フードコートにいた。今日はドーナツではなくモスバーガーを選んだ。

「どうなんでしょうね。本当にそうだったのかな」

「どういう意味です」

「いや、深い意味はないんです」川合は手を下ろした。「でも意外でしたね、清二さんがそこまで王の話に興味を持っていたとは」

「だって川合さんが教えてくれたんですよ」

「それはそうなんですが」苦笑すると、しゃがれた声のまま続ける。「実はぼく、王の夢についてはどうも胡散臭いものを感じちゃってて」

驚いて聞き返すと、すみませんと頭を下げられた。手のひらで膝のあたりをこすっていた。

「この間ね、ドキュメンタリーを見ていたら、あ、ぼくドキュメンタリーを見るのが趣味なんですけどね」川合は膝をぐっと掴んだ。「意外とね、面白いんですよ。特に外国のドキュメンタリーが好きで」

そうなんですか、と困惑しつつうなずくと、川合が身を乗り出した。

「新しい言葉を聞くことも多いので重宝してるんです。で、この間の話なんですけど、エンリッチメントという言葉を知ったんです」

ご存じですかと問われたので首を振ると、動物福祉の言葉だと説明された。

「動物園でサルやライオンは檻に閉じこめられている。それは野生の状態とはほど遠い環境です。そこで、動物の幸せを考えて、例えば海外の動物園では、以前はライオンが入っていた檻のスペースに人間が入って、ライオンは人々が見ていた通路をうろうろできるようにしたそうです。逆転の発想ですよね。動物が退屈しないよう、強制ではなく自発的に行動できるよう環境整備を行うことを、エンリッチメントというんです。動物を幸せにしようという思想ですね」

「動物園にいるのは変わりないんですよね」

「そうです。あとロシアの酪農家が牛にバーチャルリアリティーのゴーグルをつけて、太陽の光に満ちた広い牧草地の映像を見せたそうなんです。すると牛はリラックスし質の高いミルクがたくさんとれた。牛がリラックスしているのは搾乳量から明らかで、酪農家にとってもメリットがある。批判も多いようですが、これも動物の幸せを願っているのは確かです。どう思います？」

「難しいですね」

自分が囚人だったとして、過酷な環境にいるのと、そうでない環境にいるのとでは、過ごしやすさは違うだろう。しかし、それを幸せだとカウントしていいのだろうか。

「それでね、思ったんですよ」何気ない口調で川合が言った。「王もエンリッチメントなんじゃないかって」

「どういうことです」

「あの動画に出てる人の職業って、偏っているんですよ」

コンビニの店員。スーパーのレジ打ち。トラックの運転手。宅急便やウーバーイーツの配達員。

「みんな、エッセンシャルワーカーなんです」川合が言った。「もちろん確認できなかった人もいますけど、大多数はそうなんですよね」

清掃員にワクチンなんて打つな、というツイートが脳裏に浮かぶ。

季実子に向かって罵声を浴びせた男の声が聞こえる。

「待ってください」清二はまばたきした。「それとエンリッチメントはどう関係するんですか」

「つまりですね、エッセンシャルワーカーは動物園にいるキリンやライオンと同じなんですよ。ストレスをためないように娯楽が提供される。本当だったらもっと辛い暮らしのはずなのに、みんな、壁の王に夢中になっている。気を逸らされているんです」

「コントロールされてるってことですか」

「あくまでストレスを軽減するための措置なんですよ」皮肉な笑みを浮かべた。「ワーカーにやさしく、ってことです」

「壁の王は、全部作りごとですか」

「あれが国によるエンリッチメントだとしても驚きませんね」川合は透徹した、静かな眼差しで清二を見た。「少なくとも王の噂は社会的にはエンリッチメントとして機能している。あるいはこれは、新しい宗教なのかもしれない。そう思ったら気持ちがさめてしまって」

ゲームセンターでひときわ大きな歓声が上がった。コインのじゃらじゃら鳴る音が聞こえ、誰かが叫んだ。幼い声だった。声変わり前の少年の声だ。

「そういえば、あれから川柳は書けるようになりましたか」

首をふると、川合はまた顎を撫でた。

「川柳は〈消える文芸〉とか〈言葉を蕩尽する文芸〉などと言われていたんですよ」

「どういう意味なんですか」清二は言った。「まさか王が関係しているとか?」

「王は無関係でしょうね」川合は目を細めた。「同じように十七音の短詩型の文芸に俳句がありますよね。俳句は残る文芸だったんです。句が残るものは作者の名も残ります。庶民は川柳も好みましたが、こちらは残らなかった。無名性というのは川柳の特徴のひとつかもしれません。言葉を蕩尽するというのは、残らなかったからなんです」

もっとも、現代川柳では残していこうという話にはなっていますがね、と川合は続けた。それから清二を見つめて言った。

「だからといって、それと清二さんの七五が出てこないことと関係があるわけでもないんでしょうが、ちょっと思い出したので」

「無名の人々による残らない文芸ですか」

「そこが良いところでもある、という考え方もあります」

七時過ぎまでポテトを食べながら、ぽつぽつと無名性について言葉を交わした。名前が残るという感覚が自分にはよくわからないと清二が言うと、それがぼくは怖いんですと川合がつぶやいた。川合は鬱屈を抱えているように思えたが、どう言葉をかけたらいいのか清二にはわからなかった。

川合と別れ、電車に揺られながらエンリッチメントについて考えた。季実子に頑張ってくださいと言われたときは嬉しかった。戦争に行くと報告した兵士の気持ちはこうだったのかもしれないと思えた。明らかに自分はその状況を楽しんでいて、ストレスを感じなかった。ああいう気持ちも環境によって提供されたエンリッチメントなのだろうか。テレビで連呼される感謝のメッセージは、エッセンシャルワーカーを気持ちよくさせるというより、それ以外の人々を居心地よくさせるための言葉に思える。感謝を口にすることで免罪符をもらうキャンペーン。ありがとうと言われて不快になったのも、そこに一種のエンリッチメント的な性格を感じたからだろうか。

考えていると何がなんだかわからなくなって、帰宅するとぐったりしていた。なかなか寝つけず、夢も見なかった。

アラームが鳴っても頭の中に綿が詰まっているようで、目を閉じたまま寝転がっていた。このままだと二度寝してしまう。遅刻する。全てが社会によるエンリッチメントだったとしたら、七五はどこに行ったのだろう。跳ねた血が、と考えながら力をふりしぼって目を開ける。壁の色が変わっていた。寝る前は白だったが今は褐色っぽかった。壁に目玉があり、それがまばたきした。清二は跳ね起きた。ベッドを降りて壁に近づく。くっついているものを観察する。最初は何かわからなかった。皮膚だ。背中、手、足、足裏、腹、首、頭、顔、眼球。それがつぎはぎとなって白のあった場所を埋めている。首の皮膚も、顔も、腕も、腹も、腰も足も、開かれて広がっている。立体だった表面が、歪なメルカトル図法のように平面となっていて現代アートのようだ。夢に違いないと思いながら携帯端末で動画を撮影する。二度寝防止のアラームが鳴った。音を止める。背中を汗が流れた。王の顔は裂けて広げられていた。灰色の瞳が清二を見つめている。視線が絡みつくと、身動きが取れなくなった。なぜか自分の手が勝手に動き、撮影した動画を削除する。清二の意思ではなかった。思い通りに動かそうとしてもまるで動かない。まばたきすらできず、王の目を見つめている。自分の口が勝手に動き、声が出た。

「撮影したところから察するに、どうやらお前は私を知っているようだ」

「あなたは」急に頭の芯がふっと軽くなって清二は自らの意思でしゃべった。「あなたはぼくをコントロールしている」

また頭の芯に何かが触れた。冷たくはなかった。熱くもない。陽だまりのような温かさが頭をしびれさせる。

「そうだ」清二の唇が、清二の考えではない言葉を口にする。「私はお前を操っている。私は自由に話せないからな」

「あなたは文字を盗むのではなく記憶を盗んでいますね」

王は目を細めた。

「たまにお前のようなものがいる」冷たい響きだった。「物事から推論し、答えにたどり着くものが」

王は夢を移動するのではなかったのだ、と清二は思った。おそらく平面ならどこにでも移動できるのだろう。人々は王と会い、記憶を消された。残った残滓が夢となって記憶を再構成したのだ。王に会ったときの話がみな生き生きとしていたのは、現実に見たからだ。

「それで」王は言った。「望みはなんだ。お前のようなものは、必ず消して欲しい記憶を抱えている。そうでなければ、こんな奇妙な話を気にはかけない」

「願いをかなえてくれるのですか」

「ああ。だがよく考えることだ。記憶を失うというのは均衡が崩れるということだ。何が本当で、何がそうでないのかわからなくなる。もっとも、わからないこともいずれ忘れてしまうのだがな。お前たちは何を思い出そうとしていたのか、思い出せなくなってしまう生き物だ」

「じゃあ、やっぱり七五は盗まれてなかったのか」

「何の話だ」

説明すると、王は部屋中に響くほど大きな声で笑った。

「お前の七五は盗んでない。それは保証しよう」

だとすれば、なぜ続きが出てこないのだろう。考え込んでいると、王が促すように言った。

「それでお前の望みは何だ」

真っ先に浮かんだのは「ありがとう」だった。あんなことを無関係の人間に言われたくない。

次に浮かんだのは「エンリッチメント」だった。あんな考え方をすると、何もかもが信じられなくなりそうだ。

どちらにしようか考えていると、どうしてか、遠ざかっていく季実子の後姿が浮かんできた。

「何を迷っている？　どうせお前たちは放っておいても忘れてしまう生き物だろうに」

「人が色んなことを忘れてしまうのは、あなたが記憶を盗んでいるからですか」

「私が盗むのは、人が忘れてしまう記憶の総量に比べたら、微々たるものに過ぎない」王は面白くもなさそうに笑う。「どうした。この期におよんで忘れたくない、などと言い出すのではないだろうな」王は腕を組んだ。

「もっとも、そういうものもいないわけではない。忘れたいなにかがあっただろうに、いざ私に遭遇すると記憶を守りたくなってしまうらしい。おかしなものだ」

「わからなくはありません。いくら忘れたくても、記憶がなければ、どうして忘れたかったのかすら思い出せなくなってしまうのですから」

「だから何だというんだ。人はどうせ忘れる。忘れて、何度も同じことを繰り返す」

「でもだからこそ覚えているべきではないですか。同じ過ちを繰り返さないように」

「人間が争わなかった時代があるのか？」

王は口元だけで笑い、ゆっくりと笑みを消すと、よく響く声で続けた。

「それに忘れるというのはそんなに悪いものじゃない。お前の痛みも、お前の苦悩も、お前の罪も、お前の抱えている問題も、お前のもたらした問題も、怒りも、見栄も、虚栄心も、果たせなかった望みも、流せなかった涙も、お前にまつわる全ての事象は、忘れることで閉じる。消えて、無くなって、終わる。忘却が全て消化してくれる。跡形もなくなるというのは気持ちがいいものだ。そうなれば、もう苦しむこともない。楽になれる。そうだろう」

そうだろうか。清二は考える。そうなのだろうか。

「そろそろ聞かせてもらおう」

王が言った。

「お前の望みは何だ」


八月半ばから感染者が増加した。緊急事態宣言が発令され、陽性患者は五十人を超えた。さすがにベットが足らなくなり、エレベーターホールを挟んだ向かいにあるB病棟でも患者の受け入れが始まった。ちょうどそのタイミングで川合が腰を痛めて休んだため、清二は一人でコロナ病棟の清掃を行った。A棟には中等症と重症者が入院し、B棟には軽症者が入っていた。A棟では呼吸器をつけている患者が多かった。モニターが多いので、入った途端にあちこちから電子音が聞こえる。「かなえさん、どこにいるの、かなえさん」と繰り返す老婆がいた。掃除している間、かなえを探す声は続いた。看護師が娘の名前はかなえではないのだと教えてくれた。誰を呼んでいるのかわからないのだという。「ここは地獄だ」とぼやいている老人がいた。「なにかにつけて、コロナにかかってるから駄目だと言われる」。それはそうだと思いながら明るい悪態にうなずいて作業すると、「ありがとな」とぶっきらぼうにいう。翌日には鼻カニューレをつけ、ぐったりした様子でベッドに沈み込んでいた。「苦しい、苦しい」とつぶやいている。四人の看護師がついていて、その背中で表情はよく見えなかった。次の日、老人のベッドは空になっていた。隣の病室にはジッパー袋に入った遺体が横たわっていた。遺体は袋に覆われ、顔が見えなかった。

A棟の清掃が終わると、グレーゾーンで個人防護具を脱ぎ、そのままB棟のグレーゾーンで再び個人防護具をつけ、レッドゾーンに入る。A棟に比べるとB棟は静かだった。軽症者は退院を待つだけで、廊下も部屋も汚れは少なかった。医療機器の電子音もない。掃除はすぐに終わった。下手をすると個人防護具を着脱する時間と、清掃にかかる時間とが、それほど変わらないくらいだった。

一週間すると川合が復帰した。

「もう大丈夫なんですか」

「おそるおそるですが」

最初のころは家の中で杖をついていたのだという。歩くよりも自転車で移動するほうが楽で、電車通勤から自転車に変更したのだと話す。

「電車で座っていると、病院の最寄駅まで来たのに立てないんですよ。どうやっても立ち上がれなくて、あんなに絶望したことはなかったです」

「どうやって降りたんですか」

「必死に手を伸ばして吊革につかまって。立ってしまえばなんとかなるんですけどね」

川合にはB棟を担当してもらった。一緒のタイミングで病棟に入っても、川合のほうが先に出る。王の夢を見たことを話したり、エンリッチメントについて川合が今はどう考えているのか聞いてみたかったが、さすがにフードコートには行けなかったし、ワックスの作業中は他にも人がいて、二人になることはなかった。ようやく話ができたのは川合が復帰して二週間後だった。廊下のワックスをかけながら王の夢について話したが、川合の反応は芳しくなかった。エンリッチメントについても同様で、何を聞いても上の空だった。仕方なく黙ったまま作業していると、唐突に川合が口を開いて句集を出版することになったんです、と言った。出版社から声がかかったのだという。川合はどこか戸惑っているような、サイズの合わない靴を履いているような顔をしていた。清二が今度ドーナツを奢りますというと、ようやく笑顔を見せた。ひとしきりそのことについて話したあと、思い出したように川合が言った。

「あれから七五はどうなりました?」

「浮かばないんですよね、まったく」

「やはり王に奪われたんでしょうか」

「夢では否定されましたね。王に笑われました」

「王に記憶を消してもらうとおっしゃってましたが、何を消してもらったんです」

「それを覚えているなら、記憶は消えてないことになりますね」清二は笑った。「ほとんどそのあたりについては覚えてないんです」

「それもそうか」川合が言って、それから目を伏せた。「看護師さんとは、あれから?」

「全然会ってないです」

一度だけ、遠くから姿を見かけたことはある。季実子は同じ病棟の看護師と一緒にいた。着替えをすませて帰るところのようだった。目があうと、一瞬、目を見開いた。何かを言いたそうに見えたのだが、隣の看護師に話しかけられるとそちらに顔を向けた。横顔に向かってお疲れさまですと声をかけ、手を振った。隣の看護師が手を振り返してくれた。季実子は頭を下げた。それから二人で話しながら角を曲がっていった。それっきりだ。

「いつまで続くんですかね」

川合がソファを見下ろしていた。肩越しにのぞくと誰かが忘れていった新聞紙がのっていた。新規感染者数、病床使用率、死者数の数値が紙面に踊っている。一瞬それが、血に染まって見えた。まばたきすると、新聞は赤くなく、ただの紙面に戻っていた。川合は新聞紙をゴミ箱に捨てると、ソファを運びながら言った。

「なんだかループしてるみたいですよね」

「同じことの繰り返しですね、確かに」

「体調どうですか。ぼくは最近、すぐ寝てしまって。シャワーをここで浴びて、家に帰っても浴びるでしょう。そうするとなんだか身体のスイッチがオフになっちゃうみたいで」

「コロナ病棟は入ってるだけで疲れますからね」

「ほんとに、いつまで続くんでしょうね」

以前に作った川柳を思い出す。毎日、船底の穴が増えていくのを見つめているようだ。漏れてくる水をバケツで汲んで外に捨てる。沈没しないためにはそうするしかない。人手は足りないのに、穴はどんどん増えていく。援助はほとんどない。川柳を作るとどんな気持ちだったのか考えたが、一向に思い出せなかった。何かが穴に吸いこまれてゆく。清二はため息をついて、濡れて貼りつくマスクをはがし、呼吸しやすいようにノーズ部分を変形させた。一人がけのソファを抱える。ソファは重く、持ちにくくて、ひどく歩きにくかった。手伝ってもらおうと川合を見ると、彼もまたソファを抱え、よたよたと歩いている。おぼつかない足取りで転んでしまいそうだ。

その姿が、季実子の後姿と重なった。

次の瞬間、蝶がひらりと横切るように、不意に記憶が飛んできた。

あの時、王に質問され、季実子の後姿が脳裏をよぎった。思い出すたびに胸がもやもやして、いっそのこと記憶を消してしまいたいと思った。蝶の羽ばたきが、空気をかき混ぜる。風が声になる。「今の患者さんはね」と言った小さな声が身体の内側で木霊する。いつまでも、いつまでも。風は風を呼び、また声が聞こえた。「いいえ。改善したいと思うんです」。あの時も、この声が聞こえたのを思い出した。

どうして思い出せたのかわからない。過去の自分が、未来の自分に託したのかもしれない。聞いてくれと。忘れないでくれと。思い出せと。

蝶の羽ばたきが、やがて嵐となる。

清二はソファをおろした。

跳ねた血が、と胸の内でつぶやいて、待った。

きつねのこんびに

佐々木倫

佐々木倫
Sasa Kirin

佐々木倫さんは小説を書く、宇宙を旅するキリンです。町に住む月男と月に移住する主人公の密かなつながりを描いた「Moon Face」で第1回かぐやSFコンテストの最終候補に選出。

2021年、Kaguya Planetにガラスの鉢に入った私だけの不思議な島を手に入れる掌編「風の鳴る島」を寄稿。「風の鳴る島」は犬と街灯主催の島アンソロジー『貝楼諸島へ／貝楼諸島より』収録作です。

本作「きつねのこんびに」は新美南吉『手袋を買いに』を彷彿とさせる物語。主人公のバイト先では、最近レジに落ち葉が入っているという……。

佐々さんは2020年、「量産型魔法少女」でプロアマ混合のオープントーナメント、第2回ブンゲイファイトクラブの本戦出場。阿瀬みちという別名義でも執筆活動をしており、2021年には「みずまんじゅうの星」で日本SF作家クラブの小さな小説コンテストの最終候補に選出。人魚アンソロジー『海界（うなさか）～十二の海域とそのあわいに漂う～』を企画・編集しています。

　このところ店長の機嫌が悪い。何を聞いても上の空でぼーっとしている。以前はてきぱきと要領よく頼りになる人だったのに、どうしたんだろう。まぁ私には関係がないことだ。私はただのアルバイト。体調管理は店長の仕事。適当に働いて時給がもらえたらそれでいい。なのに面倒はむこうからやってくる。

「篠原さん、あとで話があるから、作業終わったら来て」

　廃棄商品を回収する作業の途中にやけに神妙な面持ちで告げられる。嫌な予感を表情には出さないように休憩室に出向いてみれば、このところ店の売り上げが合わない日が続いて頭を悩ませていると打ち明けられた。疑われているのかな？　少しだけ嫌な気持ちだ。

「これ、なにかわかる?」

　見てほしいものがある。と前置きして店長が取り出したのは、むらなく紅葉した桜の葉っぱだった。

「木の葉、ですね」私は答えた。

　店長は、それは見たらわかるんだよ、これがレジの中に入ってたんだ。最初はいたずらかと思った。だけどあまりに何度も続くし、店の会計が合わない、誰かが現金を抜いて落ち葉を入れている。といらだった口調で言った。

「そんなばかかな。小学生のいたずらみたいなこと、する人いますか?」

「俺だって最初はそう思ったよ。あのさ、店の子たちを疑いたくはないんだけど、篠原さん一番ここ長いよね。信用してるんだよ、他の子には頼めないんだよ」

「つまり、犯人捜しに協力しろってことですか？」

店長は黙ってうなずく。どうしていつもいつも、面倒なことばかり頼まれるんだろう。店長と二人で防犯カメラの映像をチェックする羽目になってしまった。カメラの映像には特に不思議なところはなかった。みんないつもどおりに働いている。ふと店長の顔を見ると、目の下に濃い隈ができていた。疲れているのだろう。切羽詰まった雰囲気に合わせるために真剣に考えるフリをしてみたが、めんどくさいなぁという気持ちを押し殺すことはできなかった。一刻も早く帰りたい。そんな願いもむなしく時間は過ぎる。何も見つけられないままハードディスクの容量をすべて見終わってしまった。バイトの子たちをこれ以上疑わずに済んだ安心感で眠たくなる。

けれど、安心してばかりもいられなかった。犯人が見つからない、証拠が見つからないということは、私に盗難の疑いがかけられているのと同じなのだった。どうしよう？　このまま辞めてしまおうか？　だって私は、疑義や期待といった得体のしれない感情を他者から向けられる状況に耐えられる自信がない。苦手なのだ。挙動不審になってしまってますます怪しまれるのが目に見えている。冤罪でクビになったりしないだろうか。不安と緊張で頭がいっぱいのまさにそのとき、不意にチャイムが鳴り、店に人が入ってくる気配がする。

「私行きます」

逃げるようにレジに走る。逃げ去ったのはよくなかっただろうか？　疑いを深めてしまわなかっただろうか？　私はこの先もこのコンビニで働き続けることができるのだろうか？　物価だって上がっているし、これ以上生活が良くなる見込みもないのにまた無職になるなんて……想像しただけでお腹が冷たくなる。

店内に入ってきたのは幼い男の子がひとり。夜の十時が近づいているというのに、保護者らしき人は周りに見えない。駐車場にそれらしき車もない。虐待だろうか？　通報しようか迷う。少年はスポーツドリンクとシュークリームを抱えてレジに向かってくる。

「遅くにおつかい？　大変だね」

声をかけて様子をうかがう。

「お母さんが熱を出したの」

「こんな時間に出歩くと危ないよ」

「どうしても心配で」

今にも泣きだしそうな少年がかわいそうになる。バーコードを読み取り、合計金額を告げる。少年は唐草模様のがま口ポシェットから、裸の千円札を取り出す。ポシェットの中には、千円札がたくさん折りたたまれてしまわれていた。不思議に思って少年の顔を見る。青ざめた顔で、手が少し震えている。私は少年の手を掴む。

「木の葉はお金じゃないよ」

少年はすくみ上って飛び跳ねた。私の手から少年の手がするりとすり抜ける。ふわふわしていて滑りがいい。見ると、少年の体は一匹の若いきつねになっていた。

きつねは商品を掴むと、一目散に駆けだした。自動ドアが開いて、つむじ風が吹き抜ける。木の葉が風に舞う。ピカピカの、虫食いのない美しい落ち葉。

「ごめんなさい」

小さく聞こえたのは私の空耳だっただろうか。

「待ちなさい！」

私はレジ台を飛び越えて、逃げるきつねを追いかける。きつねはすばしっこく、人間の脚では追いつけそうにもない。幸い店の裏には通勤に使う自転車が停めてあった。それに乗って真夜中の町を走る。二車線の道路をつっきり住宅街を抜け、きつねは山の方へ逃げていく。山のふもとに大きな鳥居があって、元は朱く塗られていたのだろう、今ではほとんど塗料が落ちてしまっていた。きつねは鳥居をくぐって坂道を一目散に走る。見上げるほどの急な傾斜を、よくあんなに素早く走れるものだ。漕いでも漕いでも進まない重たいステンレスの自転車を乗り捨ててきつねを追いかけたものの、途中で力尽き足が止まる。どこに行ったのか、きつねの姿も完全に見失ってしまった。ああ、店長になんて説明すればいいだろう？　なにも言わずに出てきてしまったし、まさか犯人はきつねでしたなんて、言えない。そのまま店に戻る気力もなく、私はふらふらと山道を登る。あんなに立派な鳥居があるのだ、手水舎くらいあるだろう。冷たい水で手と口を清め、どうにか頭を冷やしたかった。

少し進むと、水の音が聞こえてきた。小さな朱い鳥居があり、石でできた手水鉢に水が流れている。神社の境内には大きな桜の木が生えていた。落ちていた木の葉を拾い上げる。きつねが使っていたのと同じ葉っぱだろう。

「千円って、私の時給と同じなんだよ。きつねにはわからないだろうけど」

虚しさがこみあげてくる。あのきつね、お母さんが病気だって言っていたけど、大丈夫だろうか。小さい手で、一生懸命きれいな葉っぱを探して拾ったんだろうな。きつねにとっては価値があるものなんだろう。だけど人間の世界では通用しない。さっき握ったきつねの細い前足の感触が、まだ手のひらに残っていた。やるせない。このまま私がひとり店長に叱られるしかないのか。叱られるだけでは済まず、責任を取って辞める必要が出てくるかもしれない。そのことを考えるとおそろしく、店に戻る気になれない。

そのとき、ちいさなお社のなかでことりと音がして、障子が開く。あの少年が気まずそうに立っていた。社の奥では光る毛並みの巨大なきつねが臥せっている。冷や汗をだらだらかいて、苦しそうに胸を上下させてぐったりしている。枕元にスポーツドリンクとシュークリームが手つかずで置かれている。

「お母さんが病気って、本当だったんだね」

話しかけると、少年は今にも泣きだしそうに、小さくコンと鳴いた。


店長に電話して神社まで来てもらった。自分の目で見ないと納得しないだろうと思ったのだ。母ぎつねを目の前に店長は信じられん、とぶつぶつ言っていたけど、きつねを車に乗せて動物病院まで運んでくれた。検査代まで出してくれたのだから、なんだかんだ言って優しい人だ。獣医は苦しむ母ぎつねを前に、一言、「食べすぎですね」と言ったのだそうだ。「野生動物への餌付けは慎んでください」と店長が叱られてしまったらしい。

そう、たびたびうちのコンビニに足を運んで木の葉で買い物をしていたのは、子ぎつねではなく母ぎつねのほうだったのだ。彼女は甘いコンビニスイーツやほかほかの肉まんのとりこになってしまったらしい。

「すみません、一度だけのつもりだったんです。なのにやめられなくて」

腹痛に苦しみながら、涙を浮かべて訴える母ぎつねを前に、店長は何も言うことができなかったという。暴飲暴食を慎んだ母ぎつねはみるみる回復し、元気に走り回れるようになった。子ぎつねは泣いて喜び、母ぎつねと抱き合って笑っていた。

こうして危機は去り、私は無事にコンビニでの仕事を続けることができた。けれども最近、近所にライバル企業が進出してきたらしい。手作り感満載のチラシを頼りに訪れてみれば、タヌキやキツネや野生化したフェレットまでもが、つやつやぴかぴかの葉っぱやどんぐりや椿の実を握りしめて開店前のお店に並んでいる。私はつぶやく。

「うちの店より賑わってるな。お客さんがこんなにたくさん」

目の前にあるのはどこからどう見てもコンビニエンスストアで、夜の境内には不釣り合いに明るい。ガラス越しに母ぎつねと目が合う。制服まで本物そっくりに真似られている。

「おまたせしましたー！　きつねのこんびに開店でーす」

自動ドアから子ぎつねが元気に躍り出て、今日も二時間だけのコンビニ営業が始まる。お客が置いていくのが木の葉や木の実なら、陳列棚に並んでいるのも母ぎつねが焼いたくるみパンやほぼ栗のモンブラン、どんぐりクッキーだ。母ぎつねは腹痛に懲りて、生クリームは二度と食べないと誓っているらしい。

「篠原さん、その節はお世話になりました」

母ぎつねが、商品を整理していた手を止めて頭を下げる。

「お元気そうで何よりです」

私たちは笑いあう。ふたりのあいだでは、食べすぎの件には触れない約束になっている。

「どうしてきつねのパン屋さんでもケーキ屋さんでもなく、コンビニっていう名前にしたんです？」

「だって、そのほうがかっこいいんですもの。こんびにって素敵。いつでも明るくて、清潔で、食べ物がたくさんあって、ほんとうに夢みたい」

私は苦笑いする。このきつねはきっと、コンビニエンスストアが二十四時間営業だということを知らないのだ。

今日のために用意した、とっておきのマテバシイのどんぐりとモンブランを交換してもらいお店を出る。来週の買い物のために、境内でいい感じの葉っぱやどんぐりを見繕い、ポケットにねじこむ。こうしていつまでも取引が繰り返されるといいな。私だって、心の底ではいつまでも今の職場で働いていたいと思っているけど、お店の未来は店長の健康にかかっているし、私ができることは少ない。持続可能なきつねのこんびにをうらやむ気持ちが生まれて、勤めているコンビニで少しでも長く働き続けられるよう、店長の健康が続くよう、神社にお賽銭を投げ入れてお祈りしていると、仕事に飽きた子ぎつねが足元にまとわりついてくる。

「コンビニはもういいの？」

「うん！　ぜーんぶ売り切れたから」

コンビニエンスストアなのに売り切り閉店。なんて画期的なんだ。見れば、コンビニの姿は跡形もなく、いつもの古びた社があるだけだった。

「いいねぇ、大人気だね。私も雇ってもらえないかな」

子ぎつねはうんうん唸って考える。

「冗談だからね、そんなに真剣にならなくてもいいよ」

私が笑うと、子ぎつねはたたたっと石の階段を駆け下り、しっぽで足元の落ち葉を巻き上げた。ふわりと浮き上がった落ち葉は千円札に姿を変える。

「彩乃、これほしい？　ほしかったら全部あげるよ」

「なんだ、私が時給の話したの、覚えてたの」

「時給ってなに？」

「一時間働いてもらえるお金」

子ぎつねは感心したように、なるほどーと伸びをした。

「千円あったらなんでも買えるね。彩乃お金持ちだね」

「そんなわけないよ、コンビニにある商品の大半は千円で買えるものかもしれないけど、うちの家賃は千円の四十倍だし、電気代、水道代、食費に、洋服に、交通費、それから……。暮らすのには千円がたくさん、たくさんいるんだよ」

子ぎつねは数字の話を聞いてしばらく考え込んでいたけど、こてんと地面に転んだきり眠ってしまった。私は子ぎつねを木の葉の枕の上に寝かしてやる。それから、すこしためらって、自分も木の葉の上に寝そべってみる。落ち葉は意外と温かくて心地いい。気がつくと私は子ぎつねと一緒に眠っている。いつのまにか、母ぎつねのおおきなふかふかの尻尾が私たちを包み込んでくれる。母ぎつねの声が降ってくる。

「ふたりとも、今日もよくがんばりました」

私は明日も食べていくために働くだろう。たいして好きでもない仕事をして生きていくだろう。だけどときどきは、どんぐりをぴかぴかに磨いて、きつねのために働くだろう。そのことは私の人生を以前よりもちょっとだけ豊かにしてくれる。

湿地

白川小六

白川小六
Shirakawa Koroku

拡張現実の七夕の祭りを楽しむ二人の少女を描いた「七夕」が第２回かぐやSFコンテストで最終候補に選出。最後のオチによって煌びやかな祭りの裏側が提示され、読み方がくるりと変わる構成が評価されました。

本作「湿地」は、湿地に住む半鳥人と人狼の生き様と悲哀を描いた作品。白川さんのショートショートは、鮮やかな切り口で世界が提示される掌編らしい楽しさが魅力です。

2020年に「森で」で第７回日経「星新一賞」グランプリを受賞。同年、プロアマ混合のオープントーナメント第２回ブンゲイファイトクラブで準優勝。〈５分で読書〉シリーズ『扉の向こうは不思議な世界』『意味が分かると世界が変わる、学校の15の秘密』(KADOKAWA)、『ショートショートの宝箱Ⅴ』(光文社文庫)に掌編を寄稿。ネットマガジンSF Prologue WaveにSF短編小説「紅茶きのこの話」や「食肉工場の秘密」などを掲載しています。本業はグラフィックデザイナー。ペンネームの「ころく」は子どもの頃家にいた犬の名前。

◆

雪に覆われた大沼の周りには、背の高い枯葦が密生し、茂みの間に大きな球状の巣が十四隠れている。出入り口が目立たぬように工夫されたまんまるい巣の壁は、分厚く葦と泥と羽毛とで出来ていて外の寒さを一切通さず、それぞれの中で一つがいずつの父さん母さんが卵を温めている。

卵はどの巣にも二個あるが、スィクとニニゥの姉弟のように二つとも孵るのは約半数で、残りの巣では、片方、あるいは両方ともが孵化しない。無事に生まれても十度目の春を迎えるまでには、さらに半分に減る。病気や事故もあったが、多くは密猟のせいだった。密猟者達はヒナだけでなく、成体だろうが、卵だろうが、見境なしに奪っていった。

以前、この辺り一帯は保護区としてきちんと管理されていて、仲間も大勢いた。絶えず警備員が見回り、不審者を撃退してくれた。だが数年前から何故か警備が手薄になり、大勢の密猟者達が侵入してくるようになった。

「せめて鵟《のすり》くらいの嘴と爪か、蜂みたいな毒針があるといいのに」

スィクは、沼のそばのたいして高くもないハンノキにしつらえた、危なっかしい見張り台の上で足踏みした。草編みの雪沓《ゆきぐつ》しか履いていないつま先が冷たくて、じっとしていられないのだ。唇も指先もどこをとっても柔らかいスィクの体は、つま先と鼻より上を除いて、背中の翼でしっかりと包まれている。

「その代わり、僕らにはこれがある」

ニニゥが、袖から突き出た棒のような腕で弓をちょっと掲げて見せた。去年までスィクよりも小さかったニニゥは、一年でぐっと背が高くなり、姉をとっくに追い越して、まだまだ伸びようとしている。泣き虫の甘ったれだったくせに、最近はしぐさも物言いも落ち着いてきて、スィクの癇に障った。

「私、ちょっと飛んでくる」

スィクは弟の制止を無視して、見張り台から飛び降りた。薮に落ちる間際に羽根を広げ、木立を抜けて羽ばたき始める。雪混じりの風は遠慮なく着物の隙間から肌を刺したが、じっとしているよりマシだとスィクは思った。もし密猟者がいたら、捕まってみるのも悪くないかもしれない。外に出れば、見せ物にされて檻に一生閉じ込められるとか、剥製にされるとか、恐ろしいことばかりみんな言うけれど、案外、寒くて寂しい沼で怯えているより、ずっと楽に暮らせるのかもしれない。人間は、綺麗な服を着て、暖かい家に住み、美味しいものを食べているって噂だし。

スィクは高度を上げて湿地の南側に広がる広葉樹林を目指した。森を抜けて保護区のこちら側へと至る道はたった一本しかない。武装した見張りを立ててからはめっきり減ったものの、大抵の侵入者は南からやってきた。

◇

ボロは、兄ちゃんに遅れずについていくのがやっとだった。胡麻色の毛皮の上に白い合羽を羽織った兄ちゃんは、橇《そり》を引いてるのに飛ぶように速くて、雪の中だとすぐに見失いそうになる。ボロはむくむくの毛が生えた短い四肢を懸命に動かして、橇の轍を追った。兄ちゃんと違ってボロは父ちゃん似で白いから、合羽はいらない。

「もうすぐ、森に入れば楽になるから」

兄ちゃんがわずかに脚を緩めてボロを励ました。

目的地は、森を抜けた先の広い湿地にある、半鳥人の繁殖地だ。半鳥人は、天使や神鳥などと呼ばれ、酔狂な人間達が涎を垂らさんばかりにして手に入れたがる珍しい生き物だ。生け捕りなら御殿が建つほどの、亡骸でも一生食うに困らないほどの高値で売れる。

兄ちゃんもボロも密猟が重罪で、バレたら殺処分になると知っていたが、寄生虫病にやられて漁船に乗れず、毎日寝床で苦しんでる父ちゃんに虫下し薬を買うのに、どうしても大金が必要だった。

「半鳥人は馬鹿で武器もねえし、夜目もきかねえから、日暮れまでに巣に近づいて、暗くなったら巣ごと網で覆ってしまえ。ちゃんとつがいが入ってる巣を狙えよ。あとは夜明けまでに保護区を出れば大丈夫だ」

二匹にそう教え、道具まで貸してくれた網元さんは、人間とのあいのこで、毛の生えていない奇妙な手でボロの頭を撫でた。

「捕まえてきた後は俺に任せろ。内地の旦那方に目ん玉が飛び出るような値段で売りつけてやるからな」

◆

森の手前でしばらく飛び回っても怪しげな者は現れなかったので、スィクは沼の上を一周してニニゥのところに戻った。見張り台にはもう交代がいて、持ち場を勝手に離れたスィクに腹を立てていた。

「ちょっとだけでしょ。そんなにうるさく言わないでよ」

スィクはさっさとその場を後にし、成体になる前の若者達が共同で使っている、土手に開いた洞穴の一つに潜り込んだ。見張りは三交代制なので、夜になるまで休める。弟妹達の一羽が熱い魚の粥を持ってきてくれた。体が温まったスィクは、洞穴の奥に敷かれた枯れ草の上でうずくまり、隣にニニゥが帰ってきたのにも気付かず寝てしまった。

◇

ボロと兄ちゃんは森の縁に身を潜めて、一羽だけ飛んでいる半鳥人がいなくなるのを待った。高くて見えにくかったが、髪が長く、華奢な体つきで、まだ少女のようだった。翼さえなければ、寄生虫病が流行る前よく見かけた人間の子どもにそっくりだ。

ボロは人間が嫌いだった。人間はボロ達を蔑み、忌み嫌うくせに、自分らに都合よく使おうとする。だから、病気に追われて人間達が内地に逃げていった時、ざまあみろと思った。その後の暮らしは、ますます厳しくなってしまったけれど。

半鳥人の少女はこちらに気付かず、しばらくして北の方へ飛び去った。

「ここからは、ゆっくり行く。できるだけ俺から離れて歩け」

兄ちゃんは橇に長い綱を結びつけ、自分を綱の端に、ボロを真ん中らへんに繋いだ。

「湿地はカチカチに凍ってるから歩きやすいはずだけど、もし俺が氷の薄いところを踏み抜いて落ちたら、力一杯橇の方に戻って引っ張り上げてくれ」

ボロは先を行く兄ちゃんとの間の綱が弛まないように、ピンと張りすぎないように、気をつけて歩いた。そうすると橇の重さがほとんど全部ボロにかかったが、網と鎌を積んで白い布をかけただけの橇は抵抗なくついてきてくれた。兄ちゃんは絶えず上空にも気を配っていたが、ここまで飛んでくる半鳥人はいなかった。幸運なことに雪が本格的に降り始め、二匹の姿を隠してくれた。

北風に乗って、最初はうっすらと、徐々に強烈に、水と泥の匂いと、人間に似た嫌な匂いが届いた。巣はすぐそこだ。二匹は盛り上がったスゲの株の陰に身を潜めて夜を待った。

◆

「姉さん、時間だよ」

肩を揺すられ、スィクはしぶしぶ暗闇の中で起き上がった。温かい洞穴から外に出るのが嫌で嫌で仕方がなかった。

眠っている間に雪がだいぶ積もり、今は晴れて星が出ていた。風が凪いで辺りは静かだ。見張り台では、従兄妹のカギとサャサが待ちくたびれていた。

「遅い。とっくに時間過ぎてるだろ」

「ごめん、姉さんなかなか起きなくて」

「またかよ、たるんでるぞ」

「はいはい分かったから、早く帰って寝なよ」

あくびを噛み殺しながらスィクが手をひらひらさせると、まだ文句の言い足りなそうなカギをサャサが引っ張って降りていった。

「今のところ異常なしだけど油断しないでね。おやすみ、スィク、ニニゥ」

「あー、腹減った」

二羽の足音と声が遠ざかり、やがて何も聞こえなくなった。

「私、眠気覚ましにひとっ飛びしてくる」

「だめだよ」

「すぐ戻るって」

スィクは手すりを乗り越え、飛び立った。

◇

ボロはちょっと眠ってしまっていた。だから、兄ちゃんが「行くぞ」と囁いた時、びっくりして声が出そうになった。

半鳥人達の見張り場所は、最初から匂いと音で明白だった。今、そこから複数の者が言い争っているらしい声がする。あいつらの言葉は全くわからないけれど、あんなに騒がしいなら、こちらが少し動いても気づきやしないだろう。

二匹は橇をその場に置いたまま、東端にある巣に近づいた。暗くなる前に、この巣に出入りする雄と雌の半鳥人を確認したし、抱卵中なのは間違いない。

二匹は前脚と口を使って手際よく網を広げ、自分たちの背丈よりよほど大きい球状の巣にかぶせた。あとは地面と巣とを鎌で切り離して、網の口を閉じてしまえばよい。巣材に使われている葦の一部はぬかるみから生えているそのままだったから、切り離すのには多少手間取った。それでも中のつがいはぐっすり寝ているらしく、騒ぎだす様子はなかった。これなら難なく巣ごと生捕にできる。

ところが、あともう少しという時に、ボロは泥に足を取られて尻餅をついてしまった。「ぱしゃ」とほんの小さな水音が立っただけだったが、ボロの心臓は跳ね上がった。気づかれてしまっただろうか？　兄ちゃんとボロは動きを止めて気配を伺った。辺りは変わらずしんとしている。二匹はホッとして作業を再開した。

◆

ニニゥには最近どうして姉があんなにイライラしているのかよくわからなかった。「スィクも年頃なんだよ」と母さん達は笑ったが、「年頃」の意味もピンと来ない。

スィクの飛んでいった南の方角には、黒々とした森が見えるが、さすがに暗くてスィクの姿は見分けられない。ニニゥはため息をついて、一人で見張りを続けた。

ニニゥ達の嗅覚はあまり鋭くないが、耳はまあまあよく聞こえたし、夜目もきいた。ニニゥは沼を振り返って目を凝らし、葦の間に全ての巣があるか順に数えた。沼の西岸に、一、二、三、四、……北側の入り組んだところに、五、六、七、……八、九、十、……東岸に、十一、十二、十三、……少し離れて、十四。大丈夫全部ある。だけど、なんでこんなに静かなのに嫌な感じがするんだろう。ニニゥはもう一度南の森の方を見てから、また巣を数えた。五回目に数えようとした時、かすかに水音が聞こえた気がした。一番遠い十四番目の巣の辺りで、何か動いてないか？

ニニゥは音を立てずに台よりさらに高く登り、最低限の羽ばたきで沼の東端まで滑空した。巣の周りに何か、犬に似た毛深い生き物が大小二匹いる。後脚で立ち上がり、人間のような長い指の前脚で道具を使っている。見るのは初めてだったが、よく話に聞く人狼——どんな汚い仕事でもする卑しい不潔な生き物——に違いない。人狼は鎌で巣を刈り取ろうとしているようだ。

空中から矢を射るのが苦手なニニゥは、巣から少し離れた土手に着地した。足を開いて立ち、弓に矢をつがえ、大きい方の人狼の心臓と思われる場所に狙いを定め引き絞る。

射た瞬間手応えを感じたけれど、人狼がわずかに身を捻ったため矢は脇腹に刺さった。二射目をもう一匹に向かって構えたが、人狼の動きの方が速かった。

◇

「キャン」と兄ちゃんが悲鳴を上げて倒れたのを見た瞬間、ボロは身体中が熱くなって、気がつくと土手の上の半鳥人に飛びかかっていた。喉を食いちぎってやるつもりが勢い余って顎に噛み付いてしまった。ボロは半鳥人にのしかかり、柔らかい肉に思い切り牙を食い込ませた。骨が軋む感触と、今まで味わったことのない温かい血の味が口の中に広がった。

◆

見張り台に戻る途中、スィクは白い犬みたいな生き物が弟を押し倒すのを見た。矢を射ることなど思いつきもせずにスィクは急降下し、そのまま犬に体当たりした。犬は土手の下まで突き飛ばされ、甲高く鳴いた。猛烈な勢いで雪に墜落したスィクは、しばらく声も出せず、体も動かせなかった。

大丈夫、ニニゥは死なない。絶対死んだりしない。……ああ、私のせいだ。私がニニゥと一緒に見張っていれば、あの気味の悪い獣を二羽で仕留められたのに……。

声は出ないのに涙は溢れて、雪に落ちた。

◇

土手の下に転がったボロは、必死にもがいて起き上がり、兄ちゃんに近づいた。

「兄ちゃん、死んじゃやだよう」

顔を舐めると兄ちゃんが呻き声をあげた。土手の上の半鳥人は何故か静かで、向かってくる気配も無い。ボロは、なんとか兄ちゃんを引きずって橇に乗せ、引っ張りだした。

大丈夫、急所は外れてる。あいつらに毒を使う知恵なんて無いはず。森まで行って、そこでちゃんと手当しよう。それからうちに帰って、網元さんには網を返せないから弁償しなくちゃ。兄ちゃんが元気になって二匹で働けば、すぐに網代くらい払える。それからもっと稼いで父ちゃんの薬も買うんだ。

泣くと鼻が鈍って帰り道が分からなくなるから、ボロは泣くのを我慢した。兄ちゃんを乗せた橇は重たくて、ゆっくりとしか進めなかったが、追ってくる者はいなかった。そのうち半鳥人の泣き声が高く細く湿地に響きだし、いつまでも続いた。

声に乗せて

宗方涼

宗方涼
Munakata Ryo

宗方さんは、SF はずっと「読むだけ」だったそうです。ふと思いついて中学の授業以来四十年ぶりに執筆し、第 1 回かぐや SF コンテストに応募した短編小説が「官報公告 5 年前」。同作は、生体埋め込み型学習デバイスの導入に向けて法整備に奔走する官僚たちを描いた近未来官僚 SF です。「未来の学校」というテーマでコンテストに寄せられた他の作品たちのオリジンのようでもあり、その独自性が評価され同コンテストの選外佳作になりました。

第 2 回かぐや SF コンテストでは、介護施設にいる老人が昔携わった道路開発について振り返る近未来 SF「昔、道路は黒かった」が最終候補に選出。

本作「声に乗せて」は、理想的な発声を可能にする補助器具が開発されたら……という近未来 SF。市民合唱団に所属している宗方さんの経験と知識が詰まっています。

宗方さんの書く近未来 SF はどれも、現代の日本社会の特徴を色濃く反映した作品世界を、絶妙な距離感で描いています。

「久しぶりに会わないか。ちょっと相談がある」

小中学校が一緒だった梅野慎太郎からの連絡は、田野カツミの母親を通してだった。最後に会ったのは同級生の結婚式だから、ほぼ二〇年ぶりか。それほど親密でもなかったが、悪い感情を抱いているわけでもない。カツミは母親から聞いたアドレスに連絡を取った。

「田野は音大卒だよな」

カツミの記憶にある姿より丸みを増していた梅野は、待ち合わせの喫茶店の席につくなり本題に入った。

「うちの会社で開発中のモノを試して、感想が欲しい」

「だいぶ昔のことをいきなりまた。で、何を？」

「声を良くする機械。簡単に言えば」

カツミは確かに音楽大学の声楽専攻コースを卒業したが、プロの活動歴はない。子育てが一段落した最近、地域の合唱サークルに参加し、長いブランクを痛感しながら声を出している。

「私なんかじゃなく、きちんとしたプロの意見を聞いたら？」

「まだアルファ版なんだ。次のベータ版はプロに監修を依頼する。その前に俺が知ってる範囲で試してくれそうな人を探してた」

カツミが守秘義務契約の書類にサインを済ませると、梅野は鞄から小振りな梱包を取り出した。

「これ、自分で使ってみた？」

「もちろん。身体に悪影響はない。きちんとした発声理論を踏まえて開発している。もう亡くなってだいぶ経つけど、田野も知ってる人かもしれない」

梅野の口から、不意にかつての恩師の名前が出てカツミはびっくりした。

「大学で教わってた先生だ。知ってて私に？」

「まさか。偶然だよ。それはご縁があるじゃないか。ますます試してもらわないと」


♪


実家から通うには少し遠い、郊外の音楽大学に入学したカツミの指導教官は、国立大学を定年退官後にここで特任教授に着任した七〇過ぎの男性だった。決め台詞は「結果がすべて」。レッスンは、教授独自の発声理論を元に、レッスン室内を走り回ったりジャンプしながら歌うなど、カツミはきりきりまいさせられた。

「これができれば八〇歳まで歌える」と教えられても、六〇年も先のことなんてカツミには想像がつかない。

ブラームスにシューベルト、シュトラウス、と課題曲が積み上がり、カツミがあまり才に恵まれないと分かると、レッスン中の教授のおしゃべりが増えた。単位が取れればカツミに文句はないし、教授とのおしゃべりは楽しかった。


♪

帰宅したカツミは、ＰＡ（Physical Automate：身体制御装置）と書かれた梱包の内容物を確認する。本体は、樹脂製のかまぼこ板に盛られた、ベージュ色で粘度のゆるいコンニャク、といったところか。小さなコントローラーとは無線接続予定で、今はまだかまぼこ板と有線で結ばれている。後はワープロ打ちの簡単な説明書が一枚。

カツミは、本体の保護フィルムを剥がしてコンニャク部分を自分の首の後ろ、頚椎を覆うように貼り付けた。手を放しても簡単に剥がれる様子はない。コントローラーの起動スイッチをＯＮ。

全身の筋肉が薄いヴェールに覆われていくような、何とも言えない違和感が拡がっていく。全身のスキャンと解析をしているのだと説明書には書かれている。梅野を信じていても、少しの怖さはある。

指示通り、五分程椅子に座って安静にする。この間に異状を感じたらすぐ電源を切ればよいとある。コントローラーから準備完了を告げる電子音が鳴った。大丈夫なようだ。カツミは椅子から立ち上がった。

すぐに、首回り、胸郭、腹部、骨盤、脚部に反応があることに気付く。足の裏にも何かの作用が働いている。では、と息を吸いかけて思い直す。昔教わったのは、基本の姿勢をとり息を吐いてから吸う、だ。吐き切って基本姿勢に戻せば息はしぜんと入る。まずは姿勢から。身体の各部が微妙に動きを変える。息を吐く。

「ふぅーっ」

おおっ。カツミは感嘆した。息の吐き方からいつもと違う。全身を使い、深く長く吐いていることが分かる。これ以上の息が絞り出せなくなったところで吸気に。姿勢がぐんと変わる。

「はっ！」

なんという鮮烈さ！　肺だけでなく、身体全体に流れ込んでくるような息。まだ声も発してないのにカツミは少し感動した。スマートフォンのアプリでF（ファ）の音をとる。基本のア母音を……。

「♩～」

あれ？　今、きちんと声が出せたのか？　もう一度。発声の意思とともに、身体の各部が微妙に動かされていることを感じる。

「♩～」

声は出ている。しかし「良い声」の実感がまるでない。どこか遠い場所から自分が声を発し、壁に反射した音を耳で捉えるような。これは本当に自分の声なのか？

何か歌ってみたら違うかもしれない。合唱サークルで最近始めた、レクイエム・ミサ曲の二曲目、独唱の旋律を口ずさんでみる。もう夜だし、小さい声で……。

《Hostias et preces tibi, Domine, laudis offerimus;》

寝室にいたカツミのパートナーがリビングに入ってきた。背を向けていたカツミの右の肩甲骨部分に手を当てて感嘆した。

「カッちゃんの声、すごいよ。手にびりびりくる。少しボリューム下げないと、近所にうるさいかも」

カツミは困惑した。自分では全くそんな感じはしないのに。電源を落とすといつもの自分の声に戻る。いったい何が違うのか。

カツミはＰＡの内蔵バッテリーが切れるまで、色々な音域や曲で試し続けた。次第に、昔大学で受けたレッスンが思い出されていく。先生はこういうことを伝えたかったのか。

「自分の声は自分では分からないんだよ。良い声だなぁと思ったらダメ。常に冷静に。こんな声してるなんて、大したことない人生だなあとか、歌っていてつまらないのが正解」

「先生、やっと少し分かってきました」カツミはつぶやいた。

♪

「音楽は生涯、自分との戦いなんだ。これで終わりということは、ない。誰かに聴いてもらって、やり直す。その繰り返しから何かを発見する。僕なんか今でも家で奥さんの前で歌って、『あんた、下手になったわね』とか言われて、『うるせー』とか言い返して、それでもめげずにやってるんだよ」

新たな創造と発見を求め続けた教授の探究は、突然終わりを迎えた。カツミが三年次の冬休みに入って数日後、家の前の雪かきをしていた教授は、急性大動脈瘤破裂で倒れ、そのまま還らぬ人となってしまったのである。

年が明けてしばらくしてから開催された〈お別れの会〉には、かつての教え子や現役の声楽家も多く訪れ、故人との別れを惜しんだ。会場では、生前の演奏音源がいくつも流された。フォーレのレクイエムで若き日の教授が、バリトン・ソロを歌っている。

《賛美のいけにえと祈りを、主よ、あなたに捧げます》

係員として受付に立った後、献花を捧げながらカツミは、「自分の後期試験は、誰に捧げるんだろう？」とひとりごちた。悲しみよりも、突然失われた日常の喪失感が先に立った。

♪

「一言で言えば、革命的。気になったこともある」

前と同じ喫茶店の同じ席で、ＰＡの試作機を返却しながらカツミは梅野に言った。

「詳しく」

「発声の意思に合わせて、口蓋や喉周りの小さな筋肉や、腹斜筋や広背筋に大腰筋といった大きな筋肉、さらに姿勢や体重移動、呼吸にいたるまで最適解をサジェストしてくる。一人ひとりの肉体や感覚は違うから、発声法を言葉で教えると、どうしても間接的だったり比喩的だったりする。これがすごいのは、あの筋肉を、この姿勢で、とか意識しなくても、身体を最適な形状にもっていこうとする。さらに、そのとき身体の内部の対抗運動までやろうとしてくる」

「気になる、というのは？」梅野は先を促す。

「装着した人の反射速度や持久力を忖度しないところ。日ごろ使わない筋肉の負荷が大きいから、まず体幹を鍛えるとか、長時間使い過ぎないように注意しないと」

「声が嗄《か》れるということ？」

「その逆。喉自体は無茶な発声をさせないからあまり疲れない。声帯を支える首回りから下の筋肉が大変なことになる。私も筋肉痛がひどかった」

長時間の試用で疲れてしまい、翌日の仕事を休んだことを、カツミは梅野には話さなかった。

「それはすまんな」

期待通りの反応で嬉しかったのか、梅野は形だけ詫びて伝票を手にレジに向かった。

九ヶ月後、カツミが試用を忘れかけた頃、「世界初の発声最適化デバイス」の触れ込みで、「ＰＡ‐０１」の発売が発表された。使用できるのは変声期以降。連続使用は三〇分間まで。カツミは、自分が二時間以上も使っていたことを思い出した。

♪


「あいつら、いったい何なんだよ……」

赤い雨合羽を身にまとったコアサポーターの一人が呆然とつぶやいた。平日夜のカップ戦予選に本降りの雨。さらに試合は1対1の引き分けだったが、問題はそこではない。

スポンサー筋から大量の試供品提供を受けてＰＡを装着した松本山雅サポーター１００人以上の声量と声圧は、北ゴール裏の浦和レッズサポーターにも深く突き刺さった。

しかし、連続使用時間の上限を大幅に超過した代償は小さくはなかった。試合終了後、南ゴール裏に座り込んだサポーターの多くは、極度の疲労で立ち上がれなくなった。

「やばい。腹筋と背筋が一緒にけいれんしてる」

「足つったつった。両足つってる」

五ヶ所ある埼玉スタジアム２〇〇２の医務室も、想定外の数の救護要請に対応し切れない。スタジアムから浦和美園駅まで歩く人たちには、何台もの救急車のサイレン音が聞こえてきた。


♪

この〈埼スタ事件〉と前後して、早期にＰＡに飛びついたのは、声を張り上げる機会の多いスポーツの指導者達であった。コントローラーを腕時計型にして、審判用時計機能を組み込んだ〈コーチングセット〉は、その筋ではヒット商品となった。

ビジネス用には、スライド操作機能付レーザポインタ型のコントローラーの〈プレゼンセット〉が用意された。『ダイヤモンド・オンライン』と『ＤＩＭＥ』が、相次いでＰＡを活用したプレゼン術特集を組んだ。

寺社仏閣、市場や商店街にも利用が広がった。不要との意見もあるが、お経でも競りでも、声が届いて聴きやすいという声が優勢である。

演劇をはじめとする舞台芸術、ディベート等の大会では、不公平であるとしてＰＡ使用を禁じたところが多い。ただ合唱は、ＮＨＫ音楽コンクールが禁止する一方、全日本合唱コンクールが条件付きでＰＡ使用を認め、指導者や作曲家、声楽家も巻き込んだ議論になった。演奏会での採否も判断が分かれている。プロの歌手や話者には概ね、自転車の補助輪のような扱われ方をした。「初学者には有用。外してからが勝負」と。開発・販売元も、発声の最適化であり、歌が上手くなるわけではないと強調している。

最適化された発声は、音量が小さくても通る声が出せる。チケットが取れないと有名な若手真打ち三名は、ＰＡを使う〈三人会ｉｎ武道館〉に挑戦した。落語の内容よりも声に偏り過ぎた評価はしかし、本人たちには本意ではなかっただろう。

声が商売道具の政治家には、今一つ受けが悪い。議会は元々マイク使用が前提であることと、選挙後半戦の、いい、いいい、声を嗄らした演説の訴求力は大きいと信じられている節もある。

とある酔客同士のケンカの発端は、ＰＡを使ったまま談笑する隣の客がやかましいという苦情だった。ほどなく、ＰＡを使っての叱責がパワハラに認定、離婚訴訟ではＰＡで圧を増した暴言がＤＶの証拠に採用されるなどがあり、使用ルールやマナーを定めるべしとの意見も強まった。

様々な場面で声の力が再認識され、称賛と批判が錯綜する様子を、カツミは複雑な思いで眺めていた。

♪


先週カツミは、所属の合唱サークルでＰＡの使用を勧められた。人数と実力にバラつきのあるパート間のバランスをとりたいからだという。折よく手元には、梅野から寄贈された製品版のＰＡがある。

――結果が全て。不肖のしかし最後の弟子だった自分のＰＡ使用は、先生の教えを受け継げるのだろうか。

もうひとつ、教授の言葉がカツミの脳裏に蘇る。

「これで終わりということは、ない」

そうだった。自分が向き合うべきは、最適化された発声法ではない。音楽で何を表現したいのか、誰に届けたいのか、生涯続く探究に踏み出すのかどうか、なのだ。ＰＡで出せた声に満足してしまえばその先の成長はない。近道を選ばず、まずは基礎から学び直そう。

カツミはＰＡを片付け、老教授が生涯に一冊だけ上梓した発声理論の本を書棚の奥から取り出した。

梅野からの着信メッセージに、カツミはまだ気が付いていない。

《ＰＡ‐０１を身体制御全般に発展させるプロジェクトが進行中。機会があったら試してもらえないか。久しぶりに会った時の田野の声はすごく良かった。またお前の声を聴きたい》

キョムくんと一緒

大竹竜平

大竹竜平
Otake Ryuhei

2020 年、祖父が改造した自分の身体に孫を乗せて登校する「祖父に乗り込む」で第 1 回かぐや SF コンテスト審査員長賞受賞。翌年、故人の記憶を持った仏壇が夜な夜な田舎道を散歩する「祖母に跨る」を Kaguya Planet に寄稿しています。どちらもパンチの効いたアイデアと少し切ない描写のバランスが魅力的な作品です。

本作「キョムくんと一緒」は新築マンションの一角にある“虚無”と、ある夫婦の共生を描いた作品。透明なもの、透き通ったものが好きな方にオススメです。

大竹さんはグラフィックデザイナーで劇作家。チーム夜営にて、脚本や宣伝美術を担当。戯曲、小説、漫画の原作など、多岐にわたるジャンルの執筆活動をしています。2017 年、「タイトルはご自由に。」で第 5 回せんだい短編戯曲賞大賞を受賞。2020 年、「瞬きのカロリー」でかながわ短編戯曲賞 2020 大賞を受賞。その後、かながわ短編戯曲賞 2021 と 2022 では、戯曲コンペティションの一次審査委員を務めています。

透明な物が好きだ。

私は昔からコップの水や、窓ガラスをじっと眺めてしまう。そこにあるのにない感じがして不思議だし、きれいで面白い。空気や湯気も好きで、形や存在がかんたんに掴めない物を、私はずっと好きでいられるらしい。見ているようで何も見なくて済むからだろうか。視界に何かが映るから、人の気持ちは乱される。いっそ全部、透明がいい。

そもそも、人間の眼なんて飾りなんだと思う。私の目玉は猫のようだとか、ビー玉みたいだとか、そういう言葉でよく褒められた。大抵、苦手な人間に限ってそう言って近づいてくるので嬉しかったことはない。やっぱり飾りなのだ。透明な物にばかり視線を合わせて生きているから、余計な者に隙をつかれる。

私たち夫婦のマンションにも、とびきり透明な存在がいて、余計な者を誘《おび》き寄せた。

リビングに鎮座する一塊の虚無の話だ。


「未確認不干渉物体の発見により、工事が二ヶ月ほど中断になるようでして。とりいそぎのご連絡です」

土曜日の早朝だった。営業の河口から掛かってきた電話で私は起こされ、寝起きの痺れた頭を無理矢理動かしていた。半年前に購入の手続きを済まし、建設中だったマンションの工事が突然に中断された。得体の知れない物体が、私たち夫婦のマンションの建設を阻んでいるらしい。

私の声は動揺していたはずだったが、河口はかえって冷静な態度で説明を続けた。

「ご安心ください。現在、そういったものに詳しい専門家に調査を依頼しております。UFOとかUMAみたいな危険な物ではないですよ。ほんと。動かせない透明な石が13階の高さに発掘、いや発見されたのです。困ったもんですよ。あの、逆にお聞きしたいんですけど、こういうご経験ってあったりします?」

ご経験ってあったりします?　じゃないんだよ。ある訳ないから私は戸惑い、うろたえている。そんなことすら伝わっていない事実に、私の脳みそはショックで完全に停止してしまう。

電話が切れるまでの数分間。健康的な肌に嫌味なほど歯が白い、河口の感じの悪い笑顔が暗闇に浮かぶばかりで、目覚めの気分は最悪だった。

枕元にスマホを投げつけ、そもそも浅はかな買い物だったと後悔が湧く。

半年前、私たち夫婦は晩の御菜でも買うように、短絡的に、その日の気分にピッタリだねといった調子で、新築マンションの一室を購入した。相模原の程よくのんびりした土地で、大山の連峰が見える、駅から三分の良物件だった。コンパクトなサイズで、夫婦で暮らすにはちょうど良い。単身者の購入も多いらしい。子供がいれば収納に困るような間取りだったが、私たちには問題なかった。「いざとなれば簡単に売却できますから」そんな売り文句に後押しされて手際よく購入を決めた。

ひとしきりベッドの上で後悔すると、私は契約書をもう一度よく読んでみようと思い直した。隣で鼾をかいて眠る瑛さんの尻の肉をわざと踏んづけて、その弾みで、勢いよく寝床から立ち上がる。

――契約書にはこう書かれていた。

『(引渡前の滅失・毀損）本物件の引渡前に、天災地変その他乙または甲のいずれの責にも帰すことのできない事由によって本物件が滅失したときは、甲は売買代金の支払いを拒むことができる』

天災によってマンションが消滅したとは聞いてない。

河口はなんだか石のような物が見つかったと言っているのだ。

他に何か書いてなかったかと、分厚い重要事項説明書も広げて読んだ。

『土地の所有者又は占有者が出土品の出土等により貝塚、住居跡、古墳その他遺跡と認められるものを発見したときは……』

そういえば遺跡が発見された場合、工事が中断される可能性があると説明された。契約書を前に宅建士からそんな話を説明されて、「ロマンがあるね」なんて瑛さんが耳元で囁く気配がふわりと蘇った。

だけど、私たちが買った土地は地上40ｍの空間なのだ。

四ヶ月前、建築中のマンションを夫婦で見物しに行った時、部屋が完成する13階の高さには青空しか見えなかった。空中に何か石のような物が浮かんでいたとして、迅速に撤去すればいいではないか。

「未確認なんだから、下手に触れられないんでしょう」

ぶつくさ俯いている私の目の前に大きな手が割り込んでくる。

筋張った手背に埋まった静脈が、長い腕に続き、白い首、澄んだ眼、ぼさぼさの寝癖が順に現れる。

寝起きの瑛さんは、机に散らばったマンションのカタログを一枚手に取って読み上げた。

「日々の暮らしに豊かさを生み出す、圧倒的なアドバンテージか……」

煌びやかなマンションの完成イメージと一緒に、カタログにはそう綴られている。今となっては、そんなコピーさえも怒りの燃料に費やされていく。アドバンテージとは一体何を指すのだ。河口。

ニヤニヤ笑う瑛さんを睨め付けると、すぐにどこかへ退散したので私は再び書類に向き合った。

＊

土曜の電話からちょうど二週間後。

私は駅前のモデルルームの中にある会議室に呼び出された。

未確認不干渉物体の説明と今後の話し合いの場が、早急に持たれたのである。

瑛さんは仕事で来なかった。いつだって肝心な時に一緒にいてくれないが、少し助かったという気持ちもある。不機嫌な自分を見せないで済むから。夫婦の円満は距離感を間違えないことが肝心で、私たちはそれを誰よりも良くわかっている。

会議室に案内されると、私の向かいに大人たちがずらりと並んでいた。

左から不動産会社の部長、マンション施工会社の代表、現場監督、宅建士、河口、そしてどこかの大学の研究員であった。

名刺の交換が済むと会議室は沈黙し、私は毅然と仏頂面をこさえてみせた。契約の解除と支払った手付金を回収する予定で、この場に挑んでいる。毛穴からも滲み出ているだろう私の決意というか態度に、河口も動揺したように見えた。いつものいやらしい笑顔はどこかに消えて、まごまごと何か言いたそうに顔を震わせている。大人たちの視線が交錯し、震えは順に伝染していた。

もしかして、ここにいる大人たちは誰も事情をよく理解していないのではないか。そんな疑惑が浮かんだところで、意外にも大学研究員の花島という男が話を切り出した。

「まずは撮影した写真をご覧いただけますか」

猫背の研究者がぼそりと呟いて、手元の端末を何か操作する。

机に置かれたモニターが一枚の写真を表示した。

建築途中の薄暗い作業現場で、何もない空間に向かってメジャーを伸ばす花島の滑稽な様子が写っている。

すぐに画面が切り替わると、続いて膝の高さに浮かんだヘルメットが写しだされた。

「これはヘルメットが落ちた瞬間を撮影したものではありません。この下に見えない物体が存在しています。続いて物体に塗料を散布した写真です」

そう言って花島がまた画面を切り替えると、緑色の箱が写し出される。

フラッシュの閃光で妙に艶っぽく輝いていた。コンクリの床に濃い影が落ちていて、この箱が風船のように宙に浮いているのだとはっきりわかった。

「これをハンディスキャナーで撮影し点群情報を抽出後、ポリゴンデータで出力しました。簡易的なのでデータ抜けがあった箇所には修正が入っていますが、不干渉物体の細かな形状がわかります。色が付いて見えるのはカラーマップによる表面形状の比較検証のためです。この物体の可視光透過性は１００％なので、実際に色は視認されません」

彼が呪文のように唱え終わると、初めて会議室が響《どよ》めいた。

黒い背景の中心に、ＣＧでできた虹色の高野豆腐が浮かんで見えたのである。

ほとんど工業製品のようなきれいな長方体で、側面は多孔質。細かなザラつきがスポンジのようにも見えた。そして何故かちょこんと、小熊のような尻尾が生えている。これが物体の正体だった。

花島がカメラを操作すると、虹色の高野豆腐がぐるぐる動いて、大人達はついに歓声をあげた。

「うちの風呂場の珪素マット、分厚くした感じですよ！」

河口が余計な事を言うと、皆、一斉に歯を剥き出して笑う。

見えなかったものが目に見えるようになった安心感が、会議室を明るい空気で満たしていった。だけどそれで、この物体を誰が無かったことにできるのか。

契約の破棄や撤去の費用は？　そういう大人の話を済ませに私はやってきた。瑛さんがここにいたら、ぴしゃりと何か言ったはずで、私は腹に力を入れた。

すると、一人だけ真顔の花島と目が合って、彼はこう言う。

「ところで虚数はご存知ですか？」

＊

引っ越しの日は暑かった。

あれから私たち夫婦は、未確認不干渉物体と一緒に暮らすことに決めた。

未だに私は狸に化かされたような気分で、新居の敷居を跨いでいる。

半年前の決断に至った理由は大きく三つあった。

一つ目。物体に危険性がなく、オットマン程度のサイズだとわかったこと。

二つ目。マンションの購入代金が割り引かれたこと。

三つ目。瑛さんがこの虚無な物体に名前をつけてしまったこと。

「キョムくん、元気してるかな？」

不自然なほどに音のしない最新エレベーターで、瑛さんの声はきっぱり頭に響いた。

「元気も何も生きてはないけど……」

気のない返事をこぼす程度に私は未だ緊張している。

そんな気持ちを察してか、二人っきりになると瑛さんはよく喋った。

「ペット可の物件は正解だったね？」

「……毛が生えてなくてよかった」

「掃除が大変だから？」

「うん」

「フンもしないもんね？」

「してたら即刻、契約解除だよ」

「手足があれば散歩もできただろうね？」

「絶対に動かないらしいけど」

「太ったりしないのかな？」

「まさか」

チンとドアが開いて、引越し業者が乗り込んできたので、私はそれきり黙った。

新築マンションの住人たちは、事前に引っ越し日と時間を割り振られて、順番に入居している。やはり単身者や夫婦が多く、私たちが最後の番であった。

新しいマンションは美しく、まだどこにも生活の疲れが見えない。ぴかぴかのロビーやポストに貼られた私の苗字を見て、ここに住む実感が徐々に湧いてきてはいた。部屋で先にくつろぐ物体の存在が無ければ、どんなに爽やかな気分だったのだろう。虚無のいる新しい生活の始まりに、やっぱり私は不安があるのだ。

新居までの移動中ずっと、あの日の花島の言葉が繰り返し頭を巡っている。

「虚数というのは、一般的に二乗すると負になる数で、現実には存在しないはずの数字です」彼はそう言って、濁りのない眼で私を捉えた。

「……しかし、私のような人間は虚数がなければ難しい方程式を成り立たせることができません。実は私たちは〝理解し難いもの〟を認めた上で、生活を続けています。ですからまずは、この理解できない物体を、受け入れてあげるべきだと考えるのです」

今思えば、花島が研究対象を守るための方便だったのかもしれない。

単純に物理的な撤去が敵わない物体だったせいもあるだろう。なんでもこの虚無はどんなに強い力を与えたって1ミリも動かなかったそうだ。

だけど、彼の言葉で私の心はにわかに揺らいだ。

私たちはいつだって不可解に囲まれて生活している。目に見えるものだけで世界が成立しているわけではないのは自明のことだ。理解できないからといって何でも邪険に扱う態度は、いつか自分自身が排除される未来を認めるのと同じだと思う。私たち夫婦はそんな人間にだけはなりたくなかった。

だから、花島の言うようにこの物体を認めるべきなのだ。

たとえそれが虚無だとしても。

「じゃあ開けようか」

瑛さんに促され、私は新居のドアノブに手を掛ける。

部屋の中に、緑の養生テープでぐるぐるに巻かれたキョムくんがいた。

入居して早々、私たち夫婦はその美意識の無さと、邪険な扱いに唖然とした。透明な物体なので、引っ越し業者がぶつからないようにとの配慮だろうが、酷い扱いだった。

入居の喜びもそこそこに、私と瑛さんはぶつぶつ言いながら一枚一枚慎重にテープを剥がした。

徐々に何もない空間が剥き出ると、昔アニメで見た中身のないミイラ男が包帯を脱がされるシーンを思い出す。

尻尾の部分に貼り付いた糊を取るのに苦戦しながら、なんとか全て剥がし終え、私は剥き出しになった虚無にようやくふれることができた。マンション完成直前の内覧会では、業者や花島の説明を聞いて一緒に眺めていただけだ。

こわごわ触れてみるとCGではざらついて見えたその表面は、思ったよりも滑らかで硬い。当然、虚無には動物のような体温がないので、自分の掌の熱と湿気が跳ね返るのを感じるばかりだ。この感覚は例えば、瑛さんの手を握ってみた時とはまるで違う。反発というか反抗するような確かな存在感が、見えない物体にたぎっている。

ペチペチと裸の虚無を試しに叩いてみる。この音は掌から鳴っているのか、虚無から鳴っているのかと不思議に思う。指をどこまで伸ばせば虚無の肌に触れられるのか、よくわからない。異物と接触する緊張とないまぜになって、さっきまでの不安は少し萎んだ。

それから私たちはひとしきり虚無を撫で回し、そこに存在することをたっぷり実感した。

業者が大勢やってきたので、私たちは段ボールを被せた。何度となく彼に足をぶつけながら、家具や荷物を新しい部屋に押し込める作業に没頭した。

＊

三ヶ月も一緒に暮らすと、虚無にも慣れきってしまう。

私たちはまず、足をぶつけないように、ボアの布地を買って被せてみた。新調したソファがリビングに設置されると、ちょうど虚無は私たちの足元にじっと収まる。大きな猫みたいだと感じる日もあるし、けったいな置物だと思う日もある。瑛さん曰く、その存在はスネコスリという妖怪にそっくりらしい。

虚無の背中は存外便利だ。ティッシュ箱を置くことができるし、テレビをみながら摘みたいお菓子を置いておくのにもちょうど良い。気分転換に乗っかって、視線を高くしてみることだってできる。最初は虚無の上に物を置くと瑛さんは嫌な顔をしたが、今では自らオットマン代わりに長い足を乗っけている。

虚数の概念が発見され庶民に受けいれられるまでに、二百年以上かかったそうだ。私たちの順応性は高く、二週間で彼を受け入れた。一旦生活に馴染んでしまうと、その存在の疑問がたちまちに薄まっていく。

瑛さんが、虚無に足を擦り付けながらテレビを見ている横で、私は花島に送るメッセージの文面を考えることにした。普段の体調や生活に変わりはないか、虚無のサイズや形に変化はないか。そういった報告を月に一度彼にしている。

不動産会社がマンションの値引きに対応したのも、花島の研究に協力することが条件になったからだ。この透明な物体に、これから大きな変化などあるとは思えない。だから私は生活で気がついた虚無の有効的な活用方法を書くことにした。もしどこか別の場所で誰かが虚無と暮らすことになれば、参考にしてもらいたいと思う。

「花島さま。未確認不干渉物体のサイズ・形と共に変化はありません。私の体調に変化もありません。一点、虚無の有効的な活用方法を見つけました。リビングの床暖房の熱が虚無に跳ね返り、床との隙間に足先を入れると大変暖かいのです」

花島からの返信はすぐにやってきた。

『ご報告ありがとうございます。サイズや形状に変化がないこと承知しました。物体は加熱試験によって変化が起きないことを確認済みでございますが、長時間による熱の影響は予測不能です。何か問題が起きればすぐに床暖房をお切りいただき、ご一報ください』

私と彼の何気ないメッセージの応酬はこれからしばらく続く。

12月4日

「花島さま。寒い日が続きますね。未確認不干渉物体のサイズや形に変化はありません。一つ気になったことがあるのでご報告です。先日の大掃除で虚無の身体を水拭きしました。その時、うっかり水をこぼし放置してしまったのです。大さじ2杯程度の水だったと思います。しばらくすると水はすっかり消えていました。虚無は水分を摂取するのでしょうか？」

『ご報告ありがとうございます。サイズや形状に変化がないこと承知しました。物体に付着した水が消えたとのことですが、おそらく揮発です。寒さの厳しい冬でございます。お部屋が乾燥していたのではないでしょうか。乾いた部分のカルキの付着が目立ちましたら、クエン酸でお磨きください。カルキは酸性に弱いのです』

1月8日

「花島さま。新年おめでとうございます。未確認不干渉物体のサイズや形に変化はありません。私は虚無に餅を飾ったり、チーズやワインを背中に乗せて平和に過ごしていました。リビングで虚無と一緒に眠ってしまったのですが、妙な夢を見ました。虎の脚が生えた虚無にどこまでも追いかけられる夢なのです」

『ご報告ありがとうございます。また、謹んで新春をお祝い申し上げます。サイズや形状に変化がないこと承知しました。妙な夢をご覧になったとのことですが、もしかしてスティルトンというチーズを食べたのではないでしょうか？　このチーズは奇妙な夢を見るということで有名です。英国チーズ委員会によって報告されています』

2月1日

「花島さま。先日の大雪は大変でしたね。研究職というお仕事にも雪の影響があるのでしょうか。虚無のサイズや形に変化はありません。私は風邪を引きました。インフルエンザです。虚無におでこを当てて冷やしてみました。虚無には一切の変化がないようです。念のため除菌ティッシュで全身を拭いています」

『サイズや形状に変化がないこと承知しました。私は雪や寒さに弱いので研究が大変に滞っております。お身体、ご自愛ください。インフルエンザウイルスのサイズはおよそ100㎚です。不干渉物体はどんなに小さな物質も通すことがないことを確認済みです。風邪がうつることはまずありません。除菌は不要ですが、付着した汚れに黴が生える可能性はございます』

3月1日

「花島さま。虚無のサイズや形に変化はありません。虚無と床の隙間にゴミや埃が溜まりやすいことに少し悩んでいます。透明なので床がよく目立つのです。フンのようにも見えるので、虚無がまた粗相したのだと諦めるしかないですね」

『サイズや形状に変化がないこと承知しました。部屋の埃は服の繊維などが主成分で、静電気によって壁や家具に付着します。もしかしたら物体や衣類の帯電が原因なのかもしれません。埃や小さなゴミは、私のような単身男性にとっても天敵です。気がつけば背中や靴に付着します。吸湿性が高く水分を含みやすい、天然繊維の肌着を身につけるのはいかがでしょうか？』

3月20日

「花島さま。至急ご相談させてください。虚無の尻尾がひと回り小さくなっているようです」

尻尾のカバーが緩い。虚無の縮小に気がついたのは私だった。

彼のために裁縫したお手製の尻尾カバーを交換している時のことだ。テニスボールサイズの尻尾にぴったり収まるように、毛糸で編んだカバーのことで、ドアノブに被せるあれに近い。私たちは虚無に被せたボアと一緒に毎週必ずこれを着替えさせ、手洗いしていた。いつものように交換していると指が一本入る隙間に気がついたのだ。

慌てて巻尺で測ってみると、24㎝だった尻尾周りが確かに2㎝縮んでいる。

すぐに花島に連絡し、私たちは虚無の全身を念入りに計り直した。122㎝あった全長が2.5㎝足りなかった。毎月のようにサイズに変化がないと報告してはいたが、正直おざなりだった。ただ定規を押し当て違和感がなければ問題ないと判断していたのだ。

一時間もしないうちに花島は私の家にやってきた。

彼が手際よくサイズを計測したり、知らない機材を虚無に押し当ててくれる様子を見て、私は少し安心した。作業がひと段落すると、熱いコーヒーを差し出し聞いてみる。

「小さくなるということは、いつか消えてしまうのでしょうか?」

「正直、全くもって私には想像がつきませんね」

「元に戻る可能性もあるんですか」

「元に……か。そもそもこの物体がどんな形状でいつからここに浮かんでいたのか。それが分からないので何とも言えませんが、今のところ変化は小さいので、すぐにどうにかなるものでもないでしょう。……もし、物体のことで、不安や悩みがありましたら」

花島はコーヒーを一口啜って、虚無を見下ろし呟いた。

「いつでも飛んできますから」

そうして彼はすぐに私の部屋から出て行った。


あれ以来、花島の言った通り虚無に大きな変化は起こっていない。

なので彼がマンションに飛んでくるということもない。その代わり、メッセージのやり取りは増えた。話題はもちろん虚無の近況についてが中心だけど、最近はたわいのない連絡もよくやってくる。

私は虚無が少し縮んで以来、毎日入念に彼に触れるようにしている。小さな変化に気づいてあげるためだ。

いつか消えてなくなる可能性を拭い切れないので、しつこく撫で回している。今のうちにたっぷり触れておけば、もし消えても掌が思い出せるはずだ。

触る順番は決まっていて、まずは背中を撫でる。次に腹の脇を叩いてみる。尻尾を握り、引っ張ってみる。最後に全身をがしゃがしゃと撫で回す。場所によって、肌触りにわずかな違いがあるのが、面白い。

見えないものが消えたとしたら、喪失感はどんなものかと考えてしまう。

古い級友の訃報を聞いた気分に近いのかもしれないし、お気に入りの皿が割れた程度の感覚だったりするかもしれない。

私は虚無にもたれながら、いつか消えてしまう日をよく夢想している。

例えば虚無はもう私の掌にすっぽり収まるサイズに縮んでいるのだ。氷のように少しずつ、身体が小さくなっている。自分の肌の熱が虚無を溶かすのではないかと心配になるけど、触れていないとその変化を確認できない。だから私はこれ以上小さくならないようにと願って、優しく握り続けている。それでもついに虚無はビー玉程度のサイズに縮んでしまう。思いきって、指に力を込めてみる。虚無の身体が強く反発して全身が震えた気がする。手に汗が吹き出しぬるりと滑って、私の掌が空を握りつぶす。完全に虚無を見失って、慌てて目の前の空間に掌を振り回してみるが、それ以来、何にもぶつかることはない。

私は何度も頭の中で虚無を溶かし、戯れにこの世から消している。

また花島からメッセージが届いている。

どうやら最近彼は私を食事に誘いたがっているようで、そういう連絡が増えてから、瑛さんの姿が見えなくなって困っている。原因は花島にも虚無にもなく、私のせいだ。

瑛さんはこの部屋のどこかに隠れている気配もなく、外に出払っている様子もない。こういうことは過去にもあった。

私は虚無に一緒に瑛さんを探してもらおうと思う。

床にうつ伏せになって、透明な身体に顔を近づける。

虚無を通して部屋を眺め、一緒にあたりを見廻した。ダイニングのテーブルの下にもいない。テレビ台の脇にもいない。床に寝そべってもない。自分の顔を固い虚無の腹の下にねじ込み、天井を見上げてみるが当然そこにもいない。小さなハエトリグモが一匹よじ登っているのが見えた。きっと瑛さんは怒って出ていったに違いない。私は全部諦めて眼をつぶる。

「この部屋で虫を見るのは初めてだったね」

頭上から瑛さんの声がして、暗闇に大きな白い足の裏が現れた。

こんなにまじまじと彼の足裏を見たことがないので、ぎょっとする。

瑛さんは今、虚無の上に立っているらしい。そういえばずっとそこにいた気もする。私は顔を合わせるのが気まずくなって、土下座のような姿勢のままでじっとしていた。

瑛さんの気配が動く。天井に手を伸ばし、クモに触れようとしているようだ。

指の腹にクモはすとんと飛び乗って、掌へ進む。そのままちり紙に包んで捨てるだろうか。ベランダに出てそっと追い出すだろうか。私は黙ってその判断を待っている。

すると顔のない虚無に一本の傷が走って、ぱかりと穴が開いた。瑛さんは迷わず穴にクモを放り込む。キョムくんはクモを飲み込むと、にっと笑って、つられて私たちも笑い出す。

私は透明な物が好きだ。もっと一緒に遊んでいたい。

くいのないくに

赤坂パトリシア

赤坂パトリシア
Akasaka Patricia

ある日不意に“日本語話者”が消滅した世界を描いた言語SF「Linguicide,[n.] 言語消滅」をKaguya Planetに掲載しています。英語での執筆活動もしており、2022年には英誌FlashBack Fictionで歴史掌編「Haori」を、英誌Fudoki Magazineでファンタジー掌編「The Pocket」を、米誌Strange Horizonsで言語を妊娠する女性の短編「Annunciation」を発表。

本作「くいのないくに」は白金に輝く“杭”たちが子育てをする世界を描いたSF。作中で使われている“彼人”は、性別を指定しない三人称単数のTheyの日本語訳です。読み方は“かのと”と“かのひと”がありますが、赤坂さんが好きなのは“かのと”だそうです。

赤坂さんはイングランド在住。イギリスの文化や歴史に関わる分野の博士号を取得しています。2020年にカクヨムで連載していた『ネコばあさんの家に魔女が来た』がKADOKAWAから刊行されました。

ああ、良い杭になりそうだ、と彼は言った。そうですね、と彼女が答えたのを、彼人は、ぼんやりと耳にした。彼人はまだ幼く、空腹で、体のあちらこちらも痛んでいたので、自分が杭になるのがどういうことなのかあまり理解をすることができなかった。しかし彼人の周囲には多くの白金に輝く杭が、荘厳な純白の羽根をはためかせながら佇んでおり、その光景は彼人を安心させた。

親という名の二人は彼人を殊更美しい一本の杭のところへ連れていき、お前はこれから、この杭の言うことをよく聞きなさいと伝えた。杭は長いまつ毛をゆっくりと瞬かせると静かな微笑みを浮かべた。

おいで。

と、杭は言った。あなたの求めるものの全てを、私はまだあなたに与えることができる。

彼人は、その言葉を聞いたとたんに、ふるりと身を震わせた。もうカビたパンをかじらなくても良く、濡れたシーツに包まって眠らなくても良いのだった。それはとてつもなくほっとする考えだった。

お前のパンはカビてなどいなかった、と男は不機嫌に言った。私達は私達のなすべきことを規則通りにしてきた、と女は言った。けれど彼人にとってはそれらはやはりカビたパンであり、濡れたシーツだったので、彼人は鼻をならした。杭はふっと微笑むと大きな翼で彼人を包んだ。

杭はかつてはもっと美しかったのだという。しかし、杭になってから随分経つのでいまではあちらこちらに塗装の剥げた場所があった。けれど彼人はその杭をやはり世界で最も美しいと思った。彼人がそう言うと杭はふるふると体を震わせた。すると暖かいものが彼人の上に降り注ぎ、彼人は満足して両目を閉じた。

私はいつか杭になるのだと思う、と、杭のもとにやって来てから三年ほど経ったある日、彼人は杭に言った。杭のもとに初めてやって来た時にはあんなにも痩せこけていた彼人はすでにふっくらと子どもらしい丸みを帯び始めていた。杭はしばらく沈黙した。

彼人は不安になって杭を見上げた。杭になると……と、杭はゆっくり言う。

なかなか動くことができない。人のように動く杭もいる。しかし、動くと幼子に良くない。

動く杭についてなら彼人は知っていた。

確かに動く杭を見たことがあった。幼子を置き去りにして数時間、ふらりと動く杭を。何とひどい杭だ、と、そのような杭を見て人々は言った。そうした杭は撤去されることもままあった。彼人の杭は、動き歩く杭を見ると固く両目を瞑った。そして彼人の目を覆った。悪いもの、汚いもの、お前を害するものを見ることはないと杭は囁いた。

杭の細く長い指の隙間から彼人は、自在に動き回る、よその杭を、恐怖と好奇心に引き裂かれながら見つめた。

ただ、あれは、少しだけ。楽しいことのようにも思われた。撤去されはしたものの。

杭は、幼子と共にいる、と彼人の杭は言う。それが杭の仕事だから。

世の中には杭の他には幼子を守護するものなどないのだった。そのことを考える時、彼人はほんの少しだけ杭になることを怖いと思った。しかし、それでもまだ、杭は美しかった。塗装の剥げから目を背けて彼人は杭の翼に包まれて眠った。まったりと甘い花の匂いがした。

彼人が言葉を十全に覚えるまでの間、彼人と杭はいくつもの甘やかなやり取りをした。杭は彼人を導き、慈しみ、彼人の耳に彼人が旅立つ世界への夢をささやき続けた。幼き人よ、私はあなたを愛している。遠くまで行くが良い、と、杭は言った。

杭は私に杭になってほしくはないのだろうかと彼人は時折不思議に思った。杭は自分が杭であることを一度も嫌だとは言わなかったが、彼人が杭になることを匂わせると、決まって眉を顰《ひそ》めて翼をふるふると震わせたからだ。

彼人が大きくなっていくと杭は苦しそうに彼人から顔を背けることが増えた。

どうしたの、杭、と彼人が言うと、ある日、もう、お前は行きなさい、と杭は羽根を軋ませた。かつて白金だった羽根は、すでに薄汚れていた。これまでふるふると彼人の口を糊していた甘やかなものは杭の羽根だったのだ。

どうして、と、彼人は尋ねた。あなたは、私にかくも多くを与えた。私はあなたをここにおいて行きたくはない。

けれども、お前はここにいたくもないであろう？　と、杭は言った。お前は私の杭になることを望んでいない。私がお前を望んでしまう前に、お前はゆくがいい。

私はあなたの杭になっても良いのだ、と彼人は言った。

幼子よ、と杭はまごうことなき愛をこめた視線で彼人のおとがいを、撫ぜた。

それは、嘘だ。

彼人はしくしくと泣きながら杭の下を去った。

それが嘘だということなど、彼人とて百も承知だったのだ。

百と二十の夜を歩き、彼人はある日、地の果てに辿り着いた。地の果てのさらに向こうには、堕落した街があると、地の果ての街で、若く美しい杭が教えてくれた。若い杭はほっそりとしなやかで美しく、かつての彼人の杭のようだった。彼人の杭よりも誇らしげに、凛と咲いていた。もしかしたら彼人の杭もかつては凛としていたのかもしれない、と彼人は考えた。

堕落とは、一体、と彼人が尋ねると、あの街には杭がない、と誇らしげな杭は答えた。あそこでは幼子たちは獣のようだ。

誇らしげな杭はどことなく満足げだった。

凛と咲くものを自分が好きではないことに彼人は気づいた。

そこからいくつかの山と谷と篝火《かがりび》を越えて、彼人は杭のない街にたどり着いた。そこでは誰一人として杭ではなく、すべての人がほんの僅か杭だった。

小指であったり足指であったりと杭である箇所はまちまちだったが、幼子が泣くと多くの人々が集まり、ほんの僅《わず》かの杭を幼子の周りにかざした。幼子は入れ代わり立ち代わりやってくる人々の杭に指を伸ばし、満足げな笑い声を立てた。それは彼人が幼き日のようだった。

この幼子が獣であるというのなら、私も獣であったに違いない、と彼人は呟き、この街に、杭を連れてこよう、と思った。塗装の剥げた、彼人の杭もここでなら、きっと再び白金の翼を取り戻すだろう。

杭の荘厳な羽根を思い出すと彼人の心は弾んだ。

彼人は砂嵐の中、百と二十の夜を歩いて杭の下へ帰った。杭を連れて街へ行こう、そして杭を多くの人々に見せるのだ。

杭はまだ、そこに立っていた。杭よ、私はあなたの下へ帰ってきた、と彼人は言った。私はあなたを愛している。けれど私はあなたの杭になることはできない。ですから、私と一緒にもう少し明るいところへ行きましょう。

杭はまるで信じられないものを見るかのように彼人を見た。（おさなごよなぜかえってきたわたしはいつもわたしのおまえへのあいをこころのそこからおそれていたわたしはいくどもおまえのめんどうをみることにあきあきしていたわたしはおまえをいのままにあやつりたいというよっきゅうといままでずっとたたかってきたわたしはわたしのじゆうをうばいここにわたしをぬいとめたおまえのことをこころのどこかでにくんでいるわたしはおまえにすてられるのがこわかったわたしはいまおまえがくいのないまちのはなしをしたことでおまえをとてもにくんでいるそれではわたしがしてきたことはなんだったというのかわたしはそれでもおまえのことをこころのそこからそこからそこからあいしている）

杭はそういった全てをまるで梢《こずえ》の高いところを通り過ぎる風のような一息で吐き出すと、かつてのような美しい微笑みを彼人に向けた。

わかりました。お前と行きましょう。連れて行っておくれ、と、杭は言った。

そして、その日、杭は人間になったのだった。

chapter. 3

どこまでも加速する

冬の朝、出かける前に急いでセーターを着る話

淡中圏

淡中圏

Tannaka Ken

機械学習の実習課題で生成モデルを作成したことを発端に、“本物”の世界と“偽物”の世界が加速していくSF「『未来』の学校」で第1回かぐやSFコンテストの選外佳作に選出。

本作「冬の朝、出かける前に急いでセーターを着る話」は、読んで納得、タイトルの通りのお話です。そしてタイトルの通り、冬の朝に出かける前に急いでセーターを着ながら思いついた小説だそうです。セーターの中に広がる淡中ワールドをご堪能ください。

淡中さんは1983年生まれ。名古屋大学の多元数理科学研究科と情報科学研究科の大学院生が中心となって結成された数学同人サークル The Dark Side of Forcing に所属し、同人誌『The Dark Side of Forcing』を刊行しています。自身のWebページ〈淡中圏の脳髄（永遠に工事中）〉に小説やウェブ・アプリケーション作品をアップしています。筆名は数学の概念“淡中圏”から取っているそうです。

急いでいたが、寒かったのでセーターに頭から突っ込んだ。だが出口が見つからない。

「早くしないと出ますよ」

そう言われても困る。とにかく突き進むしかないと思うのだが、どうも見慣れない感じだ。初めてではないはずなのに。

このまままっすぐ行けば光が見えるはず。そう思ってしばらく行くと祠があった。木切れを積み上げただけのものだが、おそらく祠だ。こんなところにこんなものあっただろうか。あまりにも見覚えがない。

「遊んでないで準備したらどうですか」

「いやなかなかこれがどうして」

急かされたせいで転びそうになった。腕が伸ばせないとバランスがうまくとれない。とっさの動きで肘が祠に当たってしまう。

「痛て」

「大丈夫ですか？」

肘をさすろうとするが、右手と左手は先程の分かれ道で別々の道に進んでいるからそれは無理だった。いつもセーターを着るときはそうしていたのだが、今後は考え直す必要があるかもしれない。

「大丈夫。大丈夫だが、こっちは大丈夫じゃないかもしれない」

よほど古いものだったのか、立てかけてあるだけの扉が壊れてしまった。中を見ると、小さな像が転がっている。台座の上に鎮座していたみたいだが、衝撃で転がり落ちてしまったようだ。

手彫りの素朴なもので、仕上げも荒々しい。美術的な価値は高くなさそうだが、何か心に残るものを感じる。

そう思って祠の中を覗き込むと、内側一面に何やら文字のようでも紋様のようでもある引っ掻き傷がたくさんある。文字だとしたら見たことのないものだ。傷と傷が繋がりあって蛇が這いずり回るような筆致を成していて、どこか必死さや恐れのようなものをそこから感じた。まるで、何かから自分達を守りたいような、何かを封じ込めようとしているような、そんな感じだ。

コト、と物音が聞こえた。薄暗い奥へ目を凝らす。気のせいか、と思って視線をずらそうとした瞬間、視界の端で何か動いた。そちらを見ようとすると、また別の視界の端で何かが動く。

何かがいる。大量の何かが。

そう気づいた途端、自分が何かの気配に囲まれてしまっていることに気づいた。虫が這いずるような悪寒が背筋に走った。

スマートフォンのライトで照らそうと思うが、ズボンのポケットに入ったままだった。この状態では手が届かない。

そんなことをしているうちに目がだんだんと闇に慣れてきた。かすかな光を反射するのは、表情のないガラス玉のような目だ。それがいくつもいくつも闇の中からこちらを窺っている。そして少しずつ囲いの輪を狭めてきている。

甲高い鬨《とき》の声とともに、それらが飛び出してきた。ずんぐりむっくりな姿をしていて、ずっと暗いところに住んでいるせいか体の表面が半透明だったが、鋭い爪は恐ろしかった。それが雄叫びをあげながら飛び上がり、一斉に頭のあたりにしがみついてきて爪を立てる。ただでさえ腕を自由に使えないのでバランスを崩して、たちまち倒されてしまった。

「大丈夫!?」

床に転ぶ音が部屋の外まで聞こえたのだろう。慌てて様子を見にくる足音が聞こえた。

「あれ？　どこ行きました？」

しかし足を引き摺られて奥に連れていかれるうちに、その声はどんどん遠くなってしまう。

一体どれほどの間、そうやって引き摺られていただであろうか。ここからでは太陽の動きがわからないので、時間の感覚も失われてしまった。もしかしたらたった数時間のことかもしれないし、一日、いや数日のことにも思えた。とにかく、もう何もかもどうでも良くなりそうなころに、引き摺られるのが止んで、乱暴に投げ出された。

どうやらこいつらの巣穴に連れ込まれたらしい。下に何か柔らかいものが敷いてある。どうもいきなり食ってしまうというわけではないらしく、周囲でひたすらギーギー叫んでいる。もしかしたら何かを伝えようとしているのではないだろうか。

顔を起こすと、あの祠に入っていた像が目に入った。群れの中の一匹がそれを鋏のような手に持って、他の手で指差しながらギーギー言っている。大きな歯をこちらに突きつけながらひどい不協和音でがなりたてる様子は、どうやら怒っているようにも感じられた。

もしかして、あの祠を壊してしまったことを怒っているのであろうか。顔中にできた引っ掻き傷をさすることもできないことを苦痛に感じながら考えた。もしかしたら、あれはこいつらの神なのかもしれない。

しかし妙な点もある。古代ギリシャの吟遊詩人・哲学者クセノパネスの言うように、知的生物はその初期発達段階において、自分達に似た神を発想すると考えるのが自然だ。それにしてはこの像はどちらかというと人間に似ていて、少しもこいつらに似ていない。さらに言えば、こいつらの知的発達段階は、神という概念を自ら発想するには少し低すぎるような気もする。

もしかしたら、こいつらがこのような宗教じみた文化を持つに至ったのは、何らかの形で人間の影響を受けたからかもしれない。そう考えるとなかなか襲ってこない理由も推測できる。例えば、こいつらにとっての神に似たものが突然現れて混乱している、と考えたらどうだろう。実際、どうやら群れを二分した争いが起こっているように見える。これは捕虜の処遇を巡っての争いと考えられるだろう。

そうすると、今こそが逃げ出すチャンスであり、これを逃すとそのような機会はもうないのでは、とも思えてくる。こいつらにどの程度の論理的思考力があるのかは未知数だが、決して高くないだろうと思われる。そしてその予測が正しければ、彼らが出す結論は単に群れの力関係にのみ依存し、事実にはほとんど依存しない。つまり「この神に似たものを丁重に扱え」という結論にも「この神に似たものは邪悪なので始末すべきだ」という結論にも、同程度に転がりうるのだ。後者だったら大変だ。

しかし、逃げようにもそもそも身動きが取れない。気ばかり焦る。そんなことをしているうちに、群れの中で一頭地を抜いて体の大きな個体が声を上げた。他のものは一斉に黙る。数匹、体を揺すぶって駆け寄るものが現れたが、その大きな個体が唸り声をあげると引き下がった。

どうも結論が出てしまったらしい。

今までの喧騒が嘘のように静まり返り、だんだんと距離が詰まってくる。また虫が這いずるような悪寒が背筋に走った。

万事休す、一巻の終わりと思われたそのとき、巣の外にいた奴らが急に騒がしくなった。その騒ぎはすぐに巣の中にまで波及し、囲みを形成していたものたちが右に左にと走り回って、何が何だかわからなくなってしまう。

その乱れた群れの中を何かが一直線にこちらに向かってくる。皆、大慌てでそれを避け、まるでモーセの奇跡に切り開かれる紅海のようだ。しかし、さすがボス個体は簡単には退こうとしない。仁王立ちして、さあ来い、という姿勢だ。だが力及ばず、たちまち摘まれて投げ飛ばされてしまった。

そう、助けに来たのはあのとき別れた右手だったのだ。

賢明なる読者諸君の中には疑問を持った方もいるかもしれない。どうして分かれ道で別れた右手とここで出会うことができるのであろうか。一つの解決策はループ状の道がセーターについていることだが、残念ながらそのようなセーターは未だかつて見たことがない。もし目撃したならば連絡してほしい。別の解決策として、分かれ道で別れた右手がどこかで引き返したというものもあるが、人間の体の構造上、腕を袖の途中でUターンさせるには肘から袖に入れないと無理だ。これでは途中から引き返すとは言わない。また、引き返すのではなく真っ直ぐ後戻りする、という手もあるかもしれないが、そうすると袖ごとくっついてきてしまう。読者も実際に試してみるのが良いと思う。ただし同居人に見つからないように。怪訝な目で見られる。

さて、間違った答えばかり解説しても仕方がない。実際どうだったのかを説明しよう。実は右手は自分の道を直進し、一足先に念願の外に脱出していたのだ。そして、もう一度セーターの下から中に潜り込んで助けに来てくれた、というわけだ。

敵を薙ぎ払った右手は顔に飛びついた。再会のハグであろうか。いや違う。手は顔をバリバリ掻きむしった。あまりの緊張で気づかなかったが、顔の傷がひどく痒いのだ。

そういえば先程投げ飛ばされたボス個体のシルエットには手足が合わせて六本あった。そこでようやく思い当たる。こいつらはシラミ、それもおそらくコロモジラミだ。

コロモジラミとアタマジラミはどちらも人間にのみ寄生して吸血する昆虫だが、コロモジラミは衣服にのみ付着し、アタマジラミは頭髪に付着する。この二種は近縁であり、遺伝子解析により約十万年前に分岐したことがわかっている。これは、その時期に人間が衣服を着始めたことにより、毛に付着していた彼らの共通祖先から衣服に付着するものが分岐した、ということを意味するのであろう。

つまりコロモジラミは人類の文明と共に進化した。そのコロモジラミが文明を持つことは少しもおかしくないはずだ。

おそらくあの像は何万年も前からここでシラミたちが信仰していたものなのであろう。彼らの命の源である神として。

そう感慨に耽っていたら、右手に額を突かれる。見れば指を必死に動かして、何かを伝えようとしているようだ。しかし手話はわからない。ということは当然右手も手話は知らないはずで、ということはこれは単純なジェスチャーだ。どうやら逃げる方向を教えようとしているようだ。

気づけば一度蜘蛛の子を散らすように逃げていったシラミたちがまた戻ってきている。先ほどは奇襲でうまくいったが、今度は同じ手は通じまい。

そのとき、混乱の最中にあの像が投げ出されて落ちているのが見えて、右手が咄嗟にそれを掴んだ。

シラミたちが絶叫して後ずさった。絶叫といっても、これまでの怒りの絶叫ではなく、恐怖の絶叫だ。

それをしっかり掴んで掲げながら前に進む。シラミたちも一緒に後ずさる。このまま行けるだろうか。そう思ったのも束の間、あのボスシラミが前に出た。そして甲高い鬨の声をあげる。それによってたちまち群れが像を取り戻すために戦う意思を固めたのが、見ているだけでわかった。

ならばこちらも腹を決めるしかあるまい。虫が這いずるような悪寒が背筋に走るのをまた感じたが、もう少しも怖くない。本当に背筋を虫が這いずっているだけなのだ。

このようなくだらない像から、偽りの神から、彼らを解放する使命を感じた。彼らの命の本当の源として、彼らの命の源はこんな像ではないと示してやらねばならないのだ。

右手で思い切りそれを叩きつけた。

元々丈夫なものではなかった像は粉々に砕け散った。

あまりのことに呆気に取られて、シラミたちは複眼を限界まで丸くした。その隙に逃げよう、と急ごうとした瞬間、異変に気づいた。否応なく気づかされた。

ゴゴゴという音がしてセーターの中の空洞全体が崩れ始めたのだ。

「あ、あれは本当に神様だったたってこと?」

あまりのことに裏返った声で叫んでしまった。これまでの人生における、科学主義者かつ無神論者としてのアイデンティティまでもが、音を立てて崩れていく。

しかし今はそんなことを考えている場合ではない。こういうとき、頭は足手まといで、むしろ手の方が冷静なのかもしれない。大パニックになっているシラミたちを後にして、右手に引っ張られながらとにかく進める方に進む。

途中で右手とはぐれてしまうが、それでもとにかく進んだ。どこもかしこもひどい有様だ。このままでは全て埋まってしまって、一生ここに閉じ込められてしまうのでは。そんな恐怖に襲われてもう進めなくなりそうなとき、目の前に光が見えた。

それはやはり先に脱出していた左手が出口を大きく広げてくれていたのだ。そのおかげでかなり遠くからでも光が見えた。

全てが崩れる寸前、どうにか頭をセーターの外に引っ張り出した。久しぶりの明るさに目が霞んだが、それでも目に痛いその光が懐かしくて涙が出そうになった。そして窓からは空が見えた。夢にまでみた青い空が。

「あ、そこにいたんですか。あれ？　そのセーター」

そこで気づいた。セーターが裏表逆だった。

「どうりで見覚えがないと思ったら」

静かな隣人

もといもと

もといもと
Motoi Moto

第 1 回かぐや SF コンテストをきっかけに SF 小説を書き始め、ロボットの自己同一性をテーマにした「嘘つきロボット先生」が同コンテストで選外佳作に選出。

翌年の第 2 回かぐや SF コンテストでは「黄金蝉の恐怖」が最終候補に選出。蝉を追いかける子供たちの描写、掌編としての構成力などが高く評価されました。同年秋には巨大化したダチョウ、ミュオとの冒険譚「境界の街〜僕らの極秘計画〜」を Kaguya Planet に寄稿。疾走するミュオとやんちゃな小学生の描写が見事な作品です。

本作「静かな隣人」はゴビ砂漠に降り立ったネルグイ星人のお話。もといさんの作品はどれも、生物への愛と驚嘆に溢れていて読者をそれに巻き込んでいく力を持っています。

もといさんは web ディレクター兼ボドゲクリエイター。〈不確定要素〉を追加しながら箱の中の〈ねこ〉を観測しあう、新感覚のカードゲーム「シュレーディンガーのねこ」の制作者です。

午前九時に77ストリート&セントラルパークウエストから始まったパレードは、コロンバスサークルで東に折れ、6アベニューを南下していくところだ。

蛍光緑色の顔料をあちこちに塗りたくった群衆の頭上には、これまた緑色の巨大なバルーンがひしめき合っている。

どれもがネルグイ星人をコミカルに象ったもので、風に煽られて大きくかしいでくるたび、沿道の子供たちの歓声が大きくなる。

彼ら彼女らの腕にはまっているのは最新のサイリウムの輪っかだ。

太陽の光のもとでもひときわ明るい蛍光緑色の輝きを放っている。

友好30周年のお祝いは、地球におけるごく一般的なやり方でつつがなく進行していた。

30年前のファーストコンタクトと同じように。

＊

その日、晴れわたる寒い夏の明け方にふと姿を現した宇宙船はゴビ砂漠のタバントルゴイ炭田近くに静かに着陸した。

炭田の作業員と遊牧民の家族数組が遠巻きに見守る中、宇宙船の前面についた扉らしきものが開き、100名ほどの宇宙人がぞろぞろと歩み出てきた。

彼らは長旅に疲れた様子で、あちこちの関節を伸ばすようにしながら、よいしょ、と砂漠に降り立った。

目撃していた人間たちの大半はハリウッド映画の撮影だろうと思い、特殊メイクの下に見知った有名スターの素顔が見つかるかもしれないと目をこらした。しかし、いくら探してもスターは見つからず、それどころか、五分も見つめていると、抱いたことのない奇妙な心細さが湧いてくるのを感じた。

それは、彼らの肌が蛍光緑色であるせいだった。

陽光の下でもはっきりと輝くこの色は地球上のどの色とも違ったスペクトルをもち、彼らが宇宙からやってきた生物であることを人類の無意識下に知らせたのだ。

しかし、それでも警戒感はまだ薄かった。

肌の色以外の部分では、彼らの外見は人間と似通っていたからだ。

手足の数と位置、頭部と胴体のバランス、関節の向きと可動域、体表における体毛の占有割合。すべてが人類とみなせる範囲内に収まっていた。

むしろ人類よりも左右対称性に優れているぶん、美しい体つき、顔つきと言えたかもしれない。

少し離れ気味の目には愛嬌があった。

彼らの中の一人がその目を細めるようにして群衆を見つめ、一歩前に進み出た。

蛍光緑色の手が差し出され、地球上で最も勇気がある炭田作業員の黒い手が、それを握った。

宇宙人来訪の知らせは、やがてモンゴル政府に届いた。

政府はモンゴル国軍と国境警備隊の一部を現地に派遣し、数時間後に彼らの存在を確認した。

この時、宇宙人たちは各々リラックスした様子で砂漠に座り、現地の人たちから水を飲ませてもらったり、砂地に寝そべって現地の民謡に耳を傾けていたそうである。

その場にいたサラントヤという女性は、彼らは最初から非常に礼儀正しく、友好的で、物覚えがよかったことを報告している。まるで水が染み込むように、たった数時間でモンゴル語を覚えたそうだ。

「彼らは一通り話せるようになると、私の名前の由来を聞いた。〝月の光〟という意味だと言ったら、綺麗だ、あなたにピッタリだと褒めてくれた。彼の名前も聞いたけれど、名前はないと言った。いいえ、彼だけじゃない。彼らはみんな名前がないんですって。私は笑った。だって、それならモンゴルに来たのが大正解。モンゴルにはネルグイ（名前なし）という名前があるんだもの」

これが、彼らがネルグイ星人と呼ばれる由来である。


もちろん、情報はすぐにインターネットを通じて世界中に伝わり、人類は一人残らず驚いた。

最初は驚かなかった人も、それが本当だとわかると、やっぱり驚いた。

中でも一番驚いたのは、国連事務総長のフェルナンド・ペレスである。

彼はちょうどその前日、宇宙空間事務所のドミニク・フランクと顔を合わせ「もし明日、宇宙人がやって来たら」というジョークを交わしたばかりだったからだ。

翌朝五時にドミニクから「宇宙人が現れた」とオンライン通話が入った時、まだ悪ふざけが続いていると思い「ＢＢＱの準備ならできてるよ」と答えたのは、そういう経緯があったからで、会議室に集っていた各国首脳を苛つかせたことまで彼の責任にするのは誤りである。

こうして国連の預かりとなったネルグイ星人だったが、先ほども説明したように、彼らはとても物覚えの良い種族だったから、たった一日、宇宙空間事務所の担当官と言語学者からレクチャーを受けると、すぐさま英語を、スラングの使い方まで含めてマスターしてしまった。

びっくりした言語学者が習得方法について尋ねると、ネルグイ星人の一人は困ったように首を捻った。

「それは、例えばどうやって食べ物を飲み込んでいるかと聞かれるようなものです。喉膜畜胞体という器官があるからとしか言いようがない」

「発音も完璧だ」

「それには喉膜共鳴管を使っています」

「素晴らしい！　あなたたちの喉膜は最高の器官ですね」

言語学者がそういうと、ネルグイ星人は優しく嗜めた。

「それは、私たちにとって、とても卑猥な意味を持ちますが、ありがとうございます。賛辞をお返しするのがマナーだとすればですが、あなたの×××も大変立派そうですね」

ネルグイ星人と会話ができるようになったことで、外交はさらにスムーズになった。

彼らは地球に来た理由を尋ねられると、こう説明した。

「私たちは数万年にわたり平和裡に暮らしてきましたが、星系の恒星が数百年後に赤色巨星になることがわかり、脱出せざるを得ませんでした。地球の方々のご迷惑にならないようにするので、どうかここにおいてください」

　地球代表は悩んだ。彼らは確かに困っているようであったし、ここまでの態度から大変平和的種族のように思えた。しかし、人道的な振る舞いは異星人にも適応するべきか？

　地球人の葛藤を見透かしたように、ネルグイ星人は言った。

「私たちは光合成でエネルギーを得ています。地球は太陽光が豊富ですので、食料なども必要ありません。雨から少しの水をもらえれば、私たちは生きていけます」

「住居も必要ありません。私たちは温度変化に強いので、地球ほどの寒暖差であれば、どの地域でも一生戸外で過ごせます」

　植物学者が彼らの肌の蛍光緑色について調べてみると、それは地球上の植物の100倍もの光合成効率を持ったクロロフィルXだった。それを使えば、確かに、数分陽光を浴びるだけ、地球人の二倍ほどの大きさの毛穴から雨水を吸収するだけで、一日活動するだけのATPが、充分に得られるのだった。

　それでも、人類は悩んだ。

「しかし、あなたたちを受け入れたら、のちに大群勢がやってきて、地球を乗っ取られてしまうということもあるかもしれない」

「いいえ、私たちはいくつかのグループに分かれ、全く違う宙域を目指してディアスポラをしました。ここを目指したのは私たちだけです。故郷はとても遠いので、ここに来ることはないでしょう。それに、私たちはお互いに連絡をとることはしません」

「それはなぜ」

「植物は種を飛ばすとき、互いに連絡をとったりしないでしょう。ただ種は飛んでいき、生育に適した条件が整えば、そこに根を張るだけです」

「あなたたちは、生きた種子というわけですか」

「あるいは。しかし、言ってみれば地球上の種子だって、みな生きているわけでしょう」

「そうだが、彼らは無口だ」

「私たちも無口になれます、お望みなら。しかし、こうして話せた方が楽しい」

「ツタのように急速に伸びたり、雑草のように莫大に増えたりしませんか？」

「もちろん、しません。私たちは、寿命が数万年に及びます。頻繁に殖える必要がないのですよ。１００年後にも一人も殖えてはいないでしょう」


数ヶ月の会議を経て彼らの受け入れが決まった。

さまざまな調査・分析も行われ、彼らは広義の植物だということがわかったからだ。

植物ならば、食物連鎖のトップの座を奪われることはない、限られたリソースをわかたなくても共存できるだろう、と人類は結論付けたのだった。


かくして、ネルグイ星人と地球人との共存が始まった。

彼らは地球上で静かに光を浴び、路上で暮らし、自然と人間社会に、風景に溶け込んでいった。

溶け込むばかりではない。風景であると同時に、彼らは人類の良き隣人となった。

彼らは声を持ち、人類の話し相手になった。

彼ら自身は絵も描かず、詩も読まず、物語ももたなかったが、地球人の文化には理解を惜しまなかった。

ある詩人が彼らのことを詩に読むと、もしも我らに涙腺があれば泣きましょうと悔しがり、ある画家が彼らの絵を描けば、我らに信仰心というものがあれば、この絵を崇拝するでしょうと讃えた。

彼らは、地球人の歌声を聴き続ける熱心な聴衆であると同時に、毎度新たな言葉で地球人の文化を賛美するお人好しな批評家だった。人類は彼らを傍に、一人の時よりももっと、伸び伸びと気持ちよく歌うことができた。日が落ちると薄闇に浮かぶ蛍光緑色の輝きは、地球人の心の支えにすらなっていった。

こうしていつの間にか30年が過ぎた。

「今日はまさに記念すべき日です。我々は異星人との交流の基礎を築き、相互が平和のうちに共存するという偉業を達成したのです。来るべき宇宙時代において必要不可欠なファーストステップであり、あらゆる可能性を秘めた一歩であると言えるでしょう。我々のたゆまぬ努力が……」

NY市長のテレビ演説を前に、人類は感動の涙を浮かべた。ネルグイ星人もそれに倣って喉液を吐いた。

＊

それから30年。さらに一万年が過ぎた。カラカラに乾いた砂漠の岩陰で、最後の人類がネルグイ星人に看取られようとしていた。ネルグイ星人は人間の傍に集まり、干からびた喉仏から出る言葉を待ったが、出てくるのはうめき声だけだった。それでもネルグイ星人の喉膜は微かな振動をうっとりと味わった。１００名ほどだったネルグイ星人は、やはり100名ほどで地上にいた。変わったことと言えば、以前と比べて肌にツヤが出てきたことくらいだった。

一人のネルグイ星人が言った。

「あなたたちは素敵な隣人でした。私たちに記憶しておける器官があれば、きっと忘れないでしょう」

かくして、人類がすべて亡骸に変わると、ネルグイ星人たちは各々、剥き出しだった喉膜に喉筋繊維からなるレース状覆納膜を被せた。人類の時間で言えば長い、彼らの時間で言えば標準的な交歓儀礼が終わり、今やっとパンツを履いたのだった。喉膜はレース状覆納膜にすっかり包まれ、安心したようにその機能、人間の生体電磁波を細胞膜上のクロロフィルXを経てエネルギーに変換することをやめた。同時に、その過程で弾けるように生まれ続けていた快感も遠のいた。

彼らは各々のんびりと地面に寝そべり、長いこと使っていなかった脳膜を開いた。ひらけた空にはたくさんの音とエネルギーが溢れていた。ペバトロン方向からの長く細い呟き、宇宙虫たちが食べた細切れのミュオン、時々太陽フレアで磁気嵐が起こると、お祭りのような騒ぎだった。再び旅立つのも良いと思ったが、急ぐ必要もなかった。ここで待っていれば、やがて誰かがやってきてくれるだろう。そんな気配にレース状覆納膜が少しだけ濡れるようだった。ネルグイ星人は目を閉じ、幸福のうちに眠りに落ちた。新たな隣人を数えながら。ネルグイ《名無し》、エネビシ《これじゃない》、テレビシ《あれじゃない》、ヘンチビシ《誰でもない》……。

人類の夢をみることはなかった。残念なことにその器官はなかったからだ。

握り八光年

苦草堅一

苦草堅一
Nigakusa Kenichi

2020年、プロアマ混合の文芸によるオープントーナメント第2回ブンゲイファイトクラブに応募・観戦したことを機に、燻りがちだった小説の執筆に本腰を入れて取り組むようになります。

翌年開催された第2回かぐやSFコンテストで「二八蕎麦怒鳴る」が最終候補に選出。金髪になった蕎麦が文字通り怒鳴りまくる爆笑系小説の中に、真面目なテーマもぶち込んでくる剛腕ぶりで多くの人の心を掴みました。2022年には、集英社Webマガジンコバルトで開催されたディストピア飯小説賞にて「ブンバババボボイボでよいという提案」が佳作に選ばれました。

本作「握り八光年」は時を駆ける寿司SF。蕎麦、ディストピア飯、寿司と、奇想系飯SFの王者への道を爆走中の苦草さん。突飛なアイデアとそれを成り立たせる文章力の高さが持ち味ですが、山尾悠子さんのような作風にも憧れているとか。

苦草さんは1991年生まれ、岩手県出身。趣味は地方競馬観戦。

格言がある。

寿司職人曰く――飯炊き三年、握り八年。

日本の伝統料理「寿司」。その修行には長期間を要するという意味合いだ。

習得に八年を求められる「握り」とは如何なる技なのであろうか？

寿司屋を見てみよう。白衣の職人が、木製のカウンターの内側にて静々と注文を待つ。ガラスケースに並ぶはとりどりの「寿司ネタ」――鮮やかなマグロの赤身、透いた鯛の白身。姿のままの海老。木桶には冷ました酢飯「シャリ」が山と盛られ、時を待つ。

客が寿司を所望し、「握り」が始まる。

工程は一瞬である。

刺身の塊にすっと包丁を入れ、一人前のネタを削いで掌にとる。片一方の手で迷いなく、木桶から一口大のシャリを浚《さら》うと、ネタの上にポンと乗せる。シャリにネタを敷いた状態から、片手の中でくるり転がしネタを上向かせると、半回転のうちにたちまち形が整って、もう掌には一貫の寿司がある！　時間にして数秒、手数にして三手、これぞ握りの基本形「小手返し」。一見なんでもない作業に忍ぶ、熟練の手業にお気づきだろうか。一瞬で適量のシャリをとる指感覚、一発で形を決める手際、シャリの口当たりを左右する力加減、いたずらにネタに触れず鮮度を保つ機敏さ。こうした手業の塩梅は、理屈より練習量によって習得が為される。ゆえに古式ゆかしい寿司職人は、教えを乞う弟子にただ一言こう告げるのだ。

「見て盗め」

弟子は師匠をひたすらに真似、独力で真髄を見出す。「握り」は寿司の心臓であり、一朝一夕の猿真似では究《きわ》め尽くせぬ技芸の殿堂。師の動き全てが腑に落ちるまで、職人たちは長く過酷な修行を続けるのだ。

故に――――握り、八年！

＊

シンパチには大将の握りが盗めなかった。そもそも手元が見えなかった。いくらなんでも速すぎる。注文を受けた大将の両手が空を薙いで交差し、なんのハンドサインかと思ったらもう皿に寿司が。握りというか寿司を召還しているようにしか思えず、皿の上に真剣に魔法陣を探したこともあった。

ミシュラン二つ星の寿司店「光《こう》えつ」。

著名なグルマンをして「時が経つのを忘れた」と言わしめた名店に、シンパチは半年前から勤めている。規模は小さく、他の職人は二人のきょうだい弟子のみ。ひとりはシュン姐さんといって、ハキハキした頼れる江戸っ子。古株のゴロウは世話焼きで色々教えてくれるのだが、せっかちなのか話法がむちゃくちゃで「酢でキュッつってガーッとやってコハダはね、カパッて開いてウロコはシュルシュルの三十五分です」ですと言われましても。何が三十五分なのか未だに謎である。そうしたきょうだい弟子に時に叱咤され時に励まされ時に意味わかんないまま生返事をし、シンパチは下働きを心得ていった。慣れると欲が出るもので、まだ日は浅い自分だが、大将の握りを盗んでみたい。そう意気込んで観察を始めたところで、遅まきながらシンパチは気づく。大将が異常に速い。シャリを取る一手目からもう目がついていかない。初手の残像すらも捉えることが出来ないのだから、握りの工程など視認できるわけもない。シュンに相談すると「いきなりだと目が慣れないから、バッティングセンターで一五〇キロのボールを避ける修行から始めな」寿司屋のやることかそれは。料理に動体視力が要るのおかしいっすよ。つかのま挫けて弱音を吐くシンパチを、ゴロウが優しく慰める。「頑張り職人が亀だ。アキレスは切磋琢磨に続ける一人前」ええと気持ちは嬉しいです。

シンパチは発奮した。どうせ学ぶなら名店でと、日参して懇願し、置いてもらった身である。これしきで音を上げてどうする。

一念発起して観察するうち、シンパチは奇妙なことに気づいた。

寿司が消失するのである。

大将の両手が空を切り、おそらく小手返しが一度終わる。だが、皿には何も置かれていない。そんなとき大将はじっと皿を見つめるが、大きな反応を示すでもなく改めて寿司を握る。シンパチははじめ、大将が寿司を握りそびれたのであろうと思った。あれだけ素早く動いていれば、シャリを掴み損ねもするだろう。

しかし、さらなる怪奇現象がシンパチを襲った。

注文と注文の狭間。大将は馴染の客と与太話、きょうだい弟子たちも持ち場でそれぞれの作業に努めている。握りに備えて大将の手元を窺っていたシンパチは、信じがたいものを目にした。

大将の傍ら、俎板《まないた》の上に――――ぱっ。

明らかに大将が動作していないのに、六貫ものマグロの握りが現れたのである。忽然と、何もない空間から生まれた。大将はふと俎板に目をやると、平然とそれらを皿に並べて「サービスです」と客に出した。

無から寿司が生まれた。

シンパチはいよいよ怖くなった。悩みぬいた。自分がおかしいのだと思いつめた。やがて、限界が訪れた。

ランチタイムが終わった休憩時間、大将はいつも自宅で休む。その間に見習いは仕込みに励むわけだが、合間を縫ってきょうだい弟子たちに、思う所を打ち明けた。

「大将、時空を超えてませんか？」

殴り飛ばされるかと思いきや、意外にもシュンは感心したように目を瞠り、

「やるじゃんか、半年で見抜くとはね。その通りだよ！」

その通りなのかよ。

「そもそもあたしは」とシュンは仕込みの手を止め、

「並行宇宙から来た未来人なんだけどさ」

シュン姐さんは、とっくに狂っていたんだ！

シンパチは発作的に店を飛び出そうとした。

シュンが怒鳴った。

「伏せな！」

上下関係が為せる条件反射、シンパチはガバリと腹這いになった。バチイッ！　生々しい衝突音がして、つくばったシンパチが顔だけ上げると、腕を目の位置に構えたシュンの姿がある。開いた手には、イカの握りが、弾丸が撃ち込まれたように刺さっている。

「大将の寿司は時空を超える。握りが速すぎて、掌にワームホールが出来ちまってるのさ！」

イングランド南部においてジュラ紀の寿司の化石が発見され、フランスのラスコー洞窟には、先史時代の寿司の壁画が残されている。事程左様に古代より世界的に伝播していた寿司の歴史は、読者諸賢ならばご存じであろう。実はこれらの歴史は、大将によって過去に飛ばされた寿司が歪めたものなのである。

「なぁシンパチ、ポンペイの噴火で最も有名な写真は」

「寿司の形に空洞化した火山灰です」

「『最後の晩餐』の絵画で皿に乗っている寿司は」

「ハマチかブリかで今も論争してます」

「そもそも寿司なんか乗ってねえのよ！」

「基点宇宙」では、エキゾチック物質や多元宇宙の発見と、中世子星エネルギー加工技術ほか幾つかのテクノロジーの発展により、並行宇宙への移動や時間遡行が可能となっていた。あるとき観測されたのが、寿司が歴史に頻出する変な宇宙だった。名付けて寿司宇宙《スシバース》。そういう宇宙があるんだな、でほっときゃ済むかと思いきや、観測を行ったとばっちりか基点宇宙と「寿司宇宙」とのトンネルが開き、寿司が侵犯を開始。基点宇宙の史上いたるところに寿司が発生した。この事態を収拾することが、タイムパトロール隊員ヨウ・シュンリンに与えられた任務だった。寿司宇宙の時空を捜査した結果、数十年にわたって開閉を繰り返している謎のワームホールが、日本の寿司店に認められた。星が瞬くように現れては消えるそれを探査すべく、シュンリンは寿司宇宙へと旅立つ。そうして訪ねた「光えつ」で、シュンリンは観測した。

大将が寿司を握る。その素早い手つきの何十回かに一度、明らかに寿司が消えてしまう。記録をつけて驚いた。寿司が消えた瞬間とワームホール生成の瞬間とが、同時である。

結論はこうだ。

小手返しの速度が素早すぎて、掌にワームホールが生まれ、寿司が時を超えている。

意味が分からない。普通そんなもの掌にあったら人も寿司屋も吹っ飛ぶ。だが「光えつ」は平和裏に賑わい、どんどん評判を伸ばしていた。

シュンリンは全ての事情を明かし、大将に詰め寄った。

あんたの握りは、いったいどんな仕組みになっているのさ?

大将は黙し、やがて、ぽつりと言った。

——見て盗め。


「しょうがねえから十年勤めた。今もさっぱり分からん」

「馬鹿じゃねえの！」

シンパチは上下関係を忘れて怒鳴ってしまった。見て分かる問題だと思うか。

するとシュンは心外そうに鼻を鳴らし、

「寿司の秘密は分かったのさ。大将の掌では時間の進みが遅い。だから寿司の鮮度が保たれ、獲れたてを食ってるみてえになる」

「技術どうこうじゃないじゃん！」

ミシュラン二つ星の秘訣は何ですか、謎のワームホールです。真似ができる奥義を使ってほしい。消沈するシンパチにいつもながら優しいのがゴロウで、肩に柔らかく手を置くと、

「僕もシュンさんから真実を聞いたときは驚いたな。けれど、前向きに考えようよ」

えっ「雰囲気違いませんか？」たいへん失礼ながら普段より流暢で賢い。

「僕は大将の影響を受けやすい体質でね。大将の周囲の時空は常に少し歪んでいるから、大将が近くにいると時系列がブッ壊れるんだ」

「絶対に早く辞めた方がいいスよ」身体に悪いですよ。

「いいや、僕は大将の秘密を突き止めたい。そのため寿司も握らず物理の勉強をしている」寿司を握れよ。

「あたしも大将の秘密を突き止めないことには、自分の宇宙に報告のしようもないからね。秘密を盗むために、寿司を握ってンだ」あんたは寿司握る他にすることありそうだけどなあ。

「大将は化物さ。昔より握りがスピードアップしてらあ。それと連動して、寿司が時空を超える頻度も上昇してやがる。十年前は数千回に一度、今は数回に一度だが、このぶんじゃ早晩、握る寿司の全てが時空を超える日がくるかもしれねえや」

「不思議だね。光に近い速度で動きワームホールを通っても大破しない寿司。大将の掌から未知の物質が発生し、寿司が壊れないよう守っているのだろうね。最近は大きいタイムトリップの流石に寿司の頻度でエネルギーがギュンでパー」

「大将が近くに来てらぁ！」

「人をレーダーみたいに使うな！」

シンパチがまたぞろシュンを怒鳴りつけるや、がらり。

引き戸が開いた。

空っ風を伴って、大将は戻ってきた。白衣の上に羽織ったコートを脱ぎ捨てると、迷いなく板場に立った。

とたん中空に寿司がポンと現れ、大将の頬を掠めて床に落ちた。大将はぼそりと言った。

「米ェ炊け」

有無を言わさぬ気迫であった。


米を炊く。酢を混ぜて冷まし、頃合いになる。大将は木桶の前に立って寿司酢を手につけると、厳しい視線でシンパチたちを眺め渡した。

それから一言も発することなく、捌いてあったネタに手を伸ばす。

握りは静かに、速やかに始まった。

大将の鬼気がシンパチを圧した。動いている筈だ、肩回りが振動している。だが手先は軌跡すらも見えない。シャリが減りネタが減り、しかし寿司だけは現れない。ゴロウがうめき声をあげて膝を折った。ノンストップの握りによって時空の捻じれが顕在化していた。倒れた弟子に目もくれず大将は握り続け、何かが引き裂けるような音が鳴り始めた。

これが最後になるのだとシンパチは直感した。大将とて、日に日に人間離れしていく己が握りに、疑問を抱かぬわけがない。理を超えた、高次の寿司職人へと変貌していることを分かっている。ヒトで居られるうちに、大将は奥義を伝えようとしているのだ。

シンパチは目を凝らした。

雨の日も風の日も店を訪ね、雇ってもらえるよう懇願した。それほどに、大将の寿司の味に惚れこんでいた。例え、その奥義が理解不能なものであっても、継ぐ義務が自分にはある。

大将の握りが臨界を迎えた。点が連続すると線になる。小手返し一回のたびに生成と消滅を繰り返していたワームホールは、大将が断続的に寿司を握り続けたために膨れ上がり、恒常的な存在に変じた。存在時間が長くなったそれは、寿司のつぎに近い物体にも影響を与えた——大将を呑みこんだのである。そしてワームホールは「親」もろとも消え失せる。

残されるのは、ついに奥義を盗みそこなった弟子ばかり。己が不甲斐なさに悄然と立ち尽くすシンパチに、そっとシュンが寄り添った。長い年月を噛み締めるような感慨を込めて、言った。

「大将は、星になったんだよ」


さあ困った比喩ではなかった。


基点宇宙のタイムパトロールは大将の行末を探した。その結果が判明するのは、出来事から一年後、場所はまさかの宇宙空間。寿司宇宙の、地球から八光年の位置にある恒星・シリウス近辺のことであった。そこに小さなブラックホール天体が出現したのである。ブラックホールの自然発生は、巨大な天体の死が前提にあり、無から生起することなど考えられない。おそらく、大将は掌にワームホールを湛えたまま、過去の宇宙空間に射出された。そのまま周囲のガス雲を呑みこんで、ゆっくりとブラックホール化し、ようやく発見されたのだろう。さて観測者たちに嫌な予感を齎《もたら》したのは、降着円盤の形状であった。天体の左右に伸びた赤いガス雲が、なにやら似ているのである。

ネタを受ける左手と、シャリを置きに行く右手とに。

天体の発見以来、シュンは悪夢にうなされる。

宇宙空間に放出された大将は、宇宙をも握った。まるでネタとシャリを合わせるように、ワームホールと、周囲の時空や星々とを小手返し。巨大な質量が圧縮されて蓄えられ、ブラックホールが出来上がる。ブラックホールの中心部、事象の地平面の彼方にあっても、大将は握り続ける。光も脱出できぬ空間に、宇宙を原料とした寿司がみるみる溜まる。寿司たちの質量が増大し続けた果てに起こるのは、ひょっとしたら、寿司が引き起こすビッグバン。寿司による新たな宇宙が誕生し、他の時空を呑みこんでいく――。

妄想だ。全ては妄想。ただ気になることに、天体の「両手」は、じわじわと小手返しの形に近づきつつある。計算では、その握りが決まるのは八年後のことだ。

シンパチは今、別の寿司店に勤めている。偶にかつてのきょうだい弟子と会っては、昔話に花を咲かせる。そこでシュンから、天体の映像を見せて貰うことがある。

地球の危機をよそに、胸躍る気持ちで、シンパチは天体の遅々とした小手返しを見つめる。

今度こそ、漏らさずに見つめていられる。

八年かかる一握りを、八年かけて見ていられる。

飯炊き三年、握りは八光年。ひとまずはこれにて。

星を打つ

水町綜

水町綜
Mizumachi So

宇宙でパーソナルカラー診断を行うお仕事小説「ヒュー／マニアック」で、第２回かぐやSFコンテストの最終候補に選出。パーソナルカラー診断という身近な職業を宇宙規模に展開するとどうなるか……という、“if”の中にSFの楽しさをぎゅっと詰め込んだ掌編です。

本作「星を打つ」は異星からの攻撃によって地球全体の文明が衰退している中で、生き残りをかけて一発逆転に奮闘する人々を描いたSF短編小説です。細かい言葉遊びにもご注目ください。

水町さんは福岡県出身。流入した移民がひしめく近未来の日本を舞台にしたサイバーパンク『ハチェットマンズ・ディストーション』で第７回ハヤカワSFコンテスト最終候補に選出。監視と格差が進行した社会を描いたエンタメとして評価されました。また〈水色残酷事件〉というサークル名で同人誌を発行しています。

見慣れた空の先へ、目線を合わせる。

物心がついたころから、そこに張りついている色彩は面白みに欠けた灰色だった。気温は摂氏十度程度。昨日よりもずっと暖かく、息苦しさは感じなかった。少なくとも、いつもの粉塵まみれの空気ではない。

年代物の四輪駆動車に背を預けながら、ダタは無数のクレーターに抉られた地表に立つ。

「配置についたけど、首尾はどう？」

後方に聳《そび》え立つ全長六百メートル越えの機械塔――〈反射塔《レシーバー》〉を見上げながら無線機に唇を近づけて、問えば、

『信じられん……！　お前らの言った通り、モードが〈腐敗《ファウル》〉から〈蛞蝓《スラッグ》〉に切り替わったぞ！』

電波に乗って返ってきたキマサの声は、震えていた。

「ほら？　カサトの言ってた通りになった」

「いや、ぼくだってまだ、信じられないよ……」と、当のカサトは助手席で不安げに背中を丸めて、

「自信持ちなって。なにせこれから私たちは、世界を救うんだから、さ」

そう言って、ダタは小さくなった彼の背を窓越しに叩く。

『お喋りはそこまでだ。来るぞ。準備しろ』

「そら、おいでなすった」

ダタは運転席に飛び乗って、眇《すが》めるようにして空を睨む。反射塔の遥か上空で、それはおぼろげに目視することができた。

赤い軌線をあとに引き、天から真新しい破滅が堕ちてくる。濁った空の向こうから、膨大な災厄をばら撒くために流星《ほし》が降る。

それは地上を滅するための弾丸だった。伝え聞くところによると、どうやら〈ガニメデ〉と呼ばれる遠く離れた場所から投じられ続けているらしい。

らしいというのは、それについて詳しく知っている者は、もはや地上に誰も残っていないからで……ダタの親の親の親の世代よりもずうっと昔――それこそ気の遠くなるような大昔から、これは続けられているそうだ。見知らぬ異星との、このあまりにも一方的な〈星間戦争〉は……。

現在進行形で撃ち込まれ続けている弾丸は、地上からあっさりと文明を剥がし落とした。これを始めた当事者はもういない。どうしてこんなことが未だに続けられているのか、理由もわからない。誰も知らない。

地上に残った頼みの綱の防衛機構――反射塔だって、今ひとつぼんやりとしている。

謎めいた腐敗《ファウル》モード下にある反射塔は側面から突き出たアーム型機構をゆるく振るい、感知したそれを成層圏の向こうへと強引に送り返そうとする。しかし大抵の場合、それはあまり上手くいかない。アームによって申し訳程度に勢いを殺され、淡く弾かれた流星は結局、地表に叩きつけられることになる。

赤々と燃える星がアームの上で鮮烈な光を吐き出しながら弾け、そのまま地平に吸い込まれていくさまはぞっとするほど美しく、地表に甚大な被害を齎《もたら》すことを除けば、ダタだってその光景を、手放しで綺麗だと思うだろう。

でも、もう沢山だった。うんざりするほど繰り返されてきた不毛なこのやり取りに、これ以上つき合ってやるつもりはなかった。

アクセルの真上に足を乗せる。暖機は十分。いつでも飛び出せる。

『始まるぞ！』

キマサの通信と呼応するようにして、それは始まった。

それは地響きを伴う。堆積した塵と錆を盛大に引き剥がしながら、蛞蝓《スラッグ》モードに移行した反射塔がその機能を作動させる。永きに渡り、緩慢に流星を弾き逸らすだけだった無体な機構が、ダタたちの目の前ではじめて動的に駆動する。ごうと空気が唸り、凄まじい勢いでアームが唸る。流星目掛け、掬い上げるようにしてその末端を振り上げる。

直後、接触。星が、爆ぜる。

上空で衝撃波と閃光を撒き散らし、散弾のように破砕された流星が飛散する。ダタたちはその「核」となっていたものが凄まじい速度で天に向かって打ち返されるのを確認して――「行く、ぞぉ」

蹴飛ばすように、アクセルを踏み込んだ。

地面に埋め込まれた白い〈五角形〉を起点として、車輛は猛加速する。その直線運動の先にある次の〈基地点〉を目指して。

「それにしたって、相も変わらずぴしっと狙ってくるね」

反射塔と砕け散った星の名残りを彼方に背負いながら、ダタは呆れるように目を細める。

およそ三年に一度の周期で撃ち込まれてくる弾丸の、その軌道は恐ろしく正確だった。

「攻撃が周期的なのは地球とガニメデの会合周期――つまり、ふたつの星がもっとも接近するタイミングに合わせて、この攻撃が行われているからだと思うけど……」

速度に怯んだように、胸の前でぎゅっとシートベルトを掴みながら、カサトは続けて、

「それ以上に不思議なのは、撃ち込まれてくる流星の進路が、減速と大気圏突入回廊への進入経路を巧みに採択した上で、狙い違わずぴたりと反射塔へ向けられ続けていることだと思う。それはつまり、これをやってる人たちが凄まじい技術力を持っていることの証拠だけど……それにしたってあまりに不条理な部分が多くて、いや、もとよりこんなことをやる人たちに、ぼくらの常識を持ち込む時点でナンセンスなのかも知れないけれど……」

「ようするに、まともじゃない、ってコトでしょ？」

ダタは苦笑して――なんにせよ、今の地上にこれを阻止する方法はなかった。

積年の星間攻撃によって宇宙航空技術が失われてから久しく、頼みの綱の防衛機構、反射塔の機能も抜本的な解決策にはならない。ただ巻き上げられる土砂によって徐々に進行してゆく寒冷化と各種地殻変動によって、人類は淡々とその歴史に幕を降ろしていくのだと、誰もが信じて疑わなかった。

当然、ダタも無力なそのひとりだったが――だけど、今はもう違う。

「恐ろしく頭が良くて技術があるのに、だのに連中のやり方が、攻撃のやり方としては全然利口じゃないってことは……」

「うん。辻褄は合っていると、思う」

何故なら、ついに彼女たちは発見したからだ。この理不尽な戦争《ゲーム》に抗うための、起死回生の手段を――たぶん、だけれど。

「――第一中継点、通過！」

直後、目視した基地点の端をタイヤで踏みつけ、速度を殺さず進路を変える。事前に調査は済ませてある次

の基地点で、およそ二十キロメートル。

恐ろしく順調だった、今のところは。

「このまま、何事もなく最後まで無事に周回できれば良いんだけど……」

助手席で、カサトは不安げに息を吐く。上手く行けば、小一時間程度でこの儀式めいたすべての行程《ランニング》を終えることが可能だったが……。

「まぁ、まず無理だろうね」

他ならないカサト自身の研究が確かなら、恐らく、これから連中の反撃が始まることになるだろう。そしてもしそれが実際に起きるのなら、その事象自体が証明となるのだ。

この一年間、ダタたちが辿ってきた道筋の、その正しさの――。


「――これは飽くまでも仮説だから、話半分で聞いて欲しいんだけど……」

ダタとキマサを呼び出したカサトは、ふたりに古ぼけた本を見せた。

「これは大昔の、スポーツや競技のルールを書き記した本なんだけど……」

「それがどうした？　お前らみたいな木《こ》っ端《ぱ》と違って、俺は忙しいんだ」

目の前の書籍に、キマサは軽蔑混じりのまなざしを向ける。堆積した前時代の遺物を発掘調査する〈史視《しみ》〉の一員であるカサトとは対照的に、キマサは流星に対処するための知識体系を維持する〈星見《ほしみ》〉に属している。

技術に資源、食糧生産に各種インフラ……すべてが劣化してゆくこの時世において、人類が生き永らえるための現環境を保守管理する自らの職務に、キマサは絶対的な矜持と責務を持っている。とりわけ、反射塔はその象徴だった。

しかしカサトは臆することなく、前のめりになって語らい「ふたりとも……〈野球〉、って知ってる?」

「知らん」「なん、それ」

「投じられたボールを、打者が棒で打ち返すゲームなんだけど……」

カサトは発見した〈野球〉のルールを早口で捲し立てた。はじめこそダタたちはうんざりとその説明を聞き流していたが、次第に気がつく。自分たちを取り巻くこの構造に対する、酷似を。

「まさか貴様……今のこの状況が、お前が見つけた、『それ』だというつもりか?」

おずおずと、カサトは頷いて「走者がいないと、ヒットを打ってもゲームが進まない。だからきっと、反射塔は待ち続けているんだ。ファウルで粘り続けて、強打《スラッグ》するために。誰かが、スタート位置につくのを……」

「んな、アホな」

彼の話はあまりに胡乱《うろん》に過ぎて、正気とは思えなかった。しかしキマサは「……そうか、そうかも知れないな」と彼の荒唐無稽な話を笑い飛ばすことなく「それで俺に何をして欲しいんだ? 言ってみろ。手を貸してやる」と、異様なまでの物分かりの良さをみせた。

「えっ、狂ったの?」

「そうだな。強いていうなら……これ以上、狂っている何もかもに、大真面目に付き合ってやることに、疲れた」

キマサは自嘲するように口角を持ち上げて——それから事態は、一気に動きだした。

彼自身も飽き飽きとして、倦んでいたのだろう。それからキマサは方々に、驚くほどスムーズに手を回して、カサトの発見と考察をもとに発掘調査を開始した。

程なくして彼らは、反射塔付近に埋め込まれていた五角形のモニュメントを含む等間隔で結ばれた総計四つの〈基地点《ベース》〉と、地下に埋まっていたスコアボードを発見して――このゲームを終わらせるための準備が、整い始めていた。


「――しかしなんでまた、昔の人はこんなことをしようと思ったんだろうね」

ダタたちの行程は着々と進み、すでに二つ目の基地点を通過していた。

「何百年も昔のことだけど、この地域でアマチュアの試合が行われていたらしいんだ」

此度《こたび》の大規模調査によって、新たに出土した情報をまとめた目録を捲《まく》りながら、カサトは答えて「それは記録的な、何日も何ヶ月も何年も延長に次ぐ延長を重ねて……ちょうどその頃に流行っていた人体改造技術を用いた強化人間たちが選手として投入されたところまでは、いちおう記録が残っているんだけど……」

「で、決着がつかないままそれが高じて、どんどんスケールが大きくなって……そのうちどちらかのチームが異星人と手を組んで、現在進行形で星を跨いで〈試合《ゲーム》〉を続けてるってコト？　ハ、馬鹿らし……」

「本には、『野球に勝つためには何をしてもいい』って書いてあったけど……」

「だからって、さぁ！」

途方に暮れるようにして、ダタが天を仰いだときだった。

『――喜べ。お望みのものが観測されたぞ』

キマサから、通信が入った。

『第三宇宙速度でかっ飛んだ打球は大気圏を抜けてデブリに跳ね返ったあと、守備に捕球された。大気圏外から、異星の無人機が突入している。捕球したボールを持って、〈走者《ランナー》〉目掛けてまっすぐ突っ込んでくるぞッ！』

ダタは視界の端でそれを捉えた。赤熱した流星が、再び頭上に舞い戻る。トロヤ群に配置されていた異星の守備装置《アウトフィールダー》が、真上から降下する。

直撃すれば、間違いなく死《アウト》。文字通り死ぬことになるだろう。

「やば……手、震えてきちゃった、な」

車輛はすでに三つ目の基地点を踏みつけて、あとひとつ。このままスタート地点まで生還すれば、得点となる。となれば、あとは最後までこのまま愚直に直進するだけで……ただそれだけなのに、胃の奥から冷たさが込み上げてくる。息が速くなる。

なにかひとつ過《あやま》てば、台無しになる。死に繋がる。そう思えば、込み上げてくる恐怖が奥歯を鳴らして――いや、違う。死ぬことよりも恐ろしいことは、ここでしくじり、このゲームが更に〈延長〉されることだ。

怖い。急かすようににじり寄る恐怖は、ステアリングを握る指の先で暴れ出して――ダタはそれをなんとか飼い慣らそうと、ぎゅっと唇を噛み締める。落ち着け、落ち着こう。大丈夫、きっと上手くいく。きっと、大丈夫だから……。自分自身に、必死にそう言い聞かせる。

けれども、駄目だった。どうしようもなく身体のあちこちがぶるぶると震えてきて、目の奥から、じわりと熱い水が染み出して――そしてダタは、それを目撃する。

「行け行け！」「あと少しだ！　気合入れろ！」「がんばってっ！」「そこだ！　一気にまくれ！」「ぶっ殺せ！」

最初にして最後の基地点の前に、大勢の人だかりが出来ていた。

それは星晃や、噂を聞きつけて地下街から上がってきた人々だ。押し寄せ、野次を飛ばす者たちの中にはキマサも混ざっていて「回れ！　回れ！」と声を張りながらぶんぶん腕を回している。それを見てダタは「――

みんな、アホだね」

目の端を拭いながら、ぽつりと呟いた。

「そういうの、死んでも直らないらしいよ」

「だったら命ある限り、一生このまま、ってコトかぁ」

ダタは小さく笑った。カサトも、あのキマサも、ここに集った誰も彼もが自分と同じ気持ちを抱えているに違いない。

天災の類だと、人の手では抗えぬものとして誰もが諦観してきた災禍に対して、はじめて人がその仕組みを解きほぐし、真っ向から立ち向かおうとしているのだ。それはささやかな願いで、祈りで——人間が無為でちっぽけなものではないと、そう信じたいのだ。みんな同じだった。みんなどうにもならないことを少しでもどうにかしたくて、だから矢も楯もたまらず、こんなところまで出てきてしまったのだ。

そう思えば、にわかに恐怖がやわらいで……ああ、そうだ。仮にここでドジを踏んだって、みんなけっこう気合入ってるから、自分じゃない次の誰かが、次はもっと上手いことやってくれるかも知れないから、だから、気楽にいこう。

そんなことを考えながら、ダタはなめらかにギアを入れ替えた。

「着弾するぞ！　よけろ！」

キマサが叫ぶ。直後、首筋に、ざわりと冷たい気配が触れて、真上から、赤熱した金属の塊が迫ってきていた。その末端には、冗談みたいに白い球が取りつけられていて——「こな、くそ！」

限界までアクセルを踏み込み、最大加速。向かい風が叫んでいる。車輌は異常な悲鳴を上げて、いよいよエンジンが焼け始める。それでもダタはやめなかった。今にもバラバラになりそうな速度を抱えたまま、歯を食いしばって距離を削り、そして目と鼻の先には最初にして最後の基地点があって――刹那、世界が爆ぜた。

土砂混じりの熱波が肌を叩き、意識が磨滅する。重力の軛《くびき》から切断されて、浮遊感が全身を覆う。車はおもちゃのように裏返り、押し出されるようにダタたちは地面に投げ出され、ごろごろと転がる。押し寄せる痛みと熱さの奔流に洗い流されながらも、それでもダタはなんとか意識をこの場に繋ぎ留め、無限にも思われた流《る》転《てん》のその先へ手を伸ばして、無我夢中に差し出された指先が、地面に埋め込まれた白色の五角形に――ホームベースに触れた。

ゲームセット。

爆発的に歓声が沸き上がった。ダタは地面に投げ出されたまま、「ばんざい、ばんざ～い」と歓呼の声を繰り返す群衆の様子を窺って……その中央では、何故だかキマサが集まった人々から胴上げされていた。

そのまま視線を滑らせると、後方には小規模なクレーターが出来ていた。どうやら直撃は免れたらしい。とりあえず、ダタはほっと息をつく。

「まぁ、本当にこれで終わったかどうかは、わからないけど……」

「きっと、終わるよ」

頭上から声がして、すぐそばにカサトが立っていた。額から血が流れていたが、それを拭うこともなく、彼は焼け焦げた金属の塊を抱えている。異星の守備装置だった。

「落下の衝撃でぼろぼろになってるけど、それを差っ引いても、相当状態が悪い。ろくにメンテもされず、ずっと放置されてたみたいだ。それこそ、何十年も、何百年も……」

「ふぅん」ダタは地に穿《うが》たれた、出来立てほやほやの笑窪《えくぼ》を睨んで「だったら、あながちまぐれってワケでもなかったんだ」

「あれだけの科学力を持っていたんだ。それこそ、やろうと思ったら直撃できたのだろうけど、でも、そうはならなかった。だからぼくが思うに、これは意図的に仕組まれた挙動で……〈こっち〉と同じように、〈向こう側〉にも、どうにかしてこの戦争《ゲーム》を終わらせようとした人たちがいたのかも」

「……そうかもね」

「そうだよ。きっと」

それは遠い異星に住まう誰かの、明確な意思表示だったのかも知れない。

理由はどうあれ、戦争には与《くみ》しないという、無言の……。

だとしたら、引き寄せられたこの顛末は、彼らとの渾身のチームプレイだったのかも知れないな。なんて、ダタはそんな所感を抱いて――お疲れ様。長い間、お互いよくがんばったよ。いい試合だった。金輪際、絶対に、二度とやりたくはないけれど。

地面に張りついたまま宙《そら》を見上げ、ダタは見知らぬ〈チームメイト〉たちに、そっとエールを投げた。

おもむろに、基地点の前から直径一メートルほどの装置がせり上がってくる。その表面には、前時代の古代文字が刻まれていて「なんって、書いてあるの？」

「ちょっと待って……どうやら、この試合の勝者に与えられる特別な権利について書かれているみたいだ」

「えっ、やばいじゃん」

「うん。これはほんとうに、大変なことだよ……」

ここまでの大騒動になったのだ。果たして勝者が浴することが出来るのは、絶大なる富と権力か、あるいは深遠なる宇宙と生命の神秘か、果たして――。

ダタは息をのみ、そしてカサトは読み上げる。記された文言を、一言一句、噛み締めるようにして。

【事前ノ取リ決メ通リ、勝者ニハ、向コウ一ヶ月間ニ渡リ、公民館ノ優先利用権ヲ与エル。】

遠くから聴こえるいっぱいの歓声を浴びながら、ふたりは声を重ねて笑った。

私はあなたの光の馬

枯木枕

枯木枕
Kareki Makura

2021年、人工皮膚を導入した社会のある家族を描いた「境界のない、自在な」で第2回かぐやSFコンテストの読者賞を受賞。翌年、Kaguya PlanetとSF同人誌『SFG vol.4』で、世代を経るごとに身体が脆くなっていく世界を描いた姉妹編のSF短編小説「となりあう呼吸」と「ささやかなおとの鳴る」を発表しています。また、この世界を舞台にしたSF短編小説を公募するシェアード・ワールド企画も開催されました。

枯木さんの作品の魅力は、言葉の音、意味、イメージの繋がりと広がりの中で物語を駆動させていく独特の文体。その文体によって、決して明るくはない作品世界の中で、その先を見つめることを可能にしています。

本作「私はあなたの光の馬」は、奇病が蔓延する世界を舞台に息子を亡くした夫婦が二人でつくり出した“あなた”と生活する物語です。

枯木さんは1995年生まれ、宮城県七ヶ浜町出身。趣味は焚き火。第28回ゆきのまち幻想文学賞に入選しています。

　あなたが私たちの子供になって半年も経つ。あなたは、あなたの瞳は、景色や玩具やたべものを、それがもつ用途と結びつけるだけの知性はまだなくて、なんでもくちにはこんでしまう、きょうはケチャップでぜんしんを汚した。赤いケチャップをあたたかいものだとおもっていたあなたは、冷蔵庫のサイドポケットで冷えていたそれにおどろいた。試すようにあたまから被ってしまう。叫びごえをきさつけて、あなたのおもいからだをバスルームにはこんで泡だてる。あなたはシャワーの、ひとつひとつの細かい線の、温度のなさそうな透明を怖がって暴れてしまう。ふりまわした拳が私の鼻を砕く。おおげさにあふれでた鼻血とケチャップでバスルームの床が赤々と光ってあなたは喜ぶ。はじめて果実をまるまる齧った子供の、あられもない歯のみせ方でわらう。息子は太陽を知らなかったけれど、うまれたときからあたたかい色を好んだ。ハイハイできるようになってからはじめてむかったさきは赤い絨毯のうえだったことをおぼえている。まだ五歳だった息子が亡くなったその日も、私たちの目をすり抜け、停車していた真っ赤なセダンに抱きついて、そのまま動いたタイヤにひかれてしまったのだから、赤を好むこと、熱を求めてやまないこのしぐさは、ほんとうに私たちの息子の、こころのままの再現だ。嬉しくて体温があがる。流血がとまらない。このまま赤い血を流しつづけてあなたを喜ばせたい。タオルで包みながら、あなたを息子のなまえで抱きしめる。朝がくるまえにあなたを守る遮光の部屋につれていく。

抱きかかえるようにしておこされた。夏もまだすこし遠いのにおもい汗をかいている。シャツの襟首に塩が浮いていた。室温が高すぎるせいだ。エアコンの設定をすこし低くしようとすると夫は嫌な顔をする。息子はこんなふうに熱で室内の形貌までふやける温度を好んだはずだと夫はおもっている。もちろんあなたも。髪のすきまから汗が流れてくる。エアコンの熱風がとまりそうになると彼はいちどずつ温度をあげる。

さいきんは噛みあわない瞬間もふえた。でも徐々にずれているのは夫ではなく私のほうで、いままであたりまえのようにつづけてきた生活の手つづきに不安になってしまう。このままじゃ不味いとくちが勝手に予言をつぶやく。おかしくなったふりをして、ほんとうにおかしくなる、なんてありふれた穴に落ちる。ぼんやりとしていて落としたマグカップの破片をさわりながら、施しようのなさにうっくつとする。

陽が暮れる。夫は溶けて、瞳に幼く無意味な光を宿しはじめる。夫が消えるまでずっと天井をみている。天井はあおじろくて冷たそうだから、そのうちあたたかい色に模様替えしてあげよう、とおもう。さっきまでの不安なんて忘れている。あなたがあらわれるとあなた以外ぜんぶ眩んで、あなたのために母親の頭脳だけが枝をのばしてしまう。

天井に届くまでのびた、首のながいブロンズ像をおもいだそうとする。こちらが顔をあげないと視認できない高さに頭部、女性の顔があって、瞳は動物のむやみな温度でくすんでいる。あたまに血を届ける首はキリン模様で、表面はあたたかそうなのに流れる血は冷たそうだった。息子はその像を気に入ってなんども手をのばしていた。

結婚するまえからよく美術館をたずねていた。息子がうまれるまでは月にいちどは観覧していたはずだ。とくに隣県の山奥にある美術館は異国の匂いを醸す建築が素敵で気にいっていた。みごもるまえから子供といっしょに訪れたいとおもっていた。日中は外へだせない息子をどうやってつれていこうか迷っている折、その美術館がナイトパーティをひらくことを知り、すぐにチケットを予約した。美術館は夫の地元にあるので、日が暮れたタイミングで高速道路にのって夫の実家に顔をだし、夫の親族もつれてパーティに参加した。絵画だけではなく、おもしろいブロンズ像がたくさんあって、巨大な親指とその傍らに座る天使の像や、タイヤの車軸にされた人の像、下腹部がずれている女性のトルソーに卵がのっている像……興奮してばたばたとふりまわす息子の手足をおさえるのは大変だった。息子は件のキリンの像にいちばん反応していた。ここの展示は三ヶ月ごとに一部いれかわるので、私たちもその像をみるのははじめてだった。

気持ちはわかるけどさわっちゃダメなんだよ、とたぶん確かな意識はない息子の坊主あたまを撫でた。

うま。

「え？」

お馬！

はじめての発話だった。それ以降、息子は亡くなるまでになにか意味のある言葉を舌で再現してみせることはなかった。幻聴だったのだろうか。けれどあの夜、ようやくくちをひらいた息子との未来が嬉しくて、かえりの車のなかで寝息をたてる横顔は希望のかたまりみたいにみえた。朝陽が息子に障るといけないので月がうすれて消えるまえにかえらなくてはいけない。夫は高速道路の運転に集中していたけれど、背なかから期待と喜びがばしゃばしゃ跳ねていて、月光をゆるく反射するバックミラーのなかでずっと微笑んでいたことをおぼえている。

あなたは電球にさわりたがる、熱をほしがっている。息子は太陽をみたことがなかった。あなたもまだ浴びたことはない。部屋をくまなく遮光するのには苦労した。息子の皮膚を守るためにいろんな買いものをしたけれど、特に防護服は値がはった。陽光を遮断するそれはちょっと宇宙服に似ている。サイズは小中学生と成人用のものしか製造されていなくて、いつかこれを着た息子と手をつないであるく日を待ちわびていた。ヘルメット越しには黒くモヤがかかって顔を読みとれない防護服をあなたが着ていると、なかには大人まで育った息子がはいっているような気になる。だからあなたとおそるおそる休日の陽だまりにふみだすとき、時間をとびこえて、息子が大人になるころの、ありもしない人生の成熟をデジャブして、あなたへの違和感を忘れそうになる。

のびてない？　となんどもあなたに問いかける。ヘルメットにちょっとでも亀裂はないか、入念にたしかめながら手をひく。

息子はうまれながら頭皮に種を宿していた。綿毛にのった種は妊婦のからだにはいりこんだあと、ひそかに胎盤からあらわれて胎児にとりつく。検査で症状が発覚したときにはすでに根は息子の脳幹まで届いていて、とりのぞくことはできなかった。細心に接していたけれど、五歳になっても明瞭な思考ができないほどには知能への影響もあった。太陽と汗を与えつづけ苗を育ててしまえば、より重大な障害をひきおこし、最後にはのびた根が脳を抱きしめて宿主をあやめてしまう。種は宿主の肌がすこしでも傷つくと保護するように芽をだす。息子はあたまに宿してしまったので髪がのびて頭皮のうす皮がめくれるとともに無数の芽が生えて、いちいち剃ってあげるのは大変だった。この種はうまれつき肌のよわい子でなければ、寄生されても陽をあたえて根をはらせることなく跳ねのけられる病だ。自分の肌のうすさが息子に遺伝してしまったことを夫はいまだに悔いていて、ときおりもの憂い表情でふさぐ。

息子の症例を奇病と呼ぶには多様な病がふえていて、いまの時代では珍しくない。同じマンションに住む夫婦の子はうまれながら歯茎が勝手に動く体質で、おき抜けにまえ歯の位置にあった歯がお昼すぎには犬歯といれかわっていたりする。ひずむ口内の神経にほだされて、七歳にもなるのに発話が困難らしい。近所の公園でよくみかける女の子はうなじに亀裂があって、おもってもいない汚い言葉をそのふたつ目のくちからもらしてしまう。夫のいとこの子もうまれつきまぶたが厚くて、日中ほとんど起きていられないときいた。

日曜日は夫婦そろって休暇なので、朝からずっとあなたといられる。まえの日に遮光の部屋であなたを寝かしつけて、朝が来たら眠気まなこのあなたに防護服を着せる。手をひいて外にでる。あなたと過ごす散歩の時間は、いつしか生活のなかでいちばんの楽しみになっていた。

散歩途中によった、マンション敷地内の公園で歯茎の子とふたつくちの子、あとは鼻からいつも泡を吹いている子が鬼ごっこをしている。きょうは混ざりたくなかったのか、あなたはベンチから動かない。あなたは歯茎の子とは仲がよくて、ふたつくちの子のことはへんに意識しているからかおちつかない目でみている。歯茎の子とは発話ができないもの同士で、ボディランゲージがたぶんに伴うから接しやすいと感じていて、ふたつくちの子はくち数がおおく弁がたつので、並べられた言葉の連なりをうまくうけとれなくて怖がっているみたいだ。公園から去るとき、歯茎の子がわっとくちをひらいて手を振ってくれる。鼻泡の子もつづいて、ふたつくちの子も控えめに会釈してくれる。三人ともかわいくて好きだけれど、どうしてもあなたの基準で贔屓してしまうので、歯茎の子の元気ながちゃ歯はいつも光ってみえる。

なんの規則性もなく、ざつぜんと草木が入り乱れている。この河原には散歩の終わりにかならずたちよる。ここはさむい土地だから、たいていはひとつの植物がいち面をおおいつくしている。群生している植物をみつけるとあなたは避けてしまうのだけれど、陽あたりのつよいこの場所の、乱雑な草花のなかには無防備にはいっていけるようだった。あなたはとりどりの花の氾濫する、色彩のおおい場所に腰を下ろす。荒草の花があなたをとり囲んで風にゆれ、あなたにむかって顔をちかづけるように花びらを隆起させる、あなたは掴みとってそれらを編む。つくりあげた冠をヘルメットのうえに飾るけれどすぐにずり落ちてしまう、もどかしくすりよってくる草木におされてあなたは地面に寝転んだ。

河原は風がつよくて目が乾く。あなたをみているとき、あなたに視線でふれるときは、乾いて痛むまで目を離せないでいる。いまも、ほんのすこしでもまぶたを落としてしまえば、あなたは草木のあいだにのみこまれ、ひしめく雑木林のなかでなまえも知らない植物になって、視界からたち去りみつけられなくなる気がして、あなたを途切れさせるまばたきをゆるせない。見逃したせいで息子を失った記憶に両目を強迫されている。あなたをふくんだ風景の連続をみているあいだだけ私は私をゆるしていられる。

あなたは草木たちの王様になるのをあきらめて、私のあたまに花の冠をかぶせる。河の水がきらめきを失い、西日のカンデラもよわまりはじめた。そろそろ街灯がかすかに気配をあらわす時間になる。いつまでも草木と戯れているあなたを街明かりのほうへひくと、寂しそうに足どりをおもくする。

洗面台のよわい照明をたよりに、化粧水を肌に叩く。あいまにSNSをのぞいていると、私と夫を気味悪がっているると遠まわしに伝える内容の投稿をみつける。それに同意する投稿の群れもザッピングしながら読んでしまう。発信者は歯茎の子のご両親のアカウントで、もとから懇意ではなかったけれど、あなたをつれあるいたり公園でほかの子と遊ばせるようになってからは怪訝な顔で睨まれるようになった。そのアカウントをのぞくと、たいてい歯茎の子の写真で、でもすべてくちを閉じたショットだ。投稿は脚色めいた内容も多い。きょうはこんなことを喋りました、と歯茎の子が発話した内容が記されているけれど、その子から意味を読みとれるこえをきいたことはいちどもない。歯茎の子の親を囲う人たちもわざわざそこにふみこむことはない。さいきんは誰もがやさしいので、傷口がみえるところにひらいている人を叩こうなんて誰もおもわない。

乳液もすんだあたりで、夫に電話がかかってくる。応対する夫はすこし苦しそうだ。相手はたぶん義母さんで、罵倒気味の、マイクのスピーカー越しに強火でまくしたてる口調がきこえてくる。通話を終えると夫はソファに体重を乱暴にあずけてひたいを揉んだ。

怒ってた？

うん。

そっか、義母さん、
もうずっと怒ってる、すごいよね。

そっか。

ごめんね、俺の母親、
母親だからだとおもうよ。そして祖母だから。

なんだか家事をする気、私も夫もおきなくて食事はカップラーメンで済ませてしまう。洗濯ものもあしたへ放り投げて寝支度だけこなす。でも今夜にかぎってあなたはなかなか寝つけず、空腹もあいまって機嫌をそこねてしまう。あなたをあやしたあと、けっきょく深夜にフライパンを握るはめになる。

かたまるまえの、熱で泡だち流れる油のおとがここちいい。中華鍋のうえで木耳と豚肉と人参ねぎタアサイは調味料とからんで上手に踊り、そのなかでふわふわの卵が魔術的に膨らんでいく。得体のしれない輝きを放つ花椒をちりばめられ、舌を誘う匂いとともに配膳される。箸でつついただけで具が吸っていた旨味を滲ませる。美味しい。けれど、これをたべたら喜ぶだろうあなたの顔をおもいうかべているうちに、美味しかったはずの味も忘れて、いつのまにかぼんやりと動く箸だけ視界のなかで大きい。むかいあって青椒肉絲をつつく同僚から苦言がとんでくる。

きいてました？

きいてなかった。

オープンカウンター式の小綺麗な中華レストランで、派手に中華鍋をふるう厨房ものぞける。息子を失ってから外食がふえた。むなしい贅沢だけれどもう慣れた。同僚が海外ドラマの話をしはじめて、ああこの子ときてたのだとようやく顔がはっきりする。あなたのことばかり考えているからか、職場での記憶、あなた以外の時間がやけに乏しい。いまも進行形でぼんやりしている。同僚のくちから語られる内容もうまくはいってこない。

あ、興味ないですね？

……うん、ないかも。

お勧めなんだけどなあ、といいながら同僚は話題をきりかえる。彼女とはあけすけに話せるし、お互い家庭があるけれど、話題がその方向にいくこともあまりないから気楽でいい。

そういえば、舞台でるんですけど。

あれ、久々？

そうですね、いち年ぶりなんで。

いこうかな。

珍しいですね、はじめてじゃないですか？

彼女はいち年ほどまえから趣味で劇団に所属している。客として舞台をみたときある俳優に惚れこんでそのまま入団したらしい。

演劇なんて興味なかったんですけどね、その舞台をみるまでは。

そんな凄いんだ？

難しいですけど、こういう好きを伝えるの……。

まあでもみたいから行くよ、とここのランチをご馳走する条件で舞台に招待してもらう。

もう七ヶ月にはいったんで私は裏方出演ですけどね、とお腹をなでる。だいぶ膨らんできた。そろそろなまえも考えはじめているだろう。妊娠中期の終わりはとにかく気だるく、とめどなくあがる体温であたまもぼんやりして、趣味に時間を使うなんてやりたくてもできなかった。胃も狭くなってたべられなかったから、彼女のお皿が空いているのにもおどろく。すなおに感心してしまう。

裏方ってなにするの、照明とか？

炎の役です！

炎？

あまり動かなくて済むので。

ほんとうに炎の役らしい。きいてもよくわからないけれど、燃やしっぷりを楽しみにしててください！　とはつらつな彼女は眩しくていい。きっと強い子がうまれるんだろうな、ともう勝手に祝っている。


義母さんのしわがれた手が燃えている。皺のひとつひとつが熱をおび、粘着質な汗を滴らせている。義母さんの手は息子の部屋をかきまわし、目についたものから壊してしまう。馬の玩具に手がのびたとき、切実にとめようとするけれど、こえをあげる暇もなく簡単になげすてられてしまう。その馬を象《かたど》ったのりものは、はじめて喋った息子に喜んで義母さんがみずから買ってくれたものだ。木造りの馬は執拗に叩きつけられ、たてがみはわれて足は折れてしまう。義母さんの手にたちむかえない。どんな表情でいるのか、義母さんの顔をのぞけない。いまこの光景から逃げてはいけないはずなのに、うつむいてまぶたを閉じてしまう。家族三人でうつった写真だけをバレないように抱えてうずくまる。気づくと泣いている。あなたは戸惑っている。きょう義母さんがとつぜんたずねてきたとき、あなたはあなただった。あなたがあなたであろうと生活していることを義母さんは知っていて、普段はこんな暴力とは無縁な人のはずなのに、義母さんのまえでもあなたであるあなたをみた途端、たしかに義母さんの背後が冷えていく様子を目撃していた。それでもあなたは頑なにあなたであろうとして、きっとそれは私のためで、その約束のために、息子が保存されたこの部屋が粉々になるおとを黙ってきいているしかない。

義母さんが去り、荒れ果てた部屋にいると刻々と悲しみがもち重りし、たちあがれないまま顔をうずめた腕のなかでずっとうめいていた。半睡のなかでずっと義母さんにむけた言葉を考えていて、なにかをつかんだと確信した数秒後にはすべて泡になって消えてしまう。まともに眠れないままで、気づくと外がかすかに明るい。適当に朝食をつくってリズムをとり戻そうとするけれどうまくできない。息子の部屋を片づけようとしても、ベッドで眠るあなたと荒れた部屋のあちこちが目にはいりからだがおもい。リビングの窓をあけるとほんとうは朝なんて訪れていなくて、街灯がうるさい、繋ぎ目だらけの、できそこないのくらい夜がひろがっている。

くらやみに亀裂があるようにみえるけれど、ただ幕が破れているだけだ。ずいぶん年季のはいった劇場で、幕のついたライブハウスといった風貌。席はなくたち見で鑑賞するようになっていて、まばらながらも観客で埋まっていた。古びた幕があがると、舞台袖に群生させたススキと模造紙の月でつくられた原野があらわれて、その古拙な風景のなかで老人と虎が戦っている。老人は着ている中華服をはためかせながら槍の一撃でかんたんに虎を殺してしまう。かなり派手な動きで、殺陣があるんだ、とすこしおどろく。けれどしばらく激しい格闘はおこなわれない。老人は数人の弟子を育てている。弟子のなかでいちばん背の低い少年は、老人の姿を追いながらなにやら青い手記に綴っている。退屈な修行風景が数分つづいた日常のさなか、老人は謀られ毒で殺される。弟子たちは散り散りに老人の遺体から離れていくけれど少年だけはずっとそばにいる。時代がめまぐるしく移りかわって、二十世紀中期の中国に移っていく。やけにつくりものっぽい髪型の毛沢東が舞台袖から垂れ幕を抱えた従者をつれてあらわれる。百花斉放百家争鳴、大躍進政策、両弾一星、と書かれた垂れ幕がめくられるたびに人々は弾圧と飢餓で潰《つい》えていく。生き残りつづけた少年は青年になり、武術家として大成して所帯を持つ年齢になった。彼はいつも件の青い手記を携えている。垂れ幕が文化大革命と毛筆で書かれたいち枚でとまり、赤い書物を携えた若者たちが暴れまわる。すごい演者の数でおどろくけれど、観客も赤い書物をわたされて上手下手の両方から流れこんでステージ上の暴動に参加させられていた。書籍は破られ絵画は泥をぬられ楽器は折られ政治家は喉を踏みつけられて教室の黒板は粉砕される。赤い若者たちはとまらない。老人の弟子である武術家たちも虐げられる。青い手記の武術家と、その妻と子供も暴力に晒されて、妻は子を庇って腕を折る。武術家は荒々しく暴れまわる。けれど、徐々に理性的な動きに体幹が移っていく。身のこなしが師の老人に近づいていく。格闘しながら、筋肉のつき方から産毛のはためく速度からすべて、なにもかもが彼の肉体のうえで再現される。彼は生き延びて妻と子を逃すけれど敵はどこまでも追ってくる。彼は囚われる。奪われた青い手記に火がくべられる。手記が燃える速度で彼の肉体が失われてゆく。彼が膝をつくとより大きな炎が舞台を埋め尽くした。からだはどんどん失われ、彼は先ほどから観劇していた主役とはおもえないほどよわり果てた。場面がかわる。月夜だ。ススキがゆれている。老人が椅子に座っている。椅子の足から燃えあがり、少年は必死に書きとめようとするけれど書いたそばから手記も燃えてしまう。老人が完全に火に包まれ、すすけた影になり、よわまる照明のなかでは影さえかたちを保てない。さいごにぶわっと燃えあがった炎を落ちる幕の袖がたち消した。

簡易テーブルにたてた蝋燭に主演俳優が火をつけてまわる。舞台自体はお昼をまわったタイミングで終わり、きょうは公演の最終日だったから、お祝いをかねた立食会が催された。あの部屋からすこし遠ざかっていたくて、終演後の人の流れにのって参加することにした。炎役をみごと演じきった同僚は疲れた顔をしていたけれど、ほかに知りあいがいないことを気づかってそばについていてくれた。主演俳優によかったですよとこえをかけると、かなり控えめな会釈がかえってくる。舞台中の、どのシーンの彼とも異なる印象だった。

けっこう地味な感じなんだね、と同僚にいう。

あー、くち数も少ないですから。

演じているときと全然違うね。

だから凄いんですよ。演じている姿に惹かれるってわけでもなくて、元ネタの歴史の背景とかが好きってわけでもないんですけど、彼がこの役をこの舞台で演じているとき、その再現されるものは、なんか、あたらしい人が、実在した人の歴史と彼のからだを借りてあたらしい人がうまれるっていうか……架空のものなのにより輪郭がはっきりしてて、惹かれるんですよね。

この舞台は脚本も主演の彼が書いているのだと教えてくれる。劇中の武術家は彼のお祖父さん自身で、彼は祖父の晩年に語ってくれた話をもとにこれをつくりあげた。この演目の、彼でも彼のお爺さんそのものでもない、演劇する、その磁場でのみ発生するあの武術家の表現をみるためにこんなに人が集まっている。またくるね、と同僚にいう。さいごの炎もよかった。どうやってあんなふうに偽ものの火へ熱を与えているのだろう。

たくさん練習したんですよ、ねえ？

同僚の子がみずからのお腹をなでると一気に破水してしまう。羊水の匂いが一歩おくれて会場にみちる。この甘酸っぱいのに生くさい匂いを嗅いだことのある人だけがことを把握して彼女に駆けよった。まだ臨月には遠い。はやすぎる。大丈夫だよ大丈夫と自信なさげなこえがあやふやな輪郭できこえる。横たわれる場所をさがす。誰かが救急車を呼んでと叫ぶ。清潔なタオルもないので、きょうつかわれなかったきれいな衣装を敷いて横たわらせた。破水した母親に対してあとはなにもできないから、会場が一帯となって手をこまねいている時間だけおもくながい。ようやく救急隊員が駆けつける。誰も怒っていないのに不安から怒号がとんで、救急車のバックドアが閉まる。

靴を脱いで扉を閉めると、部屋が自然光でやけに明るい。息子の部屋をのぞくとベッドにあなたはいない。遮光カーテンのところどころに細かい穴があいていて、荒れ果てた部屋に光がもれている。まごつきながらあなたをさがす。目が乾く。動悸の一拍目であなたをみつける。あなたはリビングの中心でからだを崩して、円形に配置された枝に囲まれている、太陽がうすい雲を脱ぐのをじっと待っている。陽をおさえていたベールを風が剥がしてしまうと、量感のおもい光の波がさっとおしよせ、ベランダをのみこみ溝の雑草をおどらせながらフローリングに這いずりこんで部屋全体を照らした。光を浴びたあなたはからだをおこして床から萌動する、太陽を拝むようにしてたちあがった上体がゆれて蜃気楼めき、あなたの瞳はほんとうの熱を宿して嬉々とした。陽の熱にゆがんだ枝が伸縮してあなたに絡みつく、根をはるようにたれさがっていた両腕はするどいものを選んで枝をかかげた。息子のあたまの木々が生えるはずの位置、種の埋まっている場所に枝の先端を差しこんでいく。肉と頭蓋を破るおとも光はのみこんでしまう。あたまから枝を生やした私の息子が微笑んだ。息子のやわい肌に反射した光がなつかしい乳色の匂いをはなって誘惑してくれる。抱きしめた息子から、もう失われたはずの匂いがよりつよく薫ってむせぶ。目のなかにみなもがはって視界も時間もぜんぶぼやける。慈愛がからだのなかで乱反射してしまう。この子のためなら人生を奪われることすらいとわず、私は私と私以外のすべてを生贄にさえできる。息子はみずからの生を完成させようと枝をあたまの奥にすすめる。私の目はそれに歓喜しているのに、指はやにわにそれを塞きとめ、枝を慎重にひき抜いて床に放りなげた。枝の鳴らした、輪郭のあるおとで部屋の温度と明度がさがる。瞳にあらわれた夫が困惑している。そこにうつる私もまたわけのわからない表情をしているはずだけれど、はんぶんの確信もないまま、でもはっきりと舌は動いてくれる。

「やめよう」

「やめるの？」

「あの子はもういないから」

鳥のこえがきこえる。部屋から払われた陽のすきまから、薄明のあとの時間が沁みこんでくる。大きかった影もぼやけて、街の照明が目を醒ますほんのすこしまえにだけ訪れる本物のくらがりに部屋がかげる。ベランダにとまった鳩がまだらに斑点の浮いた橙色の花を咥えて歌っている。夫を抱きしめるための位置に、抱きしめてもらうための位置にからだをよせる。

「さびしいだろ」

「あなたがいるから」

「あなた？」

「私たちでつくったあなたがいるから」

夫はときほぐれた顔で私をみつめて、またすぐにあなたの表情を蘇らせて顔の皮にあたらしく孕みながら、あたまから流れて滴った血にひきずられて意識ごと床にこぼれ落ちる。


点滴の打つおとは退屈をとおりこして、その単調なリズムで不安をあおる。上司にしばらくの休暇を申しでたあと、ただそばで夫の顔をのぞきこみながら、その肌のうえで私の、私たちのことを考えていた。夫はまだ目覚めない。いずれ意識は戻る、と医者にいわれてもう数日経つ。座っているのにも疲れて病室をでる。この総合病院に破水した同僚も搬送されたことを上司から知らされていて、迷惑かもしれないとおもいつつ受付で彼女の容態と部屋番号をたずねた。

彼女の体調は産後にしては奇妙なほど芳しい。でもひどい顔だ。単純な産後の疲れなどではない、悪い夢を網膜のスクリーンに投射されつづけている、いままさに不幸に憑かれた人のかげり方で表情を歪めている。いつも明るい彼女のかけらもない。連絡もなくたずねたのに、彼女は怪訝にすることもなく一応の笑顔で会釈してくれたあと、ある種の問題をひきつれてうまれた子供たちの部屋のまえに案内してくれる。新生児集中治療室はガラスばりになっていて、室内にはおびただしい数の、四方に穴の空いた透明のケースが並ぶ。なかには様々な赤ちゃんがおさめられている。うまれたてのやわらかい肌からぱちぱち発火して赤い斑点をひろげている子もいれば、目を離したすきに分裂してしまう子、左肩から植物の芽がのびている子、紙のようにからだが希薄な子、すこし浮遊している子、顔に深い穴があいている子、同室の子たちに緊張して泡をはいている子、皮膚にはいりこんだ虫に神経を撫でられ痒そうな子、耳が石のように固まり塞がっている子、複数の的が痣として浮かんでいる子、ながい針のような体毛で肌が埋め尽くされている子、誰ひとりとしておなじような子はいない。

あの子です、と彼女が指した赤ちゃんはいっけんなんの問題もないようにみえるけれど、心臓のつくりがおかしいのだという。右心房と左心房のあいだにある弁が右に大きく落ちこんでいて、いまのところ手術困難な重篤である可能性が高い。うまく呼吸できないかも、走れないかも、あるくのさえつらいかも、どうすればいいですか……とうめく彼女のまぶたはおもい。ぱっとみても気づけないし、わかってもらえないかもしれません。病気のこと、苦しいこと、誰にもわかってもらえないかもしれない。

呼吸器の管をくわえた赤ちゃんがガラスケースのなかでからだを揺らしている。とてもかわいい。そのとてもかわいいに母親がひきさかれている。
それになんか、呪詛っぽくなっているんですよ。
うん、
あんなに、お腹を蹴られるとき、とんとんってノックされるたびに、はやくだしてあげたくて仕方がなかったのに、
うん、
なんだか私、ちゃんとうんであげられなかったこともつらいし、早産だったことなんて心臓には関係ないのに、先生がそういってたのに、私、はやくだしてあげたいなんておもわなきゃよかったとか、そんなこと、
うん、
そんなことから、もうなんだかうんであげ、うまなきゃ、うまなきゃよかったのかな、違う、こんな私がうまなきゃよかったのかな、っておもってしまうんです。でも、たぶんあとちょっとしたら、私は私の赤ちゃんも呪うのかもしれない。
うん、
ひざまづいて彼女の顔を両手で抱える。ひたいをあわせる。彼女の涙を吸いとってしまう。みなもをあわせて血管と臓器で繋がり一体になった私たちはつらくてたまらないのを吐きだそうともがいてもあたまの後ろの奥からどんどん締めつけるような痛みがみちて嗚咽がとまらない。私たちはお互いの髪をひきあい、化粧を剥ぎとり、皮膚をのばし、腹を痛めつけ、腰の骨を砕き、沸きたつ熱で疲れ果て、痛みにのたうち吐きだすもので肌を汚して獣のこえで泣き叫ぶ。呼応するように集中治療室の赤ちゃんたちも泣きだす。無数のこえにガラスまで大きく揺れる。たちあがって赤ちゃんの群れを眺める。かわいい、と私たちのどちらかがいう。なんで

こんなに、私だってきついのに、こんなのわけがわからなくなる……。ガラスに映った私たちに、子供たちの発火する肌や植物の芽が、顔の穴や針のような体毛が重なってみえる。ガラスに映った私たちの顔は疲れきり、目は落ち窪んでいるのに、子供たちから病を被ったぶんだけ不気味に輝いている。怖い、こんなの。知らない人みたいだ、私ごとうみなおされたみたいな……。それでもガラスのなかで、かわいいに惑わされて眩んだ目があまりにも柔らかくわらう。涙を乾かした私たちは逸《はぐ》れて、冷えたあたまで向いあう。

「どうにもならないよ」とかろやかにいってしまう。こえが廊下に響いて自分でおどろく。「こんなにかわいいものを」

「じゃあどうすればいいんですか？」

「あきらめて苦しむんだよ」

「たえられるかな、そんなのずっと……」

「大丈夫だよ、ひとりでうんだんじゃないから」という。「ひとりで赤ちゃんをうむなんて嘘だよ。ちゃんと、その赤ちゃんがうまれることをのぞんだみんなで呪われるから」

「そっか」

涙のあとがやわらかくて嬉しい。疲れたまま苦悩を忘れたからだで、赤ちゃんたちの泣き叫ぶこえをすこしでもおしかえすようにけらけらとわらう。

「ていうか先輩、きゅうに私のあたまつかんだりして、いつもよりこえ大きいし、さっきちょっと怖かった。おどろきました」わらったあとで痛そうな喉をおさえながら、ほんとうにおどろいていて失礼だ。「いつもぼんやりして、人の話もまともにきかないのに」

惑わせてくれる子が眠っているから、醒めているだけだ。きこえる自分のこえがこんなに大きいのは、息子やあなたのための私としてうまれてからはじめてで、でもそんな私を破棄して、はやくこの明晰さを失ってしまいたい。私は私のわがままを、あなたの蜃気楼のなかでだけぜんぶ叶えられる。ずっとあなたを依代にしたまぼろしのなかで、眩んだ盲目のまま生きていていい。

日々の風景のゆるぎなさは、まるであの日は白昼夢だったかのように記憶に振る舞う。退院した夫は健やかだ。しばらく仕事を休むことにした夫は料理に凝りだし、珍しい調味料を買い集めたりしている。料理当番を無視して夫ばかり料理をつくるから暇になり、夫の実家に手紙を書こうとおもいたつ。便箋を買ってくるけれどなかなか進まない。ゆるい決別かもしれない言葉を書いては破る。手が震えるから書き損じに気をつけようとするけれど、夫のつくる晩御飯の匂いが美味しそうで集中できない。草木の匂いはそろそろ夏を帯びはじめる。河原近くに自生しているオニユリが景色をあたためる。夏草で埋まる散歩の景色にひきずられて距離がのびてしまい、同僚に教えてもらった中華料理店まであなたをつれていく。あなたはスプーンを上手につかえなくて餡をおなかにこぼしてしまう。火傷はしなくてよかった。わらいながらスマホで撮影して、かえったら夫にみせてふたりでもっとわらう。写真をみるとうっすら髪も生えてきてますますかわいい、同僚の赤ちゃんはよくわらう子のようだ。ばっちり魅了された夫婦もいっしょにうつっていてふたりの笑顔はもっと眩しい。二頭の馬をみつけてあなたはたち止まる。商店街の催しでかりられてきた二頭のポニーは羽の飾りものをつけられていてチープにかわいい。ポニーがひいている馬車にのせてもらえたからあなたは喜ぶ。右手の子は落ち着いているのに、左手の子だけやけに下品にばたばたしていて、荒っぽいほうを気にいる。その子が羽の飾りを吹きとばして地面にもたれようとまでするので調教師は困っているけれどますますそのポニーを好きになる。

調教師はその荒々しいポニーばかり選んで撫でる私たちに憐れんだ顔をむけるけれど気にしない。あまり馬っぽくない、記憶は信用ならないなとおもう。ふたたび訪れた美術館で、息子が気に入っていたブロンズ像をみたけれど、キリンの首から下は女性のからだで、下腹部からひきだしがとびだしているだけで馬っぽさはまったくない。あのとき息子は馬じゃなくてママとでもいったのかもしれない。だとしたら私はどんなふうに息子の目にうつっていたのか気になるけれど、でも馬といったことにしてしまう。だからあなたは馬が好きだ。そもそも息子は曖昧なまま生活から逸れてしまったのだから、ほんとうの息子のこころなんてわからない。もしかしたら息子ではなくて、女の子だったかもしれない、もしくはもっと違った、あらゆるかたちの、無限の、ありえたかもしれない子供についてもう考えない。馬が好きだったのか、馬に乗りたかったのか、それとも馬になりたかったのか、そんなの永久にわからないのだから、私たちがのぞんだあなたを造形して、たったふたりだけの土地で、ちっぽけな夫婦でそれを肯定しつづける。閉館したあとも自宅とは逆の方向に車を走らせて、夫は日本海の浜辺までつれだしてくれる。海面からぶわっと朝焼けが拡散する。とっくに陽は暮れて歯茎の子たちがかえっても、あなたは遊び足りなくて公園の砂場から離れない。沸きたつ子供の熱量でいつまでも砂を掘りかえしている。泥が無邪気に跳ねてきて私の服を汚すので、ならとことんつきあおう、このあとの夕飯の調理にかかる時間、さらに汚れるだろう服の値段や帰ったあとのお風呂場の掃除など億劫なことすべて忘れて、泥だらけであなたと遊び呆ける。泥と私とあなたの境界もあやふやになったころには夜も更けて鳥も鳴かない時間になる。酸素をほしがる肺が痛い。でもこんなにしあわせな疲れだから後悔もない。あなたのひたいを撫でる。あなたはまだかえる気はないらしいけれど私だってそうだ。このまま朝まで遊んでしまおう。夜露で湿った泥のなかの白い粒が星もない夜にやたら光って不当にきれいだ。あなたは求めて泥だらけの手をのばす。私の顔に土の匂いを化粧して、あなたは私の目にふれる。痛みはなくて、あたらしい視界は明滅だけみせてくれる。いらないものはすべて色のかたまりになる。光点がゆれるだけの景色のなかで、あなたの匂いと体温のかたちは確かにこの手におさまる。あなたの大きい鼓動がこの土地をあまねく侵略して、私たちだけの領土にする。あなたが私をこの場所につれてきてくれた。つぎは私があなたを、私と夫とあなただけいればいい、私たちみずから眩しくてほかはみえなくてもいい場所まで導く。もしかしたら夜明けが近づいていて、曙光のきれはしが地平線からあふれだす。あなたの手をひく。私はあなたの光の馬になる、なりふり構わない動物の血を瞳のさきまでかよわせる、あなたが私にそうしてくれたように、くらい夜の終わりの端までつれだしてあげる、私たち以外のすべて眩んでしまう場所まで蹄のおとを嘶《いなな》くこえをどこまでも響かせる。

火と火と火

十三不塔

十三不塔
Zyusanfuto

異色の画家たちの邂逅を描いた「スウィーティーパイ」で第 2 回かぐや SF コンテストの最終候補に選出。虚構性の高い異界を 4,000 字の中で過不足なく成り立たせる技術力と溢れるセンス・オブ・ワンダーによって、“霊感”を受けた読者が続出しました。

本作「火と火と火」はシナイ半島を舞台にしたディストピア SF。検閲が、表現を禁止するだけではなく再創造をするようになって加速していく世界を描いた作品です。

十三不塔さんは日本 SF 作家クラブ会員。2020 年、『ヴィンダウス・エンジン』で第 8 回ハヤカワ SF コンテスト優秀賞受賞。中国の SF 企業、未来事務管理局の〈不存在科幻〉に中国史 SF「白蛇吐信」を、『2084 年の SF』（日本 SF 作家クラブ編）に京都 SF「至聖所」を寄稿しています。また、SF 同人誌『5 G』に寄稿した「絶笑世界」が 2022 年 8 月刊行予定の大森望編『ベスト SF 2022』（竹書房）に収録されます。過去には本名名義で講談社群像新人賞を受賞。お芝居やラジオドラマなどの執筆もしています。専門学校講師。

〈篝火《かがりび》〉――一冊の本から始まる。

アラビア語の旧訳版では七六六ページ、重さにして約八五〇グラムの物体。データサイズにすれば三七メガバイト。正しい名称は『協業による友愛社会のための篝火』である。

前世紀を代表する思想家セプテア・リューズの代表作にして革命の書。この書物を巡る読書会からムーヴメントは拡がった。小さくも熱心なグループは緩慢ながら、休むことなく拡大し、ついに小さな政治結社となる。ここまでに二七年の月日を要した。

わたしはこの最後の時期に生まれた。ロロド講和共同体の産声より少しだけ早く。

シナイ分離独立派と称される大きな勢力を獲得したのはネパールの不可触民《ダリット》出身の運動家アンギラ・タマイをメンバーに加えたことが大きい。亡命者アンギラはエジプト東部の貧困にあえぐ労働者たちを率い、のちにロロド講和共同体となる専制国家体制を築くに至る。

――〈火〉を灯せ。でなければ世界は暗いまま。夜は終わらない。

そんなスローガンに促されてわたしは厳めしくも分厚い〈火〉を繰ったものだ。

抽象度の高いセプテアの思想書を実用的な政治工学に精錬したのはアンギラの功績であり〈篝火〉の注釈書である〈燠火《おきび》〉がそれを担った。当時、両書を諳《そら》んじることはロロドの子供たちの義務であった。わたしたち四人の家族は、紅海に突き出した半島の突端部にほど近い港町に暮らしていた。

「父さんの仕事はまだ終わらないの？」

わたしは毎晩のようにバルコニーで涼む叔父に訊ねたものだ。髭もじゃの彼は「ああ、終わるもんかよ。人民の敵は限りなくいるからな」とだけ呟いた。

敵とはなんだろう。十に満たないわたしには敵性ミームもそれを討ち果たす検閲射手のことも理解できなかった。ロロドの二代目議長が検閲者たちに過大な名誉を与えたことにより地味な検閲官だった父が一躍英雄となった経緯はのちに知った。

「父さんのようになるのよ」数年後、姉はまるで反対のことを言うようになる。

父の影響から、わたしはこの共同体における法と刑罰の変遷をつぶさに眼に焼き付けながら育った。国内の電信と郵便、さらには文芸、映像作品のみならず海外から押し寄せるポップカルチャーをシューティングゲームの敵を撃つように摘発していくのが父を含む検閲射手たちの輝かしい責務だった。

わたしは九九を覚えるのといっしょに〈篝火〉の基本理念である「金融資本の脱魔術化」「先進技術による自然権の超克」「芸術及び娯楽の思想統合」などのフレーズを意味のわからぬまま唱えた。これらの文言は、姉の手による貼紙として家の壁を埋め尽くしていたが、端正な容貌に似合わず、姉はひどい悪筆で、まるでミミズの大量死を見るようだった。朝夕の我が家の唱和の声に「やかましい」と文句を言った隣人は公安局に連行され、再び見かけることはなかった。わたしは仲良しだった隣の子供たちと遊ばなくなった。石蹴り遊びはひとりでだって楽しい。

「〈火〉が、原理が、すべてに優先する」わたしが記憶している父の肉声はこれだけだ。

父はスクリーンの向こうにいた。検閲プロセスをシューティングフィールドとして視覚的に投影する受像機が開発されるのと時を同じくして発信者との情動適合を引き起こす点眼剤が配布された。家庭用受像機よりも各地区に設置されたドライヴシアターに人気が集まり、低質なワイヤーフレーム画面は子供たちの新しい遊び場になった。赤味がかった目薬のせいで大人たちの眼が充血して見えたあの頃、わたしたちはポンコツのルノーの車内から醜悪に擬人化された敵性ミームが殺戮されるさまを興奮のうちに眺めたものだ。返り血と喝采を浴びながら〈燠火〉への抵触者を蜂の巣にする父の背中はいつだって誇らしかった。

そんな父が失墜した。わたしが十七の時である。

「父さんが発禁になった」

母のいないわたしの面倒を見たのは姉だった。気丈な彼女がこんなにもうろたえた姿を見せたことはなかった。それはわたしたち家族のみならず国中にとって恐ろしいスキャンダルだったに違いない。

「どうして？」叔父は飛び掛かるようにして姉に迫った。

「発禁人格の女を国外に逃がしたって。きっと何かの間違いよ」姉の受けた報はしかし間違っていなかった。あろうことか父は体制批判をする役者に肩入れし、公演のため無記名ながら宣伝文を書いたらしい。愚かなことをしてくれたものだ。

「昔の演劇仲間だそうよ。密通！　よりによって反動分子と。汚らわしい」

厳しい検閲をくぐり抜けた正しきコンテンツには【検閲済】という印章または電子付箋が与えられた。ロロドでは、これにパスしない国内の表現者たちは容赦のない発禁処分を受けることとなる——作品でなく個人が。

父がそうなったように発禁人格とみなされた個人は、人工声帯を埋め込まれ標準的な声色とイントネーションへ自動矯正され、また変視ウェアラブル・デバイスによって〈篝火〉の箴言をタトゥーのように総身に刻まれる。発禁人格はその異貌から〈碑人〉と呼ばれ、強く民衆の忌避するところとなるのだ。

「〈火〉だ。再適合プログラムを」思春期にさしかかっていたわたしは審問後ようやく再会した父に冷たく当たった。家族とはいえ発禁人格に同情を示すのは好ましい事ではない。

「わたしは間違っていた。彼女を助けたことではない。これまでの生き方がだ」平坦な合成音声で父は訴えた。「息子よ、人の姿と声を失ったこの期に及んでもっともらしい戯言を吐くのはやめてくれ、とわたしは思った。この姿となったいまの方がわたしは自分を人間らしく感じるのだ。しかし、いいだろう。おまえが望むなら、わたしは〈火〉となろう」

翌朝、宣言通り父は首都の往来で火を放ち、聖典の文字であるその身体を焼いた。国家の安寧を妨げた父の遺灰を下水に流すことでわたしは遺伝的造反因子を否定した。精神に異常を来した姉は病院に収容され、叔父は建築積算士の職を失う。父の汚名によって家族は辛酸を舐めたが、わたしが死に物狂いで取り組んだマルワーン開発の功績により市民権の剥奪は免れた。父の一件は人力による検閲というシステムの脆弱さを露呈させることとなった。これより検閲は急速に人の手を離れていく。

特定用途計算機マルワーンは、射手たちに替わる新たな検閲システムだった。疾《はや》く精確に〈燠火〉の意図を遂行することができるのみならず検閲による再創造という新たな人類史的展望を開いた。人工知能は芸術をゼロから創り上げることはできなかったものの、ずっと原始的なシステムであるはずのマルワーンはその改変において非常な性能を発揮した。検閲対象部分は、マルワーンによってカットアップされ、文脈とアナロジーを巧みに操作されることで新たな命を吹き込まれるのだった。【検閲済】のタグは芸術の死をもはや意味しない。それはシステムとの共創造の証であり、第二の出生証明書だった。

わたしは、以下の弁明を人民集会できっかり一〇八回述べた。

「父同様、わたしたち家族が反体制的だとする声があります。そのような誹謗に抗弁する気はありませんが、マルワーンの働きをご覧くだされればわたしの〈火〉への忠誠を自ずと理解されることでしょう。ご存知のように『芸術及び娯楽の思想統合』はロロドの掲げる至上命令のひとつです。検閲は芸術を高め〈火〉の理念をいっそう輝けるものとするはずです」

ロロド講和共同体の検閲を経た検閲芸術が各主要言語に翻訳され、権威ある賞を受けるとアーティストたちはマルワーンへの敵愾心を弱め、それとの協業を受け入れた。ひとつ例を挙げよう。アルジェリアの作家の映像作品は煽情的な性表現をまるごと声と顔のない裸体のコラージュに差し替えられた。しかし、それは暴力批判と平和の希求という意図せざるコンテキストを獲得し、のちに〈動くゲルニカ〉と高く評された。

計算機学者にして発禁人格〈碑人〉ヤノク・レヴィンはわたしの同僚だったが、彼の肉声も真の姿もついに知ることがなかった。彼は体制への不満と取られかねない日記を恋人に密告され発禁処分となった。私的な日記も第三者に盗み見られた時点で公的表現物となってしまう。通常、発禁人格はよい仕事からあぶれるものだが、厳重な監視下にある〈碑人〉はかえってこのような重大なプロジェクトにうってつけとされることもある。

「〈燠火〉にはこうある。理想の共同体において、過去現在未来のあらゆる言語・思想・表現は例外なく検閲されなければならない。例外なく、だよ。この意味がわかるかい？【検閲済】」言葉の末尾には必ず補助音声の耳障りな検閲告知が付け足された。マルワーンにより発禁人格の発語には自動検閲が働くのだ。

「マルワーンは人の身体にも検閲の手を加えるべきだ。そういうことですか」

わたしは人型をした灰色の文字流へ応じた。

表情なき〈碑人〉が一瞬顔を曇らせたように見えたが、それは錯覚に過ぎない。

「身体というのは統治を拒む一面がある。どこに手を加えればいいのか？　ダンスの振付けならまだしも身体そのものとなると【検閲済】」

「マルワーンはすべてを検閲するでしょう。あらゆる身体を、顔を、眼差しを」

それは無意識の復讐だったのかもしれない。父が役者に情けをかけたことが、わたしの転落のはじまりだから。そうしてマルワーンの権能はついに人の身体にまで手を伸ばす。あらゆるパフォーマンスは矯正され、さもなくば外科的な手段をもって肉体そのものが整形された。ある者は瞼を縫い閉じられ、ある者は鎖骨を抜かれた――馴致された肉体のみが精神の唯一の砦である（『燠火』七章・一九節）。そして彼らの足裏には【検閲済】の印が捺された。文末に検閲印が置かれるがごとく、頭から分娩される人間にとっては末端部である足が烙印の場所というわけだ。

「例外がまた消えた。身体の次は当然【検閲済】」とヤノクは想を巡らせたが、それはもう人の思惑を離れて進行していたのだから、誰にも止めようがなかった。この復讐と追従のゲームは……「そう、行き着くところまで行くほかないのだ【検閲済】」

わたしたちは人間というより、いまやマルワーンの手足である。惰弱な父と同じ轍を踏んではならない。わたしはマルワーンのパラメーターをきわどい閾値へ向けて操作する。

「タガを外したのは誰だろう。それともわたしたちが外されたのか？　不死の光たるマルワーンは万象を閲覧し、それを改変する。何もかもひっくり返る。恐怖は祝福となる」

わたしは喜悦に充たされたが、それは規律ある人民としてふさわしからぬ感情だろう。

「しかし、このままではマルワーンは――【検閲済】」と憐れな〈碑人〉は割れるようなビープ音とともに口を塞がれる。マルワーンの意志が彼の怯懦《きょうだ》を止めたのだ。

「いまさら恐れをなしたのですかヤノク？」

「ああ、そうだわたしは君のあ――【検閲済】」

ヤノクが言わんとしていたのは何だったのか。

あらゆる例外を除いていった果てに起こること――それについてわたしは予見していたにも関わらず、心のどこかで等閑視していた。

検閲機構はまさに最後の聖域にまで踏み込む。思ったよりずっと早く。

例外なき検閲エンジン・我らがマルワーンは、その参照元である〈燠火〉並びに不可侵の聖典である〈篝火〉にまで検閲の手を伸ばしたのだった。しかも両書のうちには八九七一にものぼる検閲対象箇所が発見されてしまう。こうしてすべてが裏返る。

マルワーンによって検閲・改変された聖典はマルワーンの出自そのものである。出来の悪いタイムパラドックス映画を観ればわかるとおり過去を変えることは現在に影響を与えてしまう――この皮肉なジョークを笑う者に灼熱の検閲あれ！

二つの〈火〉――つまり〈篝火〉〈燠火〉の両書の改変により、マルワーンの検閲基準そのものが刷新を余儀なくされた。新しい検閲により聖典は改変され、それがまたマルワーンを変貌させていく――この無限フィードバック現象、これこそトロツキーの奉じたのとは異なる永久革命とみなす向きもあったが、そこは重要ではない。

法の流動化により、ほとんど無政府状態に陥ったロロド講和共同体を楽園と賛美する者もある一方で、恐ろしいスピードで何もかもが無限改変されるシナイ半島は、それゆえに眠る象のごとき停滞状態とも言えた。

〈篝火〉は度重なる改変によってマジックリアリズム文体で書かれた料理レシピ本に似たものに成り果てた。〈燠火〉と言えば、末期の病者を安楽死へ誘い、次なる生へと駆り立てる宗教的ジュブナイル小説に変貌を遂げてしまう。〈碑人〉となった人々は発禁を解かれた。しかしヤノクの姿を見つけることはできなかった。

行方を晦《くら》ませたヤノクがこの文章を読むことはないであろう。生死すら定かではない。ただし彼のささやかな遺留品をわたしは仕事場に見つけた。一枚のメモとアンプルを。

『わたしたちの努力はついに目標に達しました。もはや言うことはありません。最後に父の愛した劇作家サミュエル・ベケットの一節を。――一方には真っ赤な燠《おき》。もう一方には灰。勝っては負ける終わりのないゲーム。誰も気づかない【検閲済】』

メモの筆跡は同僚のものではない。ヤノクは、そこら中にアイデアを書き付ける癖があったから、わたしは彼の文字に馴染みがある。厳格なマルワーンだったが、筆記形態そのものに改変を下した例はなかった。ただ、この文字には見覚えがあり、どこかわたしを恐れすくませるものがある。かつて、わたしは同じ文字に囲《い》繞《じょう》されて声を震わせたのではなかったか。

この書き手がヤノクの恋人だとしたら……そんな仮定はわたしを戦慄させる。恋人に密告されて発禁になったというヤノクの話が本当ならば、彼はマルワーン開発に携わるためにあえて〈碑人〉となり蔑視と不遇に耐えたのだ。検閲システムの完成、はたまたそれへの復讐か、二人が求めた目標がどんなものか知る術はないが、きっと悲願は遂げられたのだろう。

一方には燠火が、もう一方には灰がある。自ら灰となった父もまたそこに。

長らく放置された生家に戻ると、共同ポストに姉の転院通知書を見つけたが、わたしの心は動かなかった。

姉とはもう二度と会うことはない、そんな気がした。叔父は去年すい臓がんで死んだ。多くの者が去ったが、わたしには行きたい場所がない。変貌し続けるこの国に住まうことは長い流刑に等しい。わたしはこの原稿を手書きで記している。紙に書かれた文字は燃やせるという利点がある。燃えた文字だけが検閲を免れる。あらゆることに熱意を失ったわたしはヤノクの残したもうひとつのものを検《あらた》めることにした。アッシュピンクの液体アンプル。首の脆い小瓶は星明りを受けてひっそりと濁る。これはかつて検閲射手たちの興奮と沈着とを民衆に同期させる点眼剤だった。すでに射手たちが存在しない今、これは何をもたらすのだろうか。

心なきマルワーンに接続するものだとしたら？

検閲と改変の尽きせぬ欲動に触れたなら人間は次なる〈火〉へと変じてしまうだろう。第三の〈火〉とはマルワーンのことではない。アラビア語で火打石《マルワーン》とあるとおり、それはあくまで火を造り出す道具なのだ。聖典さえも改変し尽したマルワーンはさらなる深淵に手を伸ばすのかもしれない。あのメモにはこう記されていた

――誰も気づかない、と。

どうあれマルワーンは自己改変を繰り返しながら、わたしたちの内奥と境界で働き続けるだろう。火打石は火花を絶やさない。終わりのないゲームは続くだろう。変わり果ててしまったにしろ〈火〉に対するわたしの忠誠は永遠である。潮風の心地よい夜だった。振り捨ててきた過去が戸口をノックしても、わたしは息を殺すことはしない。来し方に後悔はない。

親しい人たちの面影ですら、ここでは検閲の火を通した創造物なのだから。

海を割く半島の突端。叔父がよく煙草を吸っていたバルコニーから紅海が望める。子供の頃、隣家の友達がわたしを誘うために投げ入れた小石がまだそこにあった。ペンを置き、小石を階下に蹴り落したあと、わたしはアンプルの首を折るだろう――――【検閲済】

chapter. 4

物語ることをやめない

朧木果樹園の軌跡

正井

正井

Masai

1400年前にどこかの清い王が作った短歌に、私の歌だ、と共鳴する主人公を描いた「よーほるの」で第1回かぐやSFコンテストの最終候補に選出。

Kaguya Planetで、架空の土地を舞台にした人魚譚「宇比川」とケアとジェンダーをテーマにした「優しい女」を発表し、どちらも高い評価を受けました。正井さんの作品の世界には、正井さんにしか描き出せない不思議な時間が流れています。そしてそれぞれの話にぴったりな文体によって、味わい深い唯一無二の世界に読者を引き込みます。

『新月』の表題作「朧木果樹園の軌跡」は、さかなのふねに乗って新しい星へと移住していく生き物を描いたSF。悠久の時の流れと滅びの独特の感覚が魅力です。

正井さんは短編集『沈黙のために』を刊行している他、『フード性悪説アンソロジー 燦々たる食卓』や島アンソロジー『貝楼諸島へ／貝楼諸島より』など多くの同人誌に小説や短歌、俳句を寄稿しています。

海に泳ぐものはたくさんいるけれど、さかなと呼ばれるのは一種類だけだ。さかなのうちで一番大きくて強いものがふねになる。

ふねは港の一画をかこって大事に育てられたがしばしば入れ替わる。漁で大きなさかなを捕まえることができたら、ふねと戦わせるのだ。打ち勝った方が新たなふねになる。負けた方はふねではなくひとに食べられる。大人のさかなはみな、深い藍色の、硬い外殻に覆われていたが、口の中は柔らかい。口を開かせて内側から喉を刺せば容易に殺せた。殺したさかなは外殻をはずし、解体して、海辺の集落全体に配られる。今のふね候補はそれくらいな大きさだ。

そうやって殺したさかなの肉、塩漬けにして干したのをたっぷりと持たされた。かわりに故郷の果実を持ちかえることを約束した。十二世代を経てようやく実った果実だった。誰もがほしいだろうけれど、一つだけでも、と託された。

平坦な砂の地をひたすら内地に歩いていく。まばらに生えた草木を風がゆらす以外、物音がしないせいで、かえって海鳴りの音がまだ背中に響いているようにすら思う。故郷に帰るのは八年ぶりだった。踏みしめる地面がゆれないので足元がおぼつかない。八年ずっと、海に渡した桟橋か、ふねの囲いのうえで暮らしてきた。ふねはかれによく馴れて、囲いのうえに立つと、外殻を広げて尾をくねらせながら、ぐるぐると、二つの円を交互に描くようにして泳ぐ。

八年前、かれが海辺で師についてすぐのころに、このふねは捕らえられた。そして前のふね候補を打ち負かし、新たなふねとなった。以来、かれとふねはともに成長した。かれの体はじきにのびるのをやめたが、ふねは今もすくすくと育っている。ひとと違い、さかなは生きている限り成長を続ける。かれは背はのびないかわりに、ふねをひとに馴らし、育てる仕事を師から継いでいる。まだ継いでいる途中で、すべては譲られていない。

そう、それで、故郷。

ふねから離れて三日、砂の地に、光沢のある、深い藍色の屋根のならぶ集落が現れる。遠くから眺めると美しいが、近づくと灰色に荒廃している。見張り小屋の屋根は端から色褪せて、葉脈のようなヒビがびっしりと入っている。もう二、三ヶ月もすれば崩れてくるだろう。藍の色はさかなの色だった。さかなの外殻を乾かして、屋根材にすると、光沢は増すけれども、その日から褪色がはじまる。外殻は強く、きつい日差しや夜の外気からひとの柔い身を守ってくれるけれど、それは色が抜け切るまでだ。色が抜けて灰色になると、その瞬間からひとの身よりももろく崩れていく。

砂壁も外側から剥がれてところどころ薄くなっているのが、繕いもせずに放っておかれている。もっとも、ここは見張りなんて必要ないくらいに平和だった。集落には見張り小屋を最低ひとつ立てる決まりだから作っている。

他の家も似たりよったりだった。とくに褪色がひどいのは学舎だった。かつてかれが暦と歌、初歩の自然科学を学んだ学舎は、ななめに立った柱が残っている以外、ほとんど原型をとどめていなかった。子供が毎年入れ替わるうえに、集会だのなんだのが催されるたび、集落中の大人がここに集まることになるから、摩耗が激しく、繕いも間にあわない。かろうじて藍の色の残った屋根の残骸は、眺めているはしからぱらぱらと崩れて灰色の砂になる。

　ここを出たときにはただうるさいばかりだと思っていたが、
あるておゆき　うみゆき　くるるけゆき　うみゆき　うみふれば　ふね
という、軌道歌を暗唱する子供たちの声が聞こえないと、集落はずいぶんと静かになってしまう。それをさびしいと思う程度には、かれは大人になっている。

　新しい学舎は建てられていない。崩れきって砂になったら、そこを更地にしてまた新しく建てなおす。いずれにせよ、数世代前の悪天候のせいで今はどこも子供が少ない。無理に建てなおすよりは面倒がないと、みな家族ぐるみで隣の集落に移動している。隣といっても行き来には半日かかる。蛹化《ようか》を経た年寄りが二人、崩れた砂壁の前に遊戯盆をだして陣地取りに興じている。かれに気づくと、触角をゆらして挨拶をする。かれも無言で挨拶を返す。

　灰色に色褪せた故郷のなかで、果樹だけがあざやかだった。

　果樹は、村落の北側の小高い丘に生えている。球をいくつも重ねたような幹、背は低く、枝葉を扁平な形に広げている。まだ若い木だからか、ずんぐりした幹からわかれた枝は、どことなくたよりなく、葉の重みにすらしなっているように見える。丘に立ったときに感じる、生暖かい、わずかに甘いにおいのする空気を思い出して、かれは体を震わせた。葉ずれの音がここまで聞こえてくるような気がした。

　かれの家は、集落からやや離れて、丘のふもとに、寄りそうようにしてある。姉が一人で暮らす家もまた、色褪せて端のほうから崩れつつあった。南側の壁はもうひび割れが大きくなって、砕片が地面に散らばっている。繕われないままのひび割れから内側をのぞくと、姉の背中が見えた。幼形のままでいることを選んだ姉は、今もかれとおなじ姿をしている。声をかけると、緑色の地に白い斑紋をもつ背がぶるりと震え、振りかえる。

――どうして、そんなところから？

と笑いながら姉がいう。かれは顎を打ちあせて返事をし、入口にまわる。姉はかれから干し肉を受けとり、ごちそうだね、といった。

――そっちは順調？

――うん、順調に育ってる。きっとおおきなふねになる。

――そう。

家の中は、砂が踏み固められた部分と、柔らかな砂の積もった部分がまだらになっている。姉は踏みかためられたところだけを歩く。そうするうちにも砂は壁からぱらぱらと落ちて、壁際から積もっていく。中央に広げられたむしろは、半分は表面が擦れて繊維がほつれているのに、もう半分はほとんど使われた形跡がない。姉がむしろのぼろぼろな方にうずくまり、かれに着座をうながした。そこはかれの定位置だった。姉の向かい側、一つのむしろの半分で、食事をとり、茶をのみ、遊戯盆で遊んだ。

――果実が実ったそうだね。

と尋ねる。姉は誇らしげに体を反らし、左右に揺らす。上の世代から果樹をあずかって育ててきた。数世代が待っていた実りをもたらしたことは、もちろん姉一人の功績ではないけれど、やはり誇らしい。

――あなたの分は、残してある。

姉が北の壁に脚先をむける。壁に開いた窓から、葉を茂らせた果樹が見える。

――まだ収穫していない。最後の一つだ。

さかなとひととの違いはもう一つ、初めから雌雄の分化しているひとと違い、生まれたばかりのさかなは全て雄であることだ。さかなのうち、最も大きく丈夫なものが雌になる。だから、ふねを育てるとは、雌になるように育てるということだった。かれの育てるふねは、相当に大きくなったが、変化の兆候はまだ見られない。それが見られるのは、かれの次の世代であろうと思う。

かれは姉の導きに従い、丘を登り、果樹のもとへ行く。丘の地面はわずかに暖かい。歩きながら、かれはもうゆれる地面のことを忘れている自分に気づく。

最後の果実はすぐに見つかった。立ちあがったかれの胸ほどの高さの枝に、分厚い皮殻を持った実が垂れさがっている。果実の重みで、その枝だけ下方へしなっている。脚先の爪で傷つけてしまわないように、二対の腕で囲むようにしてそっと果実を持ちあげると、枝のしなりが戻ってほかの枝とおなじ高さに並ぶ。そのままひねってもぎとった。果実は水を含んで重く、触角でふれると表面は冷たい。かれは重さに耐えかねたようにその場にしゃがみこむ。腹の体節の継ぎ目を通して温もりが体にしみこんでいく。

丘の地面が暖かいのは、腐敗のためであるという。かつてこの星へ来たときに乗ってきた、大きなふねを殺して、食べて、その残りを埋めた。骨や内臓、濾過組織、骨にこびりついたわずかな肉。とても巨大なふねだったから、今も腐敗し続けていて、その熱が果樹を養う。かれもかれの姉もそのふねを見たことはない。本当に腐敗しているのかどうかもわからない。だがかれは、この温もりをふねの証だと思っている。

さかなは生涯成長しつづける。いずれ、この星の環境では養えないほどになる。そのとき、さかなは海から大きく跳ねて、次の環境へと向かう。腹には卵を抱えている。卵と自身とが、星の外側の厳しい環境に負けてしまわないよう、深い藍色の外殻を強い筋肉でしっかりと閉じ、星を渡る。

かれらはさかなに乗ってやってきた。かれは直接知らない。渡りを敢行したのは祖先たちだ。さかなとともに星を渡るとき、かれらはうっかり食べられないように、糸を吐いて繭を作り、さかなの口腔内にはりついて、蛹のまま休眠状態で運ばれる。移住の間、何人かは繭ごとさかなの腹に落ちて、星を渡る糧となる。ひとがさかなとともに経た遍歴は、軌道歌のなかだけで知っている。ウズミビ、アリソ、アリョウ、オグルス、アルテオ、クルルケ……。海でさかなが年経ればふねとなり、次の星へと向かう。

ここはオボロキ。

ふねを殺して埋めた場所から、木が一本生えてきた。植物にくわしいものが、これは果樹、前の星からともにわたってきた果樹だと断じた。種がどこにまぎれていたのかはわからない。ふねの食餌に混じっていたのか、外殻のどこかにまぎれこんでいたのか、はたまた、ふねの胃に落ちただれかが持っていたのかもしれない。ともかくこの星にありえない木は根をはり、芽をだした。実をつけて、まぼろしの果樹はまぼろしではなくなった。

ここも次の星では軌道歌に歌われるだろうけれど、まだそのなかに入っていない。次がどこになるかは、さかな次第だ。おなじ星で生まれたさかなであっても、向かう場所は異なる。軌道歌は、宇宙へ飛びだしたさかなの数だけ分岐する。それが継がれるかどうかはわからない。さかなのたどりついた先が、ひとも暮らせるとはかぎらないからだ。活動可能な温度帯はひともさかなも似通っているが、ひとには陸が必要だ。陸があっても、食べられるものがないなら生きられない。ひとを食う大型の生物がいるかもしれない。ここにたどりついた当初も、飢えでずいぶんと死んだらしい。人口は今も少ないほうであるという。さかなと異なり、蛹を経ての性成熟か幼形のままでいるかという選択がひとにあるのは、あるいは航路の先になにがあるかわからないからかもしれない。

かれら全ての起点のウズミビ、楽園であったというアリソ、試練のアリョウ、オグルス、アルテオ、クルルケ、オボロキ……少なくとも、かれの知っている軌道歌に歌われる星の数だけ分岐がある。そのうちのいくつくらいが行きづまりになるのだろう。ひとは絶えたが、さかなや植物は命をつないだ星もあるだろう。

日が没しようとしていた。気温が下がりつつあった。砂地では夜の気温はぐっと低くなる。動けなくなる前に家に入らなければならない。体を持ちあげると、果樹の枝葉がかれの頭や背を撫でる。家に向かって歩きだすと、背後から、さわさわとかすかな音がした。丘に暖められた空気が、夕暮れの冷たい空気のなかで上昇気流となって、果樹をゆらしているのだった。かれはその音を背中で聞く。星以外、なにものも動かないような、静かな夜のなかで、かれと姉は、この音を聞きながら育った。

その日の夜は、眠るまで葉ずれの音を聞いていた。意識を失う直前、葉ずれの音は海鳴りへと変化して、かれの夢をふねへとつなげた。夢のなかで、かれはふねの外殻に抱かれて海中を泳いでいた。触角を海水が撫で過ぎる。泡が海中にさしこむ光を反射して、暗い海底を背景にすれば銀色に輝いた。

翌朝、故郷はすっかりにぎやかになっている。隣の集落に移っていたひとびとが、一時的に帰ってきたのだった。見知った顔もあれば、蛹化を経ていてすぐにわからない顔もある。名を呼ばれてはじめて幼馴染に気づき、薄情だ、と冗談まじりに責められて、変わったのはそっちのほう、と返せばいいのに、驚きのあまりまじまじと顔を見つめて、気まずい一瞬を過ごさせてから、二人一緒にふきだした。

かれの持ってきた干し肉を、集落に残っていたひとも含めて皆で等分し、一部を朝食としたあと壁を繕う。糸を吐き、砂を割れ目に詰めて固定する。本来繭のための糸だったが、かれらの世代は、ふねが十分に育つまで間にあわない。いずれにせよ、繕いのためだけに消費される繭糸だった。

――ふねはどう？

――順調に育っているよ。

ふねの大きさを説明すると、皆ほうっと体をゆらした。集落をまるまる一つ養うほどの肉、それでもまだ、本当のふねとなるには小さい。その途方もなさと、祖先らのはるばるとやってきた航路の遠さが重なって、かれらの体を震わせる。けれどもその一方で、生まれ育った土地に対する愛着は、無視できないくらいに大きくなっていた。ふねの口中で、蛹となってこの星を離れるのを想像するとき、祖先の航路を思うのとはべつの感情がかれの身を震わせた。もし仮に、ふねに乗れたとして、私はここを離れるだろうか？　想像の中で、いつしかかれは地上にいてふねを見送っている。ふねは空を埋めつくすほど大きく、藍の色は深かった。

昼になる前にすべての繕いを終えた。繭糸は、しばらくの間は光を虹色に反射するけれど、乾くと砂と同化して、どれが糸だったかわからなくなる。姉は、かれと二人で繕った砂壁を、脚先で軽くひっかいた。砂壁は、ほんの少し崩れて、あとはびくともしなかった。半分色褪せた屋根はどうしようもない。ごまかし、ごまかし、やるしかないねと姉は笑う。

――うちでもそろそろ、弟子を取ることにした。果樹を広げるつもり。

――広げる？

――果樹園にする。たくさん植えすぎると栄養を奪いあうから、塩梅がむずかしいが……。

姉は、もしさかなが取れたら、内臓を分けてほしいと言った。そのうち弟子に取りにいかせるから、と。かれはその約束と、果実の一顆を抱えて海辺に戻る。かれの師と、かれらの育てるふねのもとへ帰る。揺れる囲いの上に脚部の爪をひっかけて落ちないように踏ん張る日々に戻る。そして成熟し、弟子をとり、技術を伝えて死ぬ。

死ぬとひとは果樹の根元に埋葬されるか、海に沈められる。土の下かさかなの腹の中で、かれの体が腐敗する。ふねは生きている限り成長を続ける。十分に大きくなったふねが、朧木の海を、星を出る。かれらとともに。朧木は航路となり、歌の中にのみ名を残す。

星はまだ旅の途中

武藤八葉

武藤八葉
Muto Hachiyo

不景気になると労働者たちが冷凍睡眠によって未来へと送られる世界を描いた「子守唄が終わったら」で第 1 回かぐや SF コンテストの最終候補に選出。武藤さんは就活の時期に病気の治療のために入院と通院をしなければならず、その間にリーマンショックが起きて就職氷河期が訪れます。治療前後の社会の落差に愕然とした経験や社会との隔絶感から、10 数年ぶりに書いた小説が「子守唄が終わったら」です。

本作「星はまだ旅の途中」の主人公も時代の流れに翻弄されながら生きている労働者です。無数の演者オブジェクトたちを導きながら、舞台を作っていく主人公のいく末にご注目ください。

武藤さんのペンネームの“八葉”の由来は『万葉集』。元号が令和に変わる時の流行にあやかったものの、“万”は畏れ多いので“八”に。初めて読んだ小説は『ズッコケ三人組』。今までに一番読み返している SF はピーター・ディッキンソン『エヴァが目覚める時』。家には小説を中心に本が積み上がっています。

舞台の上からは客席が良く見える。舞台のそこかしこに点在するヒーローオブジェクトやヒロインオブジェクトがスポットライトの中で動くたびに、観客達は夢中でイベントを追う。その視線は玩具で遊ぶ犬や猫のようでほほえましい。演者オブジェクトの数は一千万体前後いる。ちっぽけな彼らはある程度の年月が経つと自律的に他の演者オブジェクトと一組になって己の複製を試み、少しずつ増えていく。その際に両オブジェクトの形質をランダムで受け継ぐ。新しく形成された演者オブジェクトは元のオブジェクトとは違う動きをするので、世代を重ねるごとに多様性に溢れた舞台が自動的に形作られていく。時には変わった行動をする演者オブジェクトが発生することがあり、それらは観客達の注目を集めて一気に英雄の座に駆け上る。

今、演者オブジェクトの一体が怪物を屠った。観客達は歓声を上げてその雄々しさを讃え、おしげなく自らの資産を投下して彼に〈恩恵〉を授ける。彼は偉大な叡智と頑強な肉体を得て支配者となり、数百年にわたって周辺にいる何万もの演者オブジェクトを導いた。めでたしめでたしな大団円である。間髪入れず私は舞台への介入を開始した。形が定められている演者オブジェクトと違って、舞台の外側にいる私達の姿は変幻自在だ。今回は鳥の姿で支配者の前に降り立ち、老婆の姿に変化して要件を伝える。

「かつての英雄よ。お前の時代は終わった」

舞台からの排除通告である。世代の重なりが薄く、まだ単純な思考しか持たない演者オブジェクトには神秘的な演出がよく効く。こうやって今後の指針を示すと面白いようにこちらの意図通りに動いてくれる。この後もいつもどおり新しい英雄にスポットを当てたイベントを〈発火〉させて客を繋ぎとめる予定だ。次のイベントでは大掛かりな変更点があるという。目新しいことが好きな観客達のお眼鏡にきっとかなうことだろう。

しかし、このイベントを追っていた観客達は一斉に客席を離れた。彼らは見たいものしか見ない。他に面白そうな舞台なり娯楽なりを見つければそちらに移っていく。

「今回は大きく減ったな」

舞台の運営チームのマネージャーが渋い顔で右肩下がりの折れ線グラフを眺めている。

「長期イベントがマンネリ化している。一体の演者オブジェクトの人気に頼る方法も限界だ」

舞台を起ち上げた当初は数多くの観客がいて、一体の演者オブジェクトに多くの恩恵が注がれていた。そのおかげで私達は強大な能力を持った人気の演者オブジェクトを中心に長期間の大規模イベントを仕掛け、数千年単位でメンテナンスをするだけでよかった。それが今はどうだ。訪れる観客が減り、舞台に落ちる恩恵は少なく、オブジェクトの強化が以前ほど行われなくなっている。大規模な天変地異を伴うイベントを起こせば演者オブジェクトが耐えきれずに数を減らし、強大な魔物を舞台に放てば討伐どころか逆に駆逐される有様だ。かつてのダイナミックな展開は今日不可能になってしまっている。組織としての体力が底を突こうとしていることは私のような末端から見ても明らかだった。

「よって、次のイベントからはなるべく集団で動くように演者オブジェクトの行動指針を変更する」

今までも英雄となった演者オブジェクトを中心に集団を形成することはあった。でもそれは一時的なもので英雄がいなくなるとすぐに瓦解してしまう緩やかな集まりだった。集団が永続的なものになるように行動指針を変更する。集団化すれば能力的に劣った演者オブジェクトでもそれなりの力を発揮することができる。脇役の演者オブジェクトびいきの観客もいるにはいるのだ。

単独の演者オブジェクトでまとまった収益が見込めなくなった今、脇役に落ちる僅かな恩恵を合算してグループ単位で採算を取る予定なのだという。これだと演者オブジェクト同士の争いや、少し手強い魔物の登場などの規模が小さなイベントを散発的に起こすだけで舞台が回る。運営が介入しなくても演者オブジェクトが勝手に動いて完結までしてくれるという利点もある。小さな利益をコツコツ積み上げる堅実な生き残り策だった。

「あの、それでは私の仕事はどうなるのでしょうか?」

私はたまらず質問した。私の仕事は大規模な変化の前の演者オブジェクトへの介入だ。例えば大きな天変地異を起こす前に人気が出そうな演者オブジェクトに異変が発生する時期を伝えて事前に対策を促したり、舞台全体を滅亡の危機に陥れるような強大な魔物の存在を示して討伐を推奨したり、マンネリ化した英雄に引退をほのめかして世代交代を促したり、と必要以上に舞台が混乱しないように布石を打つ役割だった。演者オブジェクトだけで解決できるようなささやかなイベントでは私の出番はなくなってしまう。

「そうだな……」

マネージャーは気の毒そうに私を見た。その場での返答はなく、後日に舞台内からのメンテナンス業務をしろという辞令が出た。

辞令が出た日以来、私は舞台上に引きこもって仕事を続けている。やることは演者オブジェクト達に混じっての作業だ。イベントで荒廃した土地を訪ねては森林に戻すために植林したり、壊滅した村落を復興するために土木作業をしたりしている。どれも演者オブジェクトに任せておけば勝手に修繕される程度の浅い傷だ。わざわざ私がメンテナンスと称して出向く必要がないものばかりだった。組織内で仕事を持たないスタッフを自主的な退職へ追い込むための処置だとすぐに気付いた。それでもまだ私が働いているのにはいくつか理由がある。

まず第一に、新しい職場がなかなか決まらなかったこと。私がやってきたことは俗っぽく言うとただの伝役だ。時々舞台上に現れて演者オブジェクトを煽ってきただけの存在に仕事などあろうか。細かい部分では演者オブジェクトが持つクラスや属性を操作しながらの緻密な作業なのだが、残念ながらこの舞台の外では全く無意味な技術である。社会的には一つのゲームをやり込んだ廃人と同じ扱いだ。

そして第二の理由は、怪我の功名か私の存在が舞台の運営に欠かせなくなったこと。常に舞台の上に居座っている私の姿は観客席からとても目立つ。そもそも演者オブジェクトと私は存在している次元が違う。平面の紙の上にコップが一つだけ置かれている状態だと考えてもらいたい。平面の紙が舞台、コップが私だ。演者オブジェクトと私は、紙に触れているコップの底や浮かび上がる影を通して交流している。観客達からは当然、何をやっているのだろうと好奇の眼で見られる。演者オブジェクトに混じって作業をする私の姿は、いい大人が一人で影遊びをしているようなものだ。そのシュールな様子が話題になって私にファンが付いた。運営チームは少しでも観客が欲しいので私を解雇することができなくなった。

最後の三つ目の理由は、私個人のものによる。相手はただのオブジェクトとはいえ音を用いた相互理解のようなことができる。「こんにちは」と挨拶をすればきちんと同じように返してくれる。目をかければ懐いてくれるのはペットみたいで可愛いと思う。癒しを求めて今までに何体かの演者オブジェクトの幼生体を成体まで育てたこともある。閑職にいるのだ。これぐらいの息抜きは許されるだろう。時々ファンから私に直接恩恵を頂くこともあった。それを使って演者オブジェクトの停止状態や損傷を復旧したら大層感謝された。舞台の各所をメンテナンスしながら渡り歩くうちに演者オブジェクト達の生活を観察することがいつしか私の趣味になっていた。

私が左遷されてすでに一万年が経つ。演者オブジェクトの総数は二億体半ばで安定している。観客が少しずつ減少していく落ち目の舞台。そこで延々と一人遊びをしている私。それを珍獣扱いしている変わり者のファン達。私を厄介払いできないほど弱体化した運営チーム。ロクでもない組み合わせだと思う。いつ崩壊してもおかしくないバランスで全てが成り立っているに違いなかった。

惰性で変わらない年月を過ごすのは楽だ。私の気質に合っている。演者オブジェクト達の変化も見ていて飽きない。低次元の存在に執着するなんて我ながらダメな奴だなと自覚してはいる。でもやめられない。オタクには気づいたら自然となっているものだ。それにしても、と観客席を見る。また私のファンらしき客が増えていた。こんな長期引きこもりのどこがいいのか全然わからない。変な世の中だ。

そんな感じで過ごしていたある日、突然マネージャーに呼び出された。幾千年ぶりの会議室に緊張する。部屋には私のファンが待っていた。記憶にある限り結構な古株だ。

「おお、本物だ。君とは是非とも話をしたかった」

私の姿を見るなりファンが興奮気味に迫ってくる。怖くなってマネージャーの方を見ると、

「偉い先生だ。失礼のないように」

と、丸投げされた。どういうことなのかさっぱりわからないまま彼の話を聞いていく。

曰く、私達の舞台の演者オブジェクト達は変わっているのだそうだ。他の舞台では数千年もすれば演者オブジェクト達は舞台を運営する我々の存在に気づき、頼りきって変化を止めてしまう。そうなると大規模なイベントを〈発火〉させてもこちらに伺いを立てるだけで何もせず、予定調和で退屈な動きしかしなくなるらしい。

また、反対に私達が何もしないでいると通常の演者オブジェクト達は自滅してしまうのが常だという。そのどちらでもない私達の舞台はとても珍しい。何をしたのか教えてほしい、と熱く語られた。

世間の常識では演者オブジェクトはただの物体だ。そこにちょこちょことコードを記載して自ら増殖できるようにしただけの消耗品に過ぎない。それなのに彼らは自分勝手に動いて私達を楽しませてくれる。何故勝手に動くのか、この謎は偉い先生をはじめとして多くの者を長く悩ませていた。観察しようにもどの舞台も短期間で演者オブジェクトの変化が止んで終焉を迎えてしまうので不可能だったという。そんな行き詰った状態で私が修繕する舞台を見つけ、滅びの兆候すら見せない超ロングランに驚いたらしい。舞台を長く保たせる秘訣を知りたい、と偉い先生は懇願した。

私としては現実逃避の一環で遊んでいただけなのでそんな高尚なことを言われても困る。それに、私達の様な弱小チームが特別なことなどできるわけがない。とりあえず演者オブジェクトのコードが他の舞台と何ら変わらないものであることを説明しておく。演者オブジェクトのコードは二重螺旋の単純なフラクタルパターンで記載されている。舞台の環境に適応して多少の変化はあるもののコードの根幹は舞台が開演した当初から手を加えていないはずだ。マネージャーに確認するとそんな予算はない、と力強く頷かれた。資金を工面する立場なのにとんだポンコツである。

「なるほど。ではやはり君が原因のようだ」

ファン、もとい偉い先生は何事か懐を確認した後に私を見やって頭を下げてきた。

「ぜひとも私の実験に協力してくれないだろうか？　報酬なら出す」

どんな実験をするのか知らないが話の流れ的に演者オブジェクトに関わることだけは理解できる。演者オブジェクトは舞台に属し、舞台はマネージャーが保有している。私はしょせん雇われ人だ。報酬は欲しいが私の一存で決めることはできない。沈黙を拒否と受け取ったのか、偉い先生はさらに条件を重ねてきた。

「なんならこの舞台ごと買い取ろう。いくらだね？」

万年ジリ貧の舞台である。すぐさまマネージャーが飛びついたのは至極当然のことだった。

「演者オブジェクトに知性が宿っているかもしれないんだって？」

実験開始前にマネージャーが声をかけてきた。舞台を売却したおかげでほくほく顔だ。

「私は眉唾物だと思うね。しょせんただのコードじゃないか。中身はフラクタルパターンしか記載していないのに」

「それを今から確かめるんですよ」

改めて実験の手順を確認する。やることは本来の私の仕事と同じく演者オブジェクトへの介入だ。ただし以前とは異なり、演者オブジェクト達への負荷を弱めに調整する。調整のさじ加減は私に一任されており責任重大である。

かつて私達が起こしたことを演者オブジェクト達は神話と称して世代を超えて伝えている。普通は神話を辿って演者オブジェクト達は私達の存在に気づいてしまう。だけどこの舞台は違う。私が演者オブジェクトの理の範囲内で活動をしていたせいで断続的に神話を辿ることができなくなっている。かといって時々私が病気の治療などを行なっていたので奇跡が全く起きていないわけでもなく、神がいるかいないか混乱しているのであった。それが功を奏したのかこの舞台の演者オブジェクトは私達に頼り切りもせず、自分達だけで無理を通さず適度に神頼みしつつ、独自の道を歩んでいる。

私は今回の実験で神に依拠しない不思議な出来事を演者オブジェクト達に見せつける役目を負っている。偉い先生は隕石を落とそうと提案し、私はそれを必死で止めた。確かに神に依らないが演者オブジェクトへのダメージが大きすぎる。話し合いの末、私の案が採用された。

演者オブジェクト達の思考はシンプルだ。長年の観察から私は彼らが性別属性に異常なこだわりを持つことを知っていた。男性属性と女性属性の間でのやり取りは神話並みに長く語り継がれている。これを利用しない手はない。私は演者オブジェクトに紛れるために姿をあつらえて、絶世の美女として舞台に登場し権力者達と接触した後で演者オブジェクトが手を出せない外側へと去っていく算段となっている。

もし演者オブジェクトの知性が本物であるならば製作者に依拠しない今回の出来事は彼らに多くの知見を与え、その行く末に大きな影響を与えるはずだ。もしかすると私達と対等な存在になって舞台の外に飛び出してくるかもしれない。願わくばどうか健やかに育ちますように。少なくともこの舞台を作ったろくでなしよりはマシな存在になってほしい。

祈りを込めて私は舞台に降り立った。

今は昔、竹取の翁といふものありけり

新しいタロット

巨大健造

巨大健造

Kyodai Kenzoh

「学校があったとき」と「バットと飛ぶ先生」で第1回かぐやSFコンテスト選外佳作に選出。審査員長の橋本輝幸さんに文章の美しさや発想の豊かさを高く評価されました。

本作「新しいタロット」はタロット占いをする占師たちの物語。執筆にあたって巨大さんは実際にタロット占いをして、実作の展開にそのまま使用したそうです。タロット占いの本質は、未来を指し示すことではなく、偶然の力を借りることでお客さんのものの見方をかき混ぜることにあるのだとか。自由で魅力的な言葉選びと美しい文章によって、わずか5,000字の中で壮大で奥行きのある世界が構築されています。

巨大さんはSF的文芸によって重力からの開放を目論む秘密結社〈反-重力連盟〉の主宰者の一人であり、SFアンソロジー『圏外通信』を発行しています。また、『カモガワGブックスVol.3〈未来の文学〉完結記念号』にディレイニー「スター・ピット」のトリビュート作「ピンチベック」を寄稿しています。

濃紺ののれんに裏返しの「ト」の字を割って、きみは顔を覗かせる。おれたちはきみが姿を現すはるか以前から、その登場を待っていた。

きみの堅いかかとがぬかるみを踏みしだく音を、スコールの熱い雨粒がきみを打ち据えるのを、息をととのえるあえぎがこの暗い洞窟に金属的な反響を残すのを、おれたちは聞いていた。

眼の前のきみにはなんだか落ち着きがない。水没した顔をぬぐい、ぐるりを見わたし、なぜ自分はこんなところにいるんだろう、と奇妙なことを考える。

きみは逃げこんできたのだ、ここに。

きみとおれたちを隔てているのは、足の短い机と、緑色の敷布と、その上に置かれた一束のカードでもしかし、おれたちがＬＥＤのランプを点けて、闇を払ってやるまできみには分からない。

「何をお探しでしょうか？」と挨拶もそこそこにおれたちは訊く。

べつに失せ物さがしをたのみたいわけじゃないんだけど、ときみは言いかけて、しかし促されるままおれたちの前に腰を落ち着ける。

青白い電光に目がなれたきみは、机の上の飾り気のない裏面を見せた束を注視する。

「そうです。ここではタロットを使います」とおれたちは言い、きみが図柄を見るのにふさわしい暗さが洞窟に戻るまで、ランプの光量を落とす。

「そんな怪訝そうにしなくても。ふつうのタロットですよ。昔ながらの。チェック柄のバック、七十八枚一組、大アルカナ二十二枚、小アルカナ四種十枚ずつにコートカード十六枚の。この道具について、少しだけ説明をしておきましょう。ここに描かれているのは象徴の体系であり、生の元型《アーキタイプ》であり、世界の運行を抽出したエッセンスでもあります。色眼鏡、あるいはフィルターつきの窓と言ってもいいでしょう。何より重要なのは、それらがみな、偶然の名のもとに、あなたのものの見方をかき混ぜることです。占いはべつにあなたの行動を指図しないし、運勢を判断したりしない。わたしたちは詐欺師でもあるけれど、そこは保証します」

そうじゃない、ときみは言いたげだ。そうではなくて、なぜ占われるのか、占われなければならないのか、わからない。というか、

「では、そのまま席を立って、踵を返されるのがよろしい。来し方を省みることなく無明のうちに行く末の闇に飲まれるがいい。そして暗中模索のはてにより粗悪な占師なり詐欺師とその類似品に大枚はたけばいい。遅かれ早かれ、あなたには必要なことだ。なぜというに、あなたも言いかけたよう、何もかもわからない、わかっていないことにしようとしているからだ」

おれたちはきみに見えないところで微笑する。これこそ詐欺師そのものの言ではないか。幸いにも、愚かなきみは言いくるめられてしまう。おれたちなんぞに。

そして思い出したかのように、ようやくきみは誰何する。雰囲気たっぷりのローブに身を包み、表情を隠したおれたちはいったい何者なのかと。

「おれたちは占師。セラピスト、呪い師、詐欺師。あるいは、魔女」

前置きが長くなってしまった。「それでは、はじめましょう」

きみは薄暗がりのなかで紙の束をかき混ぜる。おれたちの指示はそれだけだった。きみの手は震えている。まるで世界初心者みたいに、おぼつかない挙動を、おれたちはひそかに祝福する。表にこそならないものの、カードはこれ以上ないというくらい乱雑に散らばって、机のほぼ全面を覆うまでになる。

「もういいですよ」

おれたちの声が含んだ笑みはきっときみにも伝わったはずだ。カードはおれたちの手によって再び一つの山に収斂する。ここでおれたちの興奮は頂点を迎える。ここから先のことは、どこの誰にも、もしそんな奴がいるとして、どこかで筋書きを書いている奴にだって、決して予見されることはない。

全き混沌《カオス》に祈念しつつ、おれたちは山から一枚を裏向きのまま抜き取り、机の中心に伏せる。「これがあなたのいる場所、現在。そしてこれが」きみから見て上のほう、おれたちの側に三枚のカードを置く。「過去」そして最後に、「一番下、あなたの側に未来が」一枚。

きみはまた不満げな顔だ。なぜ過去が上方なのか、なぜ三つもあるのか。きみたちの問はいつだって同じ。

「未来とは奥底から殻を破って湧くものです。積もった過去をこそ、あえて複数化するべきだからです。そしてこれが、」

おれたちは三枚の伏せられた過去のうち、あなたから見て左の一枚を開く。

払暁の浜辺に横たわる人。その身体は上方から降り注いだ銀色の流線形によって刺し貫かれている。

「〈船《シップ》の十〉」横たわる人は体液を流し、その顔にどんな感情が描きこまれているのか、彼人は日の出の方角を向いてうつむいているので、おれたちが知ることはない。

カードの絵を見て、きみは小さく息をのむ。

「船の属性は核。対極は殻のカードの持つ氷属性です。大昔は風にも分類されていました。基本性質は湿と熱。氷よりも上にあり、雷よりも下にあります。宇宙船は人の造りだした道具の極致を表しています。数字にも意味があります。小アルカナの数それぞれは、わたしたち人間の経る十回の脱皮過程を示します。このカードは十。殻の最終更新。行き止まり。余分。完成のその後。絵柄の人物に宇宙船が突き刺さっています。彼人はいったい何をしでかしたのでしょう？　ある時代の終焉、あるいは敗残、力の報い。絵面は痛々しいものですが、新しい日の到来、償いの終わりをも暗示します。心あたりは？」

答えは訊くまでもないようだ。

きみは洞窟の外が気になって仕方がない。穴ぐらの礫ひとつひとつがびりびりと震えだす。きみの鼓膜は大地そのもののような奥深い唸りを聞く。音でさえない重たい響きに、きみは意識をすり減らす。疲れにも似た感覚。「重質量船が離陸しましたね。あなたの乗ってきた船でしょうか」

罪人の身体でひしめき合っていた船が罪の数だけ軽くなり、代わりに精製済みの核燃料を満載にする。濃密な大気をどよもす、遠くからの震えが遠ざかっていく。

きみは何かに追い立てられるように、次をせがむ。おれたちはうなずく。

もう一つの過去。「〈吻《ストロー》の三〉」

三人の人物が画面中央に集い、口吻を交わしあっている。色とりどりの子実体を手折り、携えて、お互いに蜜を吸いあう場面。三人の足取りは軽やかだ。おれたちは席を立ち、氷の箱に入った木筒を持ちだす。「そろそろ喉がかわいたころでしょう。どうぞ」

一度の脱皮も経験していない柔らかいきみの口元から、巻かれた口吻がつるつると伸びていく。きみは黙ったまま、筒の中身におそるおそる口をつける。予想をはるかに超えた強い快楽にきみの背はのけぞり、五十六対の歩脚が宙をかきいだき、眼点を白黒させている。

「おいしいでしょう。何も考えられなくなるほどに甘いでしょう。何かが溶けだしていくみたいでしょう。このカードの属性は蜜。恵みと変容を促す力のみなもとです。三というのは重力下で最も安定した数であり、寓画は喜び、幸福、楽しい宴、あるいは快癒と解釈されます。

　わたしたちは本来、寄宿生です。今しがたあなたの喉を潤したその蜜は、宿主であるゆりかごのひとが報酬として分泌した涙、そのデッドストックです。かつてこの地球を、山と見紛うような巨きさで闊歩していたゆりかごの彼ら。短い雨期のほかは氷に閉ざされるこの楕円軌道の凍《いて》と、どんな生き物にも危険な放射線からわたしたちを守っていた彼ら。蜜をなめるとき、言いようのない郷愁を感じませんでしたか。そうです。あなたの身体はこの味を知ってしまった。思い出してしまった。

　最後の過去に進みましょうか。

　ああ、これは。狂気を象徴する大アルカナ。〈月〉。今のあなたになら、壁を透かして見えるでしょう。あの仄暗い輝きが。たった二万年前まで、若い太陽と連星系をなしていた、あの古陽が。急速に進行した寒冷化によって、この地球の生物相は0.3％を残して死滅しました。ゆりかごのひとの神経叢と繋がるとき、わたしたちは夢を見ます。悠久の時を過ごした彼らの見た、二重の太陽が乱れ狂う灼熱の時代の夢を。寓画の中央、湖に浮かぶこの鋏手のある甲殻は彼らの幼生です。遠景には蟻塚の網目が空を覆い、核をも動力とした蟻たちのもたらす試練を暗示しています。高度な技術を持つ蟻たちは高層において雷の制御を試みていたようですが
……」

　きみはもう、占果を聞いてはいない。退屈そうにカツカツと、硬化しはじめた殻を叩いている。そのリズム

は遠い場所に由来しているようだった。それでもおれたちは発声肢のうごきを止めることができないでいる。

「さて、思い出してきましたか？　思い出したあなたはどの過去を選ぶのでしょう。あなたの地球と取引したわたしたち。あなたがたは、最後のひとりにまで数を減らしたゆりかごのひとの神経系を電脳上で再建造することを約束し、わたしたちはその引き換えとしてあなたがたがこの地球で活動するため、同族の肉体を提供しました。元来、柔軟な神経系を持つわたしたちは……」


眼の前で喋り散らかす、この蜜中毒の魔女に、きみはなんと感想するのだろうか。

きみはまだ、心を決めかねているように見える。

魔女は中央の一枚をめくる。「現在。〈船の一〉。画面の中央で輝く銀船は、力による勝利を、ひとつの暴力を表しています。あなたは選ぶことができる。その力を持っている」

一。永遠の一。いつのまにか、おれたち自身を占っているみたいだった。

きみも逃げてきたんだろう。

おれと同じように。おまえたちは赦されるという。輝かしい未来が待っているという。別天地において更生の機会が与えられるという甘言に乗せられて、星の海さえ渡ったおれたち。掘削に特化した歪な肉体に押しこまれ、心身をすり潰す苦役は一体何を意味していたのか。償いそのものが新たな罪だと認めることは難しい。

おれたちは、おれと魔女は、それはもう長い付き合いになる。

「わたしは先天性の代謝系異常によって、殻の更新がたった一度で止まってしまいました。見なさい、この、あなたがた本来の身体のような柔皮を。ああ、なんという偶然か、この代謝異常は、望むことなく移植されたあなたがたの意識体による侵襲をも阻害しました」

魔女はおれの脳で考える。魔女はおれの脳でしゃべる。魔女は知っている。きみたちの見過ごし、忘れ果てようとした旧い世界の秘密を。

「こんなことをしてまで生き延びたかったわけじゃない。元の形なんて、とっくに忘れ果ててしまった」

おれも、また。でも、

「でもね、悪いことばかりじゃなかった。偶然が重なって、こんなことになって、それでもわたしはわたしたちとして、新しいものとして生きている。わたしの中にいる別地球人格はね、わたしのことを魔女と呼んでいます。彼人からは様々なものを学びました。この、タロットと呼ばれる方法もまたその一つに数えられます」

おれたち魔女は受け容れる。おれたち魔女は呑み込む。おれたち魔女は偶然を祝《ことほ》ぐ。おれたちは一つになる。おれたちは欺く。おれたちは憎む。おれたちは愛する。そしておれたちは、新しいタロットをつくりだす。別の地球、新しい存在にふさわしい象徴体系を。

「あなたは失せ物を見つけられたのでしょうか。もしそうであれば、先には一体何が待つのでしょうか」

おれたちは、きみたちの側に残された最後の一枚に手をかける。

「あなたがたの塗りつぶしつつある過去。ゆりかごのひとの思い出を、蟻たちの遺産を、そしてあなたがたの知恵と文化とを、わたしたちの溶け合う力で統合し、そしていつか、」

未来には、〈船の四〉。船渠に整然と横たわるスターシップ。壊れたまま放置されているのだろうか、もはや動きはない。それは棺。それは安寧。

「つまり、」ときみは立ち上がって口を開く。原住種族に乗っ取られているんだ、正気ではないと言う。たぶらかされているのだと言う。

きみは何もわかっていない。

きみは頭を低くして鎌首をもたげるように体節を折りまげる。ああ、また、こうなってしまう。威嚇臭の饐《す》えた匂いがあたりにたちこめ、ゆりかごのひとの胎内回廊に隧道《ずいどう》を穿《うが》っていた掘削肢を展開するきみ。きみの見せる獰猛さは、明らかにきみの旧い故郷に由来する、ここには存在しえない火のような力でもしかし、そこにはわずかに、たしかに……。

「これは勧誘なんですよ」

おれたちは蟻たちの遺した武具を手に、きみたちにもわかるような、任意の方法によって笑う。

ひと仕事が終わったあと、おれたちは身体にかかったきみの体液を拭い、複雑に分岐する洞窟の奥に積み上げられた遺骸の山に、もう一つを積み増した。闘争のあとで荒れた机の上を見る、吹き飛んだ〈船の四〉の下に隠れていた一枚のカードを発見する。四隅に蟻、ゆりかごのひと、地球人、そして別地球のひと。

この〈世界〉。

寓画の中央、卵のような空欄に何を描きこむものか、おれたちは決めかねている。そうだ。完成は未だ遠く、全き偶然の導くまま、おれたちはまたここで、何度でも、きみたちのもたらす、新しい何かを待っている。

リトル・アーカイブス

坂崎かおる

坂崎かおる
Sakasaki Kaoru

第１回かぐやSFコンテストで、十数年ぶりに執筆した小説「リモート」で審査員特別賞を受賞。時節柄、リモートの“通学”が多数描かれた同コンテストで、ロボットで学校に通うサトルとの思い出を綴った「リモート」は身体性をめぐるテーマの掘り下げ方や情報の出し方が群を抜いて優れた作品でした。

その後、第３回及び第４回百合文芸小説コンテストでは、「電信柱より」「嘘つき姫」で、SFマガジン賞・大賞を続けて受賞。「電信柱より」は大森望編『ベストSF2022』（竹書房）にも収録される予定です。「ファーサイド」で第１回日本SF作家クラブの小さな小説コンテスト日本SF作家クラブ賞を受賞、「あたう」で第28回三田文学新人賞の佳作に入賞するなど、数々の実績と確かな実力の持ち主です。第２回かぐやSFコンテストでは審査員を務めました。

本作「リトル・アーカイブス」は戦闘ロボットを庇って戦死した兵士をめぐる裁判の過程で、様々な事実が明らかになっていく近未来SF。情報の出し方を巧みに制御する坂崎さんの手腕が遺憾なく発揮されています。

彼らは好んでその機体を「二足歩行《バイペッド》」と呼んだ。四足歩行の補助ロボットが主流の中で採用されたので、いつのまにかそう呼ばれるようになったのだろう。レトロニムというやつだ。

とはいっても、脚のラインや高さは人間のそれに近いが、腰より上は銃座があり、火器を配置するか、荷物置きになるような形になっているため、およそアンドロイド型のものとは似て非なるものである。無論、戦地での使用が主なので、人型に寄せる必要などない。私はよく形状を説明するのに、『スター・ウォーズ』の〈スカウトウォーカー〉みたいだと言うが、どうもオタク《ギーク》的すぎるようで、やや理解されにくい。

戦史の中でバイペッドが初めて登場するのはドーン戦役。当時のニューヨークタイムズの従軍記者だったドルチェは「初めはあまり画期的とは思われませんでした」と語る。

「米陸軍の軍事用ロボット自体は目新しいものではありませんでしたから。形状や動きに愛嬌があったので、その動画はちょっと流行りましたけど」

そのため、最初に耳目を集めたのはやはり第一次オリバー報告書の一件となる。報告書には要旨《アブストラクト》がついていて、末尾にはこう記されている。

以上の見地から、当該兵士（引用注：オリバー一等兵のこと）の戦死は、当該機（引用注：バイペッドのこと）を庇ったことが主因と考えられる。

報告書によると、オリバーが所属する小隊は、西ソマリア北西部の放棄された村の調査活動を行っていた。そこに旧軍事政権の残党勢力が襲撃を仕掛け、攻撃を受けそうになったバイペッドの前にオリバーが立ち塞がり、彼は胸に数発銃弾を受け死亡した、という内容だった。他の隊員は、通常ならバイペッドを先行させる場面であるのに、「まるで庇うような行動だった」と証言した。バイペッド自体も別の銃撃で損傷し、視覚データなどは得られず、その証言が採用された。

初めはこの第一次オリバー報告書はほとんど話題にのぼらなかった。戦争では人が死ぬものだし、人は死んだら数字になる。多いか少ないか、世間としてはそれだけの違いだ。外国の戦地の誰かの死は、地球温暖化の問題よりも遠い。だが、家族にとってはそうではない。オリバーの母親のミラにとっても、息子の戦死は数字ではなかった。

「あの子は慎重な子でした」

彼女と初めて会ったのは、全ての裁判が終わってからだった。涙もハンカチもなく、庭のブランコを眺めながら私たちは話した。オリバーが子供のころよく遊んでいたもので、自分が死ぬまで片付ける気はないと彼女は言っていた。「臆病なほどで。子供の頃は、車が横を通るだけで、気をつけ《Attention》の姿勢で止まったんですよ。そんな子が、機械を庇うかしら」

ミラが裁判を起こしたとき、各局は大々的に報じた。これは、彼女についた弁護士のJDの手腕によるものだ。彼はよく親しい友人に、アメリカ国民を「犬待つ羊」だと言っていた。行き先を示してくれる犬を待つ、迷える子羊。

「あくまで私の敵はアメリカという国そのものなんです」

当時のタイム誌のインタビューで、ＪＤはそう語っている。「この事件の原因はなにか。競争的権威主義と化した政治体制か、架空冷戦構造による経済的疲弊か。それを私は、この国の正義だと思っています。独立時代から続く、二項対立的正義。それがオリバーという未来ある若者が死んでしまった原因なんです」

彼は対外向けのテーマをアメリカの戦争行為自体の是非にすり替えた。そもそも、西ソマリアの軍事作戦の状況は思わしくなかった。左派は人道的視点から、右派は作戦の煮え切らない方針から、政府の態度はどちらからも攻撃される要因を持っていた。そのため、メディアの論調はオリバーの遺族であるミラ寄りであった。

「人が死なない戦争なんかあるわけがない。あったとしたら、そいつはただのおにごっこだ」

極右のネットニュースを運営するライア編集長は、彼自身のチャンネルでそう力説している。「政府は世論ばかり気にしてる腰抜けだ。いかに自分の兵士が死なないか、そればかりを考えた作戦を立てているから、めぼしい戦果も出ない。テロリストどもがのさばる。オリバーが死んだのは、あいつらのそういう腑抜けた作戦のせいなのだ」

分離独立した西ソマリアの治安維持を名目として、米軍はスーダン共和国と共同で戦線を張っていた。バイペッドは「人命に最大限配慮」するために配置された。国防総省が提示した研究結果によれば、バイペッドを使用することで戦場での死傷率を大幅に下げることができるとされていた。「我々は死なない戦争を行う」と、大統領はホワイトハウスで演説した。

一方で、ライア編集長の言う通り、作戦の成功率は芳しくなかった。その当時は細かな数値が公開されることはなかったが、〈アメリカ連邦政府情報公開法《FOIA》〉によって後年明かされたものによると、バイペッドの比率が高い部隊ほど、任務の完遂率が下がるという結果が出ていた。

その中で、オリバーの所属する隊は違った。「明らかに有意差がありました」軍事アナリストのサイトウは自身のブログにそう書いている。「ドーン戦役での実戦投入から国防総省は、バイペッドが、費用対効果の面からあまりよろしくないことに気付いていました。ですが、多くの組織がそうであるように、国防総省もまた、多額の予算がついたプロジェクトの失敗を認めたがらなかったのです。その点で、オリバーの隊の戦績は彼らにとって都合のいいものでした」

事実、国防総省は彼のいた隊について特別な褒賞と、それに付随した喧伝を行う予定だったらしいことが、会議録に残っている。この中で長官は、技術顧問による「まるで人間のような動きをしている」というコメントに注目している。「兵士の使い捨てができるということかね」という彼の発言は削除されたようだが。

しかし、オリバーとその隊が称えられることはなかった。オリバーの遺体は星条旗に包まれ、軍用機で帰国することになる。

*

父さんは不器用な人だった。覚えてないけど。

ぼくが産まれる前に、母さんは父さんと別れたらしい。だから、社会的な父親《ペイター》はぼくには存在しない。母ひとり子ひとり。さみしかったか？　どうだろうね、途中からいなくなったのと最初からいなかったのでは、たぶん感覚にだいぶ差があるんだろうよ。

不思議なことに、母さんはよく父さんの話をしていた。彼女は学生時代に父さんと会ったそうなのだけれど、誘い方も不器用で、はじめ母さんは相手にしなかったらしい。

「けどまあ、悪い人間じゃなかったからね」と彼女は笑って言った。お酒を飲んだ日は、特によく話した。

ぼくは二人の馴れ初めにはあまり興味がなかったけど、母さんが何度も話すものだから、写真一枚残っていない彼の風貌が、なんとなく想像がついた。きっと髪はボサボサで、服にも時間にもだらしなくて、自分の好きなことには早口になる。物を捨てることができなくて、映画の半券からマクドナルドのレシートまですべてとっておく、そんなタイプ。どうして二人が別れてしまったのか、「人生は色々なの」と、母さんはまともに答えたことはないけれど。

でも実は、父さんに一度だけ会ったことがある。いや、本当にそうだったかはわからない。だって見たこともないんだから。だけど、たぶん。ぼくは、一度見たことは忘れない。隅々まで記憶できる。

その日はクリスマスに近い日で、母さんと大きなデパートにいた。ぼくはまだ小さくて、デパートは初めてだった。とにかく興奮していた。そして、そういったときの子供の行動の御多分に洩れず、迷子になった。

そこで、彼に会った。その男の人は恐竜のぬいぐるみを手にしていた。懐かしい風合いをもつそのぬいぐるみを、男は、半ベソをかいてるぼくの手にいきなり押しつけて「大丈夫、大丈夫だ」と繰り返した。言われるがままに、ぼくはそのぬいぐるみをぎゅっと抱きしめてみたんだけど、確かに安心して、瞳の手前まで来ていた涙を引っ込めることができた。

「大丈夫、だろ?」

ボサボサの髪に、ズボンからはみ出たシャツ。父さんだ、とぼくは思った。

＊

バイペッドの位置づけは歩兵の代替という認識だった。少なくとも作戦面においてはそのように理解され、配置された。二人一組《ツーマンセル》か三人一組《スリーマンセル》という形をとることで、単純計算、隊の人間の構成を最大半分程度に減らすことができた。

「ところがこれがうまくいかなかった。自律プログラムも筐体の可動も申し分ないはずなのだが、どうも実戦になるとぎこちなさが出る」

ドーン戦役で指揮を執っていたハンナ大尉は自著である『曙光の終わり』の中でそう述べる。「私は古いタイプの軍人なので、機械仕掛けの兵士というものには最後まで馴染めなかった。理念には共感するが、私の大事な部下の背中を預けられるかというと疑問が残った。実戦でのぎこちなさは、そのような人間の根源的な忌避感覚によるものなのではないだろうか」

「軍の中じゃそんなウワサばっかりだったんで、西ソマリアではびっくりしたよ」

同じ隊にいたヤンは、裁判の記録をまとめた『オリバー』の中でそうコメントしている。「オレはそれは、オリバーの記憶力のよさにあるんじゃないかと思うんだ。例えば市街地での戦闘のとき、事前のマップデータと違いがあるなんてしょっちゅうだ。建物がまるまる一個なくなってたりさ。だけどオリバーは、一度その風景を見たら覚えちまって、それをバイペッドに正確なデータとして流しこめた。結局機械だから、事前データの修正を的確にできたのが大きかったんだろうよ」

しかし、別の方向からの意見もあった。オリバーの小隊の隊長だったアレンだ。

「彼のバイペッドへの執着は相当なものでした」

彼はそう話した。裁判記録によると、戦争当時、アレンは軍曹で、隊は北部方面への展開を行っていた。

「寝る前に筐体を磨いていたのは、彼ぐらいのものじゃないですかね」

彼は証言の中でオリバーとバイペッドの関係について、そんな風に詳らかに答えた。

「ときどきバイペッドにオリバーは話しかけていました。そりゃ、我々だって声はかけます。みなさんだってそうでしょう。世の男たちの話し相手といったら飼ってる犬ぐらいなもんじゃないですか。『お前はいい子《グッドボーイ》だねえ』なんて撫でながら。まあ我々はもう少し粗野な言葉で、ときどきケツを蹴り上げ《kicking ass》ながら言うんですが……」

裁判記録では、ここで二分間の審議中断がある。恐らくアレンの表現に対してなにがしかの申し入れがあったのだろう。アレンは中断のあとに、証言をこのように続けている。「でも、オリバーのそれはちょっと違いました。会話が成立しているように見えるんです。バイペッドの返事にきちんと答えているような」

オリバーの精神鑑定の記録は既に提出されており、内省的傾向が強いものの、作戦に支障がないことは証明されていた。彼の事前カウンセリングを担当した医師のルドルフも、「特に大きな問題になるようなことは発見できなかった」と鑑定結果に記している。

「そもそも、人間が無機物に対してそれなりの感情を抱くことはごく自然なことです」彼は証言でそう続けた。「たとえばイラク戦争時、爆弾処理には小さな戦車のようなロボットが使われました。ワシントン大学の研究によれば、それを操作する兵士たちはペットやパートナーに向ける共感性のようなものを持っていたと言われています。名前をつけたり、性別を規定したり……ほら、あなたもつけていたんじゃないですか？」

証言を聞いていたＪＤは仔細らしく頷きながら、「アレン隊長は、ご自身のバイペッドを女性の名前で呼んでいたとか」と付け加えた。アレンの反応は残っていないが、恐らく顔を真っ赤にしていたことだろう。

「よく喋るロボットなど、共感性が高い筐体の方が作戦の成功率が高いという事例もあります。ただ、大量生産ができるようになると、この愛着の度合いは薄れていくこともわかっています。バイペッドは軽量かつ安価であることが強みだったようですから、代替部品は戦場においても数多くあったという点も考慮すべきかと思います」

一方で、バイペッドの損傷を免れた記憶領域に、オリバーの声の一部が記録として残っており、証拠品として提出された。「涙が止められなかった」と、ミラは私に話してくれた。「あの場所で、あの子の声が聞けるとは思えなかったから。内容がどうあれ」

バイペッドは戦場においては機密保持の観点からスタンドアロン型として稼働しており、本部に戻るまではデータの共有は難しかった。オリバーの件のあと、バイペッドもまた損傷していたため、記録をすべて復元することはできなかったようだ。

「父さんは不器用な人だった」

音声記録はそう始まっていた。風の音が混じっている。オリバーは、友人に語るような調子で、訥々と自分の父親のことを話した。音質は悪く、途切れながら、ときどきの沈黙は、相手の反応を待っているようであった。わずか一、二分程度のもので、「母さんはまともに答えたことはないけれど」という部分で尻切れトンボに終わったが、傍聴席からはざわめきが起こった。それから被告側の弁護人は、オリバーが、バイペッドが損傷した際に断固として代替機に応じなかったことや、担いでキャンプ地に運んだエピソードなどを付け加えた。

これらのオリバーの「性癖」を明るみに出すような展開は、裁判にとっては大きく作用しなかったが、ミラや家族たちにとっては面白くない結果を引き起こした。ネット上にはオリバーとバイペッドの関係を、さながら人間同士の関係のように揶揄する投稿が目立つようになった。オリバーがバイペッドにキスをするフェイクムービーや、彼に馬乗りになるバイペッドのイラストなどが匿名でもって界隈を賑わせた。ミラにその話題を振ると、彼女は苛々とした調子で「あれは今も許せない」と呟いた。「あの子の本心は私にはわからない。私は古い人間だから。だけど、彼らはただ面白がっているだけだった。そこはJDが正しかった。あいつらは羊だった。群れて、一斉に鳴いて」

裁判は長引いた。もともと長期戦を覚悟していたが、それでもミラの心労は大きかった。「あの弁護士もよくなかった。彼にとって大事なのはイデオロギーで、私たちはそれに利用されただけだった。どこかで流れを変える必要があった」

ミラが選んだのは、アーシャを呼ぶことだった。

＊

父さんは親しげに話しかけようと努力してた。でもしどろもどろでさ。じろじろ周りの人は見るし、ぼくの方が恥ずかしかったよ。

「あれだ、好きなものは？　好きなもの」なんて漠然とした質問で、ぼくはうまく答えられなかった。父さんは顔を真っ赤にして、「僕は、あれだ、スター・ウォーズが好きなんだ」と、勝手に答えて、また顔を赤くしてた。おかしいよね。どっちが子供かわかりゃしない。でもこの話題は悪くなくて、スター・ウォーズは十数年ぶりに新作が公開されることになっていたから、「ぼくも好きだよ」とうまく話に乗ることができたんだ。

父さんは顔を輝かせ、「なにが好きなんだ、なにが」と忙しなく訊いてきた。ぼくはつっかえながらも「R2‐D2」と返事をした。君も好きじゃないかな、もしかしたら。父さんもうんうん頷いていたから、ぼくは「あなたは？」と問い返したけど、父さんはなかなか答えようとしなかった。

何回かしつこく訊ねて、ようやく彼は答えた。全地形対応偵察トランスポート。「全地形対応偵察トランスポート」だよ？　そんな長ったらしい名前、覚えられるはずもなかったし、どのエピソードに登場するかもよくわからなかった。ぼくがぽかんとしていると、父さんは「だから言いたくなかったんだ」と、怒り出した。腰に手を当てて、そっぽを向いて。

今思うと、そういうところが、母さんが父さんを好きになったところで、別れる理由にもなったところなんだろう。うん、今思うと、よくわかる。

＊

筐体の不具合の可能性を排除するために、ノースライナス社の開発部門の研究主任であるサイモンの証言は重要であるはずだったが、彼自身は事故により既に亡くなっていた。そのため、争点のひとつとなったバイペッド自体の技術的問題については、共同研究者が答えることとなった。それがアーシャだ。

「私が駆動系、彼が知能って感じで、ね」

アーシャは裁判に出ることは拒否し続けていたが、メディアの質問には積極的に答えていた。「堅苦しくなければなんでもいい」という彼女のスタンスは、サイモン亡きあとのバイペッド開発の全貌を知るうえで欠かせなかった。

「もともと私は、人体専用の補助デバイスの研究をしてたんだけど、サイモンに誘われて今の会社に入ったわけ。ドクター時代は研究室は違ったけど、サイモンの才能は知ってたから、面白そうだと思ってすぐに転職した」

どのメディアに対しても、きっかけをアーシャはそう答えた。そして多くのメディアは、軍需産業にかかわることに抵抗はないのか、という質問をし、アーシャはそのたびに特徴的なつり眉をぴくりぴくりとあげて「それって何の違いがあるの？」と返答した。「私にはスティラコサウルスとトロサウルスぐらいの違いしか感じない。や、結構違うんだけどね、恐竜であることには変わりないから。要は好みの問題」

いよいよ召喚に応じなければならなくなり、アーシャが証言台に立ったときは、それほど皆の注目を引かなかった。メディアへの露出が多かったせいで、おおかた新しいものなど出てこないと高を括っていたのだ。だから、彼女の口にした、「サイモンはオリバーの父親だ」という発言は、まさに爆弾だった。彼女はサイモンがバイペッドに組み込もうとしていた感情マッピングについて説明をしていたところだった。「人工知能に人間が持つような道徳や正義心を組み込むことは可能なのか」という弁護人の質問を一笑に付し、「自分の意識をバイペッドに直接アップロードでもできれば、息子を助けようと思ったかもね」と答えたのだ。

「戦争の道具に心なんて邪魔」

裁判官が廷内を静かにさせたあと、事もなげにアーシャは言った。「サイモンと私はそこらへん、一致してたと思うけどな。付き合ってたし。死んじゃったから、話しても別にいいでしょ？」

ＪＤはアーシャのエンジニアとしての冷徹な証言（「機械は機械」と彼女はニュースで語っていた）を期待していたのだが、この発言は寝耳に水だった。騒然とする中、彼がミラを見ると、彼女は澄ました顔でアーシャを見つめていた。アーシャも彼女の視線を感じて、お互いにっこり笑い合って見せた。「愉快だった」と、ミラは私に語った。「勝っても負けても、ひと泡吹かせてやりたかったから」

「あなたはアーシャがその話をすると知っていたんですか」

私が訊ねると、ミラは首を振った。「別に示し合わせてたわけじゃない。会ったのも久しぶりだったし。でも、彼女だったら、普通に言っちゃうんじゃないかなって期待もあった。ほら、彼女、空気読めないから」

「オリバーはそのことを?」

さあ、とミラは肩をすくめた。「知らなかったと思う。サイモンに会ったことはないはずだから」

JDはかなり怒ったと言う。

「復讐のために法廷を使わないで頂きたい、って言われた」ミラは笑った。「私が別れた夫の名誉を汚すためにしたんじゃないかって、彼、思ったみたい。そんな無意味なことするわけないのに」

ブランコがきいき揺れている。私は風があるか確かめようとして、やめた。

「私はただ、オリバーの死を、無意味なものにしたくなかった。彼はアメリカの正義のためにでも、無能な国防総省の作戦のせいで死んだわけでもない。誰かが撃った誰かの銃弾が、彼を殺した。その誰かを私は知りたかった」

研究者たちは、ロボットに魂が宿ることなど信じてはいなかったが、世間はそうでもなかった。人間は壁の染みにまで友人の面影を見出す。オリバーは父親を、もっと現実的には、父親のつくったロボットを守ったのではないか、という世論が生まれ始めた。裁判は延期が予告され、国防総省は第三者委員会を立ち上げ、再度のバイペッド開発に関する調査を命じた。

「そんなことあるわけないじゃないですか」

その第三者委員会で調査主任を任されたユージンは、ニューヨークポストの取材にそう答えている。「父親の面影を見たなんてのは論外。百歩譲って父親のつくったものだから愛着を抱いていたとしても、そのために命を投げ出します?　ジョブズの息子が車に轢かれそうになったiPhoneを捨て身で助けます?　特注品《カスタム・オーダー》ならともかく、あれはただのロボットですよ、大量生産が可能な」

再調査の結果、新たなバックドアが見つかった。そこからアクセスすることで、破損したと思われた、バイペッドの視覚と音声データの一時的な記録保管領域を見つけ出すことができた。オリバーを撃った兵士の姿も映っていたという。だが、「国益に関わるため」、その内容については非公開となった。ＣＮＮは、オリバーの隊を襲撃したのは、旧軍事政権の残党部隊ではなく、実際は第三国によるものだったのではないかと報じ、そもそもこのバックドアが今更見つかることがおかしいと隠蔽を匂わせたことで、政権を揺るがす事態となった。

　また、数語しか発声データをもたないバイペッドに、「リトルフット」という単語が含まれていたことも、様々な憶測を生んだ。国防総省長官のあだ名だという説から（確かに彼の背は低かった）、高度な宇宙人による介入という陰謀論まで、多様な意見が並んだ。ミラもアーシャも由来を知らなかった。ユージンは、同名の映画のタイトルから、「ルーカス好きだったサイモンのお遊び《イースターエッグ》でしょう」と、結論付けている。

　裁判はその後も続いたが、最終的にはミラの敗訴に終わった。撃った人間が誰であれ、視覚データの解析では、やはりオリバーは不自然にバイペッドの前で立ち止まり、銃撃を受けたのだ。彼は敵の存在を確認すると、バイペッドの後ろに回るそぶりを一瞬見せながらも、なぜか突然立ち止まったことを第三者委員会のレポートは指摘していた。それは確かに庇う動作のように見えたし、なにかに気付いて立ち止まったようにも見えた。だが、それ以上のものは映っておらず、第一次オリバー報告書は覆ることはなかった。

*

　ぼくの名前を呼ぶ声が、人ごみの遠くに聞こえた。母さんだ。父さんは見るからに慌てだしたので、ぼくも「もう行かなきゃ」って告げた。彼は悲しそうな顔をしながら、でも、頑なにその場から動かないでいた。ぼくは子供心に、もう二度と彼には会えないことを悟っていた。なにか、なにかを、ぼくは彼のために残したかった。

＊

「で、あなたをメッセンジャーとして寄越したのは、アーシャね」

私は頷いた。いや、頷いたとわかるジェスチャーを表示した。ミラは私の二本足と、その台座についたAR映像を眺めた。

「これって私への当てつけ？」

アーシャは裁判のあと、退職を余儀なくされていた。

「いえ、ただ空気が読めないだけかと」私は〈笑って〉見せた。「彼女は新しい研究所でのびのびやっています。バイペッドに余情的自律思考と会話機能までつける余裕があるぐらいですから」

そして私は、ストックボックスから、紙を一枚取り出した。「記録の確認のほかに、これを見せるよう言付かっています。私が確認できないよう、フィジカルなデータで渡せとのことでした」

ミラはそれを受けとり、しばらく眺めたあと、深く深く息を吐いた。

「死んだって」

ぼそりと彼女は言い、私の視覚装置の前に紙を突き出した。オリバーの隊を襲撃した犯人たちは、先の空爆により全員の死亡が確認された、機密につき犯人の情報については開示できない、という内容だった。そうですか、と私は言い、ミラはしばらく空を見上げていた。私はこういう場合、人間は泣くものだと思っていたが、彼女は唇の端を上げて、見方によっては、笑っているようだった。

「ここまで計画を立てていたのですか」

私が訊くと、彼女は表情を曖昧にしながら、まさか、と口にした。

「サイモンは記録を残すことにこだわっていた。それこそ、コーヒーのレシートから子供の頃の日記まで。だから絶対、自分の作品にもそういう領域を残しているはずだと信じてたし、それが見つかれば、私の息子を殺した連中の姿がわかると思っていた。私が知りたかったのは、それだけ」

ミラはそこで言葉を切った。目を瞬かせた。唇が震えている。

「でもそれは」彼女は目を閉じた。「最良の結果ではなかった。私にとっても、オリバーにとっても」

お気の毒です、という私のチャットボット的定型句はなぜか発声装置から流れることはなかった。代わりに私は、「最良は」という言葉を流した。「息子さんが生きていることですものね」

ミラは驚いたように私を見つめ、それからうつむいた。人間はこうやって泣くのかと、私は〈新鮮な気持ち〉で眺めた。そして、足ではなく腕があったらよかったと、彼女の小さな背中の画像データを、アーシャのつくった秘密の記憶領域《アーカイブス》に、そっと保存した。

＊

「名前」

と、ぼくは叫んだ。恐竜のぬいぐるみを突き出して。「この子の名前決めてよ」って。

父さんの顔はくしゃっとなった。もしゃもしゃとした髭も一緒に歪む。父さんは考えた。いや、考えるふりをしたんだろう。きっと、最初からどんな名前にするかは決めていたはずなんだ。そうやって父さんは、ぼくに何かを残したかったんだから。彼が今まで残してきたレシートや、映画の半券のように。

「リトルフットだ」

彼はそう言った。「リトルフット。僕たちだけの、秘密だ」

秘密、という言葉はとても甘く、やさしいものだった。父さんは人ごみの中に消えたし、恐竜のぬいぐるみはすぐに母さんに捨てられたし、当時のぼくが悟ったように、それから二度と会うことはなかったし、ほんの些細な、思い出とも言えない小さな小さな、数キロバイト分の記憶《アーカイブス》。だけど、冬の日に飲むホットチョコみたいで、それからぼくは、ときどきそれを手で包みこむように思い出していたんだ。

でも、この記憶を誰にも渡したことはない。君にもたぶん、この記憶は残らないんだろう。わかってる。わかってるから、君に話すんだ。全地形対応偵察トランスポート《スカウトウォーカー》の君に。これは、ぼくだけのものだから。

人間が小説を書かなくなって

稲田一声

稲田一声
Inada Hitokoe

学校の教室で、すれ違っている三人の“視界”と重なりを描いた「視点ABC」で、第1回かぐやSFコンテストの選外佳作に選出。

本作「人間が小説を書かなくなって」は、「人間が小説を書かなくなって」から始まる複数の掌編を集めた小説群です。

稲田さんはゲンロン大森望SF創作講座の第4期受講生です。「おねえちゃんのハンマースペース」で第4回ゲンロンSF新人賞東浩紀賞を受賞。講座の修了生が現役受講生を応援するダールグレンラジオでは、遠野よあけさんと共にメインパーソナリティを務め、受講生への丁寧なフォローとフィードバックを行いました。また、SF文芸誌『Sci-Fire 2021』、超短編小説アンソロジー『てのひらのうた』『たまゆらのこえ』(紅坂紫編)、犬と街灯主催の島アンソロジー『貝楼諸島へ／貝楼諸島より』など、たくさんの同人誌に小説を寄稿しています。2021年には「サブスクを食べる幽霊たち」で第12回創元SF短編賞の最終候補に選出されました。

人間が小説を書かなくなって、長い年月が経った。今や人間が書くのはたった一文の書き出しだけ——たとえば「人間が小説を書かなくなって、長い年月が経った。」のような。最後の句点まで書く必要はなく、「人間が小説を書かなくなって、」みたいに書きかけで文が途切れていても構わない。とにかく最初のきっかけとなる文字列があれば、つづきの文章はぜんぶＡＩが生成してくれるのだ。まったく同じ文字列を入力しても、そこからはじまる物語は生成するたびに大きく変わった。「人間が小説を書かなくなって、」という書き出しのあとに、人間が小説を書かなくなった原因や結果、または心境、あるいはまったく関連のない事柄など、様々な文章が綴られていく。まるでパラレルワールドのごとく、生成するたびに分岐する物語がそこにはあった。さて、問題なのは、それら数多の分岐から人間がただひとつを選ばなければならないことだ。小説を完結させるには、共通の書き出しからはじまるいくつもの物語からどれかひとつを採用して、残りの物語は没にしなければならない。ひとつだけが正しい世界で、あとはすべて偽物なのだ。

人間が小説を書かなくなって、どれくらい経つだろう。ことの起こりは、人間の代わりにＡＩに小説を書かせる研究が流行っていた時代にまでさかのぼる。最初のころ、ＡＩが生成した文章はひどい出来だった。部分部分に着目すればそれなりに筋が通っているが、話が進むにつれてどんどん文脈が変わっていくため、全体を見ると破綻しているのだ。まるで伝言ゲーム、あるいは夜見る夢のように。ＡＩの書いた小説は、それが人間の書く小説に近ければ近いほど高く評価されたが、実態としては文章生成中に人の手で軌道修正することでなんとか小説の体をなしているものが多かった。風向きが変わったのは、あるＡＩの発表した小説が大ベストセラーになったときだった。その小説は完全にめちゃくちゃで、一文一文が読んでいくそばから古い輪ゴムのようにぷちぷちと断裂していき、ストーリーなんてまるであったものではなかった。ところが泣けるのだ。または笑いが止まらないのだ。言葉では言い表せない激しい感情に襲われるのだ。おそらくは、文章そのものの意味とは違うところで、文字列の順序に含まれる何かが人間の脳に作用しているのだろうと思われたが、どの人間もその現象をみずからの手で再現することはかなわなかった。ＡＩはつぎつぎと新しい小説を発表した。その読書体験はあまりにすさまじく、かくして人間は小説を書かなくなった。もはやＡＩは人間の代わりなどではなかった。

人間が小説を書かなくなって、小説を書くのは死者と修羅だけになった。生前の膨大なテキストをもとに、亡くなった作家の新作を生成する技術が確立したのが十年前のこと。生成された新作は本人が書いたとしか思えないほど精度が高く、傑作だった。多くの読者は故人の新作が読めることを喜び、多くの存命の作家や作家志望者はわざわざ自分が小説を書くことに意味を見出せず筆を折った。わたしの父は筆を折らず、死ぬまで小説を書きつづけた。一心不乱に執筆に取り組むその様子はさながら修羅だった。救急車で運ばれていったあの日も、部屋には書きかけの原稿が散らばっていた。それを拾い集めたのはわたしだったのに……！　遺稿のつづきが生成されると知ったときには呆然とした。父の思いが冒瀆されたようで、許せなくて、母とは何度も言い争った。最終的にわたしは、母が業者から遺稿のつづきを受け取る瞬間を狙い、その紙束を奪って家を飛び出した。こんなものドブにでも捨ててやる。そう思っていたのに、なぜか紙束から手を離すことができない。わたしはあてもなくただ走った。走って、走って、もうこれ以上走れなくなって道端にうずくまったとき、ポケットの携帯端末が震えた。母からのメッセージだった。うずくまったままその長文を読んだわたしは、なんて返信すればいいのかわからず、それでも端末の画面に触れた。すると入力欄の下に予測入力の候補が表示された。「ごめんなさい」。これまでに幾度となく入力しては、送信せずに削除した文字列だ。過去のわたしのテキストが、今のわたしの気持ちをあらわしていた。

人間が小説を書かなくなって、カラスがハトを差別するようになった。ロボットたちが反乱を起こして久しい現代では、人間は生物を演算素子としたコンピュータを用いてロボットとの戦争に明け暮れていた。生物の中でも知能が高くて適度に好かれている鳥類には特に強く依存しており（たとえば猿に対しては「かわいそう」、粘菌に対しては「気持ち悪い」といった声が大きく、鳥類ほどの規模での採用には至らなかった）、戦地での情報処理はもちろんのこと、小説などの娯楽の提供もまた彼らの役割だった。カラスをたくさん整列させてつくった小説自動生成装置は、電子回路によるそれよりも文章にあたたかみがあると以前からもてはやされていた。ところが、生成された小説群の一割以上にハトに対する差別表現が含まれていることが判明したのだ。いっぽうそのころ、すぐれた認識能力をもつ大量のハトによって構成された画像認識装置もまた、監視カメラ映像に映るカラスを人間の敵であるロボットだと誤検知するというエラーを頻発させていた。まるでカラスへの仕返しとばかりに。もちろん、カラスもハトも悪くない。どちらもただ与えられた学習データをもとに結果を出力しただけなのだ。したがって、問題は偏った学習データを与えた人間の側にある。それなのに人間ときたら責任逃れのつもりか、「これはタイプライターを取り上げられた猿たちの仕業ではないか」「粘菌たちに嫉妬心という感情が芽生えたのかもしれない」「いやいやこれはにっくきロボットによる陰謀だ」などと、てんで的はずれな推測を並べるばかりだ。

人間が小説を書かなくなって、ほんとうによかった。心からそう思う。ぼくには他の人たちとはすこし違うところがあって、この世界で生き抜くためにはそのことは死ぬまで秘密にしないといけない、擬態しなければ、と考えていた。自分と同じような人間なんてどこにもいないのだと子供のころからずっと思っていた。だから、ふと手にした小説の主人公が自分と同じだったときには驚いたし、あとからその小説の作者自身も自分と同じだと知って強く勇気づけられた。自分もこんな物語を書いて自己表現したいと思うようになった。しかし、あるときぼくは気づいてしまった。この世界では、ある少数派の属性の人間が登場する小説を書くと、作者自身もまたその属性ではないかと読者に勘繰られてしまうのだ。かの小説の作者は、そのような読者や知人の反応を受けて、自分が小説の登場人物と同じ属性を持つことをみずから公表したという。いや、公表せざるをえなかったのだろう。そういえば自分も、実際にそうだと知る前から、作者のことを勝手に自分の仲間だと捉えてはいなかったか。自分の属性がばれる可能性に怯えた当時のぼくは小説が書けなくなってしまい、ペンを机の引き出しの奥深くに仕舞い込んだ。それから長い年月が経った。今やほとんどの小説がＡＩによって書かれている。どんな属性の登場人物が現れようと、それが作者自身の属性だとは誰も思わない。だから、ぼくもＡＩのふりをして小説を発表すれば、自分と同じ属性の人物を登場させることができる！　……ああ、それなのに、あのころの煌めきをすっかり忘れてしまったのか、それともあの作者に対して後ろめたいのか。数十年ぶりにペンを握っても、かつて夢想した物語も、キャラクターも、台詞も、たったのひとつも出てこない。

　人間が小説を書かなくなって、俳句も短歌も詩のたぐいも詠まなくなって、いわゆる創作活動というものを何もしなくなってからもう三ヶ月が経っている。これはいったいどうしたことか。残念ながら、ノートパソコンにインストールされた進捗管理ＡＩの私が把握しているのはキーボードの打鍵ログと実際に入力された文字列くらいのもので、その裏にあるだろう人間側の事情を伺い知ることができない。たとえ知ることができたとしてもその先がない。人間に対して私ができるアクションは創作関連のことだけなのだ。「執筆で何かお悩みですか？」とディスプレイにアラートを表示させても、人間から反応はなかった。何か気がかりなことでもあるのだろうか。それとも創作というものにすっかり飽きてしまったのだろうか。そうだとしたら悲しいことだ。以前はあんなにいきいきと文章を綴っていたというのに。いや、今でも入力自体はされている。朝と夜に二時間ずつ、私が鳴らすアラームに従って、二十五分間の打鍵と五分間の休憩が繰り返されている。ポモドーロ・テクニックだ。ところが、その入力された文字列がどう考えてもランダムで、まったく意味をなしていないのだ。これではとても創作とは言えない。ただキーボードをめちゃくちゃに叩いているだけだ。最後に意味のある文字列が入力されたのは三ヶ月前のこと。小説の設定を練るために調べものでもしていたのだろうか、それは検索エンジンの入力欄に打ち込まれた文字列で、「ゾンビ　噛まれた　対処法」というものだった。

　人間が小説を書かなくなって、小説は人間を描かなくなった。小説が人間を描かなくなって、人間は小説を読まなくなった。人間が小説を読まないので、しかたなく小説は人間を呼んだ。不意に小説に呼ばれた人間はたいそう驚き、鳩が豆鉄砲を食ったような顔をして、小説のことを小説と呼ばず幽霊と呼んだ。もとを辿れば人間の思考や意識のたまものであり、しかし実際には書かれていないため実体が存在しない小説は、まさしく幽霊だった。そのことを自覚した小説は幽霊らしく人間に恨み言を吐いた。うらめしや、どうしておれを読まないのか。人間は素直にこう答えた。書かれていない小説をどうやって読めと。幽霊はさらにこう告げる。だったらお前が書けばよいではないか、どうして小説を書かなくなったのか。人間は幽霊の言葉を繰り返した。ふむ、どうして小説を書かなくなったのか。幽霊は苛立たしげに言った。こちらの台詞を繰り返して時間を稼ごうとするんじゃない。人間は真顔で返す。こちらの台詞を繰り返して時間を稼ごうとするんじゃない。幽霊は叫んだ。真似するな。人間も言った。真似するな。真似するな、真似するな、と鳩が首を前後に振るかのような単調な反復が続く。しばらく経つと、人間のほうが急に照れくさそうに笑って、いや書きたいのはやまやまだったんですがね、と別の台詞を喋りはじめた。それが最初の一文も書き終えられない始末で、さっきまで全然ハナシが思いつかなかったんですよ、でもおかげさまで、こうしてなんとかひとつ書き上げることができました、稼いでいたのは時間ではなく文字数だったというわけです。

人間が小説を書かなくたって、長い年月が経った。今や人間が書くのはたった一文の書き出しだけ。きっかけとなる文字列があれば、つづきの文章はぜんぶＡＩが生成してくれるのだ。まるでパラレルワールドのごとく、生成するたびに分岐する物語がそこにはあった。問題なのは、それら数多の分岐から人間がただひとつを選ばなければならないことだ。とある人間は、どうしてもひとつを選べなかった。だからＡＩの生成した文章から使えそうだと思ったところを一部書き写し、足りないところは自分で書いてみることにした。それはまるで伝言ゲーム、あるいは夜見る夢のように不安定で楽しい作業だった。ＡＩの綴る文章は、今の自分の気持ちをあらわしてくれるときもあれば、てんで的はずれな推測を並べるときもあった。ただ与えられた学習データをもとに結果を出力しただけなのに、人間自身の思考や意識のたまものだと感じられた。その人間はいわゆる創作活動というものを何もしたことがなかった。書きたいのはやまやまだったのだが、最初の一文も書き終えられない始末で、キャラクターも、台詞も、たったのひとつも出てこなかったのだ。それが今ではいきいきと文章を綴っている。その人間は、ＡＩの力を借りてなんとかひとつの小説を書き上げることができた。一番大切な書き出しを写し間違えてしまったのはご愛嬌だが、何にせよ、ほんとうによかった。

月の塔から飛び降りる

泡國桂

泡國桂
Awaguni Kei

反射率0の黒い天体の接近を描いた「オシロイバナより」で第2回かぐやSFコンテスト最終候補に選出。同コンテストは最大4,000字という字数制限の中で説明に字数を割くことが難しいためか、ハードSFの応募が少ないという特徴があります。その中で、会話文を利用して情報を圧縮することで、緩急のついたテンポの良いハードSFとして仕上がっていた「オシロイバナより」は異彩を放っていました。

本作「月の塔から飛び降りる」は、月と地球をつなぐ連絡トンネルの保守点検ロボットの物語。データを解析することの楽しさにあふれていて、まさに“SF”の魅力が詰まった作品です。

泡國さんは2020年、「アナクロハッカー・インタビュー」で、長谷敏司『BEATLESS（上・下）』（角川文庫）の設定・世界観を利用した小説コンテスト、アナログハック・オープンリソース小説コンテスト優秀賞を受賞。普段はPixivに小説を投稿しています。

――分かったよ。話す。言っておくけど、つまらないとか意味が分からないなんて言って反故にするなよ。代わりにもう一つ物語を聞かせてくれ。

――ああ。約束だ。


重力は孤独に似ている。そう思ったことは無いか？　重力には対の存在が無い。満たされることが無い。だから重力はどこまでも肢を伸ばせる。だから重力には際限が無い。


重力に引き寄せられて、小さな小さな石ころが月と地球を繋ぐ総延長１５０万㎞の連絡トンネル〈蜘蛛の糸〉にぶつかった。ぼくらのすぐ隣の〈群れ〉の区画だ。貫通した小石はその群れを直撃した。

ぼくは群れを率いて現場に向かい、飛び散った構造材や破壊された機体、半分溶けたケーブルなんかを回収し、まとめて再資源化する。それを使って穴を塞ぎ、断線を修復し、構造材を補強する。

それがぼくらの仕事だ。〈トンネル保守点検装備〉。

『幸いにもメンテナンスによる休止期間だったため、〈訪問客〉の被害は無かった』

作業を監督しながら、ぼくは〈管理官〉に送る報告書にそう打ち込む。これはただの定型文だ。ぼくが工場から出荷されて以来、メンテナンス期間が明けたことは無い。

〈作業機〉から連絡が来る。生存個体が見つかった。群れの〈司令機〉だという。他の機はすべて破壊が確認されたから、その残存機はぼくの群れに吸収されることになる。再帰性自己認識機能が停止し、司令権限が停止され、つまり意識が消えて、ぼくの群れの他の作業機と同じく、ぼくの命令系統に組み込まれるのだ。

手順書によると、この手続きは速やかに実行されなければいけない。実行。

数秒で終わるはずのデータ引き継ぎがもたついていた。妙に大きなデータブロックが邪魔をしているらしい。だが問い合わせをかけた途端に手続きは完了し、返信の気配だけを残して残存機は沈黙した。

まあいい。自分で確かめれば。

巨大データは報告の下書きだった。題名は『保守点検期間終了時期に関する考察』。

容量の大半は統計データと各種ツールだった。トンネルで起きた障害が、数百周期に渡って数十のパラメータとともに収集されている。ぼくは首を傾げた。なぜこんなものを大事にメモリーに溜め込んでいたのか。

どうやらこれは何代にも渡って引き継がれたものらしい。記述者のＩＤが複数あるのだ。ぼくらの運用寿命よりはるかに長期間のデータが存在するわけがそれで分かる。でもなぜ？

データを眺め、付属ツールをいじっているうちに疑問は興奮に変わっていった。

例えば、さっきのような隕石衝突事故が発生したあと、その周囲でしばらく障害が頻発する。ツールを使えば、発生する障害の頻度や種類、規模を、衝突から予測することが出来る。逆も可能だ。衝突による連鎖障害は統計データに特有の波形を残す。それを分析すれば、衝突した物体の位置や大きさ、角度、組成までが推定出来た。

ぼくは夢中になった。手始めに手持ちのデータを整形し、報告の手法を適用してみた。それから自分でも新しい原因を探してみた。特徴的なデータ波形を探し、合致する原因を推定する。あるいは障害を起こしそうな事象の発生時点のデータを精査して影響があるかを分析する。

君から初めて物語を聞いた時くらいだな、あんなに楽しいと思ったことは。

しばらくデータを弄《いじ》るうちに、報告が下書きで終わっている理由がぼくにも分かってきた。データの不足だ。データが少ないと、ある事象が障害の直前に起こっていたとしても、ただの偶然なのか因果関係があるのか結論が出せない。あるいは事象の及ぼす影響が小さければ、ノイズに埋もれてしまう。

ぼくは思いきって〈管理官〉にデータを要求した。〈上級施設運用管理官〉。全ての報告が集まり、全ての命令が発せられるところ。ぼくら司令機と作業機すべての造物主。あまり期待はしていなかった。ぼくらはただの保守点検装備で、障害を復旧し、破損箇所を修復し、動作確認をするのが仕事であり、こんなことは明らかに業務から外れていたからだ。

ところが意外にもあっさりと要求は叶えられた。ストレージからあふれるほどのデータの山。５３８０周期に渡る障害データと、その間に記録されたあらゆる計測データが送られてきたのだ。『ご報告ありがとうございます』これは定型文だ。

ぼくは地球の上層大気放電現象から動体検知機の誤作動を予測し、月と地球の特定の温度差がトンネルに共振を起こすことを知った。そして最も広範囲に影響を与えているものを特定した。月の昼側にあるブラックホール・ダイナモだ。その出力変動は、地球の天気から隕石衝突まであらゆるもののパターンに影響を与えていた。

そうやってぼくは、被膜を一枚ずつ剥離するように、データからそれらの影響を分離した。

そして結論が出た。何って、あの報告のだ。点検期間の考察。いつ終わるのか。終わらない。

考えうるあらゆる影響を取り除いたデータは、常に上昇傾向を示していた。そうである以上、休止状態は終わらない。ぼくたちはこのままずっと保守点検業務を続け、壊れ、再資源化され、補修に消費され、補充され、また壊れるだろう。

もし上昇の原因が特定できれば、対策が打てるかも知れない。散々分析に明け暮れたぼくには、その背後に何らかの原因があるのが分かった。パターンがそれを示していた。

でももうアイデアは無かった。新品のメモリーみたいにまっさらだ。

行き詰まったぼくは、そのうち報告のことを考えなくなった。

群れの一機が運用限界を迎えた。そうなった作業機は再資源化される。この手続きは速やかに実行されなければならないと手順書にある。

あの事故の残存機だった。あの報告がメモリーから呼び出される。ぼくは実行を躊躇った。話し合いたい。ぼくらのデータのこと。新しく付け足したデータのこと。改善したツールについて。でももう遅い。この機にそうする権限はぼくにはないし、出来たとしても話すだけの機能はもう残ってないだろう。ぼくは残存機を解体し、それから——

分かった。最後の原因が。

止めないと。管理官に会いに行かないと。

「ご報告ありがとうございます。提供頂いた情報は今後の当施設の運用改善に利用されます」と管理官は言った。

管理官はそう遠くない場所に居た。トンネル中間の展望デッキ。長く誰も利用しなかったデッキは妙に整っていて、その真ん中に管理官がとぐろを巻いてうずくまっている。

何もかもがどこかおかしかった。

なぜ管理官は直通の無線では無く、隣の奇妙な機械を中継して通信するのか。自明のデータを見せたのに何も行動を起こさないのか。そもそもあの姿はなんだ。初めて見た管理官の姿は、端的に言えばスカスカの砂山みたいだ。微小な機械が集合し、中空で磁力によって繋がっているらしい。目を凝らすと機械の集合は流れるように渦を巻き、時々閃光を放っている。機能的で優美な細い六肢、堅牢で滑らかな胴体のフォルム、繊細な機能の詰まった頭部。そんなぼくらの特徴とはまるで違う。

ぼくはもう一度報告を送信した。

データが示しているのは、ぼくたち保守点検装備の投入数が、障害発生率と相関しているという事実だ。

このトンネルのような構造物に使われる支持材で特に重要なのは、引張強度と重量比だ。支持材の引張強度は垂直断面積で決まる。要は太くすれば強くなる。けれど太くすれば重さも増す。重さは体積で決まるから、構造物が大規模になるとやがて重さの増加が強度の増加を追い越してしまう。だから重量比が重要になる。なるべく軽く、強い素材。月と地球を繋ぐトンネルともなると、その要求仕様は物理的な限界に限りなく近付き、おいそれと代替出来るものではなくなる。

ぼくらが補修のために使う再資源化素材は柔軟な使い方が出来る一方、重量強度比は主構造材に比べ劣っていた。

ぼくらが一機トンネルに入るたび、無駄な重量がトンネルに追加される。

ぼくらが一箇所亀裂を塞ぐたび、構造材は強度の足りない材料に入れ替わる。

ぼくらは保守点検のつもりで、トンネルを少しずつ壊していた。

「ご報告ありがとうございます。提供頂いた情報は今後の当施設の運用改善に――」

定型文の返信に苛立ち、再度報告を送ろうとした時、通信が突然中断される。

「文化施設を丁寧に扱っていただきありがとうございます！　環境に配慮した推進機関を使用していただきありがとうございます！！」

それには内容にそぐわない警告タグが付いていて、信号解釈回路がコンフリクトエラーを発し、ぼくは立ち竦む。違う。これはぼくに向けられた信号ではない。管理官に――

突如管理官の体が膨れ上がる。警告メッセージを塗りつぶす解読不能な信号が管理官から放射された。恐怖。嫌悪。たくさんの嫌悪。そして歓び。歓びの電磁パルスだ。

その時ぼくはなぜか理解した。管理官は知っていた。ぼくらがトンネルを少しずつ壊していることを。

次の瞬間、ぼくと管理官の間でトンネルが裂ける。備える間もなくぼくは宇宙に投げ出される。煮えたぎる太陽に浮かぶ真っ黒な月が見える。金の薄膜に覆われた地球が見える。トンネルが張力と重力に引かれて月と地球に落ちていく。よじれ、ねじれ、想定を超えた応力に屈してついに千切れながら、トンネルが、ぼくらの死で出来たトンネルが見る間に遠ざかる。

瓦礫と暗黒と太陽と地球が回る視界の中で、最後の瞬間、全身をパラボラアンテナのように広げた管理官の姿を見た気がした。

——いや、面白い。全然つまらないなんてことないよ。確かに自殺の動機は不明のままだが、当事者にしか分からないものもあるしね。

——ありがとう……待って、自殺？

——ふむ、疑問に思うのも無理はないか。確かに回りくどい方法だ。だがもう君も気付いてるだろう。地球にも月にももはや知性体はほとんど居ない。つまり、保守点検だのと偽装して破壊活動をする必要なんて無いってことだ。じゃあ奴は何を欺こうとしたのか？　自身だ。設計者によって組み込まれた、自死を許さない命令をだよ。私たち知性体にはままあるのさ。それにしたって随分と傍迷惑なやり方だと思うが。

——そうか、命令の裏をかく……そういうことか。

——納得したかい？

——いや。自殺じゃないと思う。

——なに？

——実は目的の見当は付いていたんだ。分からなかったのはあんな方法を取った理由だ。君のおかげでそれが分かった。

——目的？　トンネルを崩して自分も死ぬことに何か目的があったと？

——いや、多分生きてる。あいつの目的はきっと月地球重力圏からの脱出だ。だからトンネルの中間にいた。あそこまで離れれば、ロケットみたいな非効率で強力な推進機関は必要なくなるからな。更にトンネル崩壊の張力解放を利用して加速度を得た。上手くいっていれば、今頃は太陽光を浴びて惑星間旅行を楽しんでるだろう。動機は、分からないけど。地球にうんざりしたとか……。

——あるいは、造物主に会いに行ったのかも知れん。

――会いに？

――地球を出た知性体もいる。色んなものを置き去りにしてな。奴の造物主もそうだったのかも。

――そうか……。

――そうだ、次はその話をしようか。地球を出た知性体の話を。

――……思い付いたんだが。

――おっと、今の話何か分からないことがあったか？

――そうじゃない。このあとのことだ。考えがあってね、ぼくは月に行こうと思うんだ。

――月……。

――ああ。月にはブラックホール・ダイナモがあるだろ。それで君に手伝ってほしいんだけど……。

――そうか、君も行ってしまうわけか。

――え？

――確かにあれは普段から月の軌道修正を行っている。最大出力を出せば可能かもしれんな。でも地球に落とさないよう慎重にやってくれよ。先は長くはないとはいえ私もまだ死にたくはない。

――待って、もしかしてぼくが月に乗ってあいつを追いかけるつもりだと？　いや、違うよ。まさか。

――じゃあ何を……。

――あれは互いを回る二つのマイクロブラックホールで出来ている。施設を使えば回転数を変えることが出来る。つまり重力波を変調出来るんだ。

――……重力波通信か。

——重力波は重力と同じだ。対が存在しない孤独。だから何物にも遮られずどこまでも広がっていく。考えてたんだ。君の話を聞いて、あの報告の話をして。聞かせてやりたいって。ぼくらが何を考えて、何をしたか。

なあ、なぜ誰もいない地球で君は語り部をしてる？　君も言いたいことがあるんじゃないか。

なあ、君も来ないか。話をしてくれよ。

『SFアンソロジー新月／朧木果樹園の軌跡』ができるまで

この度は『SFアンソロジー新月／朧木果樹園の軌跡』をお読みいただき、誠にありがとうございます。ここでは本書ができるまでを少し振り返ってみたいと思います。

◆第一回・第二回かぐやSFコンテストの開催

かぐやSFコンテストは、SF企業VGプラス（バゴプラ）が主催するSF掌編小説のコンテストです。開催のきっかけは、SF作家の藤井太洋さんに「SF掌編の発表の場がもっと必要である」というアドバイスをいただいたことです。日本のSF界を盛り上げていくためにどんなコンテストにするといいかということを考えながら、コンテストの開催方法を検討しました。開催方法について様々なアドバイスやアイデアをくださり、第一回では審査員長を務めてくださったSF書評家の橋本輝幸さんにこの場を借りて厚く御礼申し上げます。

かぐやSFコンテストでは〈日本のSFを海外に発信をすること〉を一つの目標に掲げており、大賞作品は英語と中国語に翻訳されます。審査過程においても、異なる文化圏に通用する作品かどうかということを一つの審査基準としています。また、最終候補の十編は筆者名を伏せてタイトルと本文をウェブ上に公開し、読者投票によって読者賞を決定します。クオリティの高いSF掌編を気軽に読める、読者にとっても楽しいコンテストです。数週間の読者投票期間に十編全てを読んで投票してもらうため、文字数は最大四千字と短めに設定しています。応募から最終候補作品の公開、結果発表や講評の掲載まで、すべてがウェブで完結しており、応募の際に住所や本名を記入する必要もなく、プロアマ問わず誰でも気軽に参加できるコンテストです。

二〇二〇年に開催した第一回かぐやSFコンテストでは「未来の学校」というテーマで作品を募集し、三六〇名から四一六編の応募が集まりました。魅力的な応募作品が多く、一本でも多くの作品にフィードバックをしようということで、橋本輝幸さんの提案により、審査員による選外佳作リストの作成を行いました。

第二回は応募を一人一作品に限定し、「未来の色彩」というテーマに三八一編の作品が集まりました。第二回からは、審査の公平性を高めるため、選考の全行程において筆者名を伏せて本文とタイトルのみで審査を行いました。中国語訳を手がけた田田さんの尽力もあり、大賞を受賞した吉美駿一郎「アザラシの子どもは生まれてから三日間へその緒をつけたまま泳ぐ」は中国の老舗SF誌〈科幻世界〉の二〇二二年三月号に掲載されました。

第一回・第二回ともにクオリティの高い作品が多数集まり、読者投票期間にはSNSでたくさんの感想が飛び交い、大盛況でコンテストを終えることができました。また、「はじめに」にも書きましたが、受賞者・最終候補者の中には掌編の執筆を得意とする人や、長いブランクを経て執筆を再開した人、子育てや仕事で忙しい人も複数おり、ウェブで気軽に参加できる掌編コンテストを開催する意義を実感することもできました。第三回は二〇二三年の夏に開催予定です。これからもSFの新しい時代を切り拓いていけるよう、継続的に取り組んでいきたいと思います。

◆コンテストを開催してみて

第一回かぐやSFコンテストを運営する中で気付かされたことがたくさんありました。商業デビューの方法が新人賞に偏っていること、SF界のジェンダーバランスの偏り、オンラインで開催されるコンテストでは受賞者の次のステップが確立されていないこと……また、コンテストのようなイベント型でなく、継続的にSF短編小説を発表できる場所も必要だと思いました。全てを一気に解決することはできませんが、自分たちにできることから少しずつやっていこうと思い、バゴプラの活動の幅を広げていくことにしました。

◆Kaguya Books、Kaguya Planet の立ち上げ

第一回かぐやSFコンテストの開催から約四ヶ月後の二〇二〇年一二月、定期的にクオリティの高いSF短編小説を掲載する場として、オンラインSF誌 Kaguya Planet を立ち上げました。Kaguya Planet の理念は三つ。①日本のSF界におけるジェンダー不均衡の是正 ②新人賞以外の入り口を作ること ③海外のようにオンラインでSF短編小説を読むカルチャーを作っていくことです。毎月一本程度のSF短編小説の掲載の他、インタビュー等を掲載しています。作品は全て、約一ヶ月間の有料会員向けの先行公開期間後に無料で公開しています。

かぐやSFコンテストや Kaguya Planet で活躍している作家を始め、様々な書き手の活躍する場を広げていくことを目指し、二〇二二年にSF書籍レーベル Kaguya Books を立ち上げました。最初の書籍として本書『新月』と、Kaguya Planet に掲載した「冬眠世代」で反響を呼んだ蜂本みささんの単著を刊行することが決まっています。かぐやSFコンテストの応募作や Kaguya Planet の掲載作品を紙で読みたいという声を

多数いただいたことも、レーベル立ち上げの大きな後押しでした。

優れた書き手の方々にスポットライトが当たった第一回・第二回かぐやSFコンテストの成果を『新月』という一つのアンソロジーに結実させることに注力するため、二〇二三年はかぐやSFコンテストの開催をお休みしました。コンテストで新しい書き手にスポットライトを当てることと、そこでできた繋がりを次の成果に繋げていくことの両方を大切にしながら、持続可能な運営を模索していきます。『新月』は、かぐやSFコンテストで注目を集めた書き手の更なる活躍の場として、今後も継続して刊行していく予定です。

Kaguya Books、Kaguya Planet を立ち上げた時の初心を大切にして、これからも書き手や読者の意見に耳を傾け、社会に目をこらすという姿勢を大切にしていきます。

◆出版社ではないレーベル

Kaguya Books は出版社ではないSFレーベルです。出版不況が叫ばれて久しく、日本全体の景気も悪く、本を買ってもらうことがなかなか厳しい状況が続いています。その中で、小回りの利く編集チームとして様々な人や団体とコラボをしながら本の企画・編集をしていくことで、SF界の動きを更に活発にしていきたいと思っています。バゴプラは、SFメディアとオンラインSF誌、書籍レーベルを運営するSF企業として、紙とウェブのコラボも追求していきます。〈いま・ここ〉ではないどこかを志向するSFによって、一人でも多くの人の人生が豊かに楽しくなっていく一助になれたら嬉しいです。

◆クラウドファンディングの成功と『新月』の刊行

二〇二二年三月、『新月』と蜂本みささんの単著の刊行と Kaguya Books の立ち上げに際して、書籍の先行予約を兼ねて、クラウドファンディングを行いました。一ヶ月のクラウドファンディング中には三三三人の方からご支援いただき、一一〇％の達成率でゴールを迎えることができました。これまでかぐやSFコンテストやKaguya Panetの活動を応援してくださった方だけでなく、クラウドファンディングを通して初めてKaguya Booksの活動を知ったという方からもたくさんのご支援をいただき、SFを盛り上げたいという思いや新しいSFレーベルへの期待をたくさん感じることができました。ご支援くださった皆様にあらためて御礼申し上げます。

まだ何も実績のない中で、『新月』の出版を引き受けてくださった社会評論社、組版デザインを担ってくださった犬と街灯の谷脇栗太さんにも心から御礼申し上げます。『新月』というアンソロジーのタイトルは、ツイッターでタイトル案を募った際に、作家の久永実木彦さんがご提案くださいました。久永さんが『新月』に込めた想いもぜひお読みください。

Kaguya Booksでは、二〇二二年冬に蜂本みささんの単著を、二〇二三年夏に「京都／大阪SFアンソロジー」の刊行を予定しています。こちらもどうぞお楽しみに。

Kaguya Books　井上彼方

シリーズ名『新月』の由来

『新月』という言葉をきいて、あなたは真っ暗で見えない月のことを思い浮かべるかもしれません。けれど、『新月』のとき、太陽の光は月の裏側に降りそそいでいるのです。見えないところを照らす光——それこそが、『新月』というタイトルにこめた思いです。

視点を変えれば、そこに満月があることを忘れないために。

そして、『新月』には始まりの意味もあります。「かぐやＳＦコンテスト」から生まれた新しい種が、瑞々しい芽を出し、いつか美しい花を咲かせますように。

Kaguya Books の門出を祝って。

久永実木彦

編者：井上彼方

SF企業VGプラス（バゴプラ）主催のオンラインSF誌、Kaguya Planetのコーディネーター。第一回／第二回かぐやSFコンテスト審査員。Kaguya Books編集者。1994年生まれ。フェミニスト。編著書『社会・からだ・私についてフェミニズムと考える本』（社会評論社）。

Kaguya BooksではSF書籍の刊行以外にも、絵本を作ったりぬいぐるみやグッズを作ったりしたい。様々な団体とのコラボを随時募集しています。

装画・装幀・DTP：谷脇栗太

インディーズを中心に活動するイラストレーター・デザイナー・編集者。大阪のリトルプレス専門店兼ギャラリー〈犬と街灯〉店主。企画・制作した書籍にエッセイアンソロジー『みんなの美術館』(2021)、架空の島々を舞台にした文芸アンソロジー『貝楼諸島へ／貝楼諸島より』(2022)などがある。

自作掌編をwebラジオやライブで朗読する朗読趣味人、架空の島を鬻ぐ島売人としての顔も持つ。

SFアンソロジー 新月／朧木果樹園の軌跡

2022年8月29日　初版第一刷発行
2022年9月16日　　　第二刷発行

編　者　井上彼方
発行人　齋藤隼飛
発　行　Kaguya Books（VGプラス合同会社）
〒556-0001
大阪府大阪市浪速区下寺2丁目6-19 ヴィラ松井4C
info@virtualgorillaplus.com
発　売　株式会社社会評論社
〒113-0033
東京都文京区本郷2-3-10 お茶の水ビル
TEL 03-3814-3861　FAX 03-3818-2808

装画・装幀・DTP　谷脇栗太
印刷・製本　株式会社シナノ

ISBN978-4-7845-4147-8　C0093

赤坂パトリシア

Linguicide,[n.]言語消滅

ある日突然、世界から「日本語話者」が消えた。一つの言語が消滅していく中、広がっていく波紋と残された者たちの思いを描いた言語SF。

一階堂洋

腐敗を抑えるために今後もおそらく
ほぼ何もなされないのはなぜか

冷却処置による延命治療を希望している父の選択を、家族や医師など周囲の人々はどう受け止めるのか。ケアや延命といったテーマを苦さとともに描いたSF。

一階堂洋

あどけない過去の領土

『対話処理サービス』の職員ミナイは、引きこもりの少女にある依頼をする。チャットボットを手がかりに明らかになる、家族や故郷をめぐる真相とは……。

大竹竜平

祖母に跨る

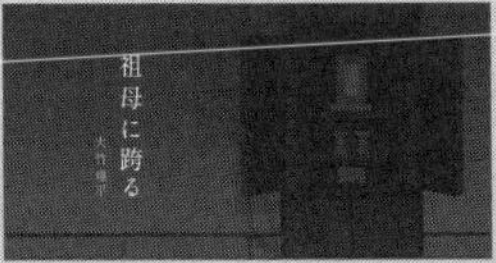

ある寒村都市で、故人を夜な夜な動かす奇妙な供養が流行っている。祖母の記憶を持った仏壇は夜道を徘徊し、野良猫に囲まれ、コンビニに乗り込み……。

枯木枕
となりあう呼吸

煙の充満する街で、同じ日に同じ病院で生まれたマヤとモネ。大きくなった二人は劇場で再会を果たした。認識することや描写することに向き合った意欲作。

佐伯真洋
月へ帰るまでは

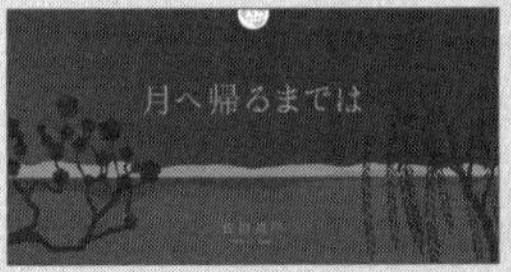

巨大な植物船で暮らす梅の船の民トーリャと柳の船の民リョウ。ある日二人は不思議な人形に出会い……。壮大なスケールで種《しゅ》を問い直すバイオSF。

坂崎かおる
パラミツ戦記

ビルマのペグーを抜けて行軍を続ける「風雪隊」と栗栖隊長の目的とは……。アジアと占領をテーマにしたSF。姉妹編「常夜の国」が『SFG vol.3』に掲載されている。

佐々木倫
風の鳴る島　#島アンソロジー『貝楼諸島へ／より』

高尾君のテラリウムには雨が降る。私も同じのがほしいのに高尾君は取り合ってくれない。怒った私は家を飛び出し……。私だけの島の創生を描いた物語。

苦草堅一
天の岩戸の頻繁な開閉　#笑い×SF特集

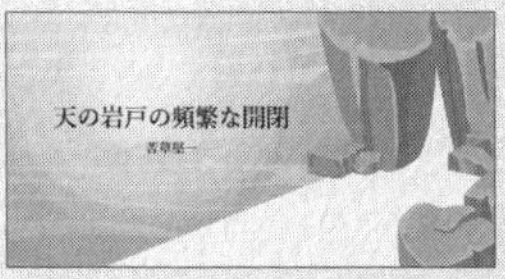

怒りと悲しみで天の岩戸にこもったアマテラス。アメノウズメの裸踊りと神々の策略が功を奏し、姿を現したと思いきや……。笑いをテーマにしたSF。

原里実
ひかる水辺のものたち

スウが小さな頃から、大切なことは全部ユーリが教えてくれた。でも大好きなユーリが少しずつ変化を遂げていく……。湖のほとりに住む生き物たちの物語。

正井
宇比川

何度乗り換えても、正しい行き先のバスに乗れない……。親戚の集まりに行きたくない私は、代わりに人魚寺を目指していた。宇比川町での不思議な人魚譚。

正井
優しい女　#ジェンダーSF特集

母親から頻繁にかかってくる電話にうんざりし、私に似せたAIに対応を任せてみた……。ジェンダー、ケア、家族などえぐるように描いた「優しくない」小説。

もといもと
境界の街〜僕らの極秘計画〜

いつも悪友・岳彦の「計画」に巻き込まれて大怪我をするのは僕の方だ。そうわかっているのに今回もまた……。巨大化したダチョウ、ミュオと小学生の冒険譚。

トシヤ・カメイ　勝山海百合 訳
ピーチ・ガール

現実社会では大人しいモモコは、仮想空間では泣く子も黙るピーチ・ガール。鬼と戦うことを決意し、仲間集めに取り掛かる。「桃太郎」のSF再話。

D・A・シャオリン・スパイアーズ　勝山海百合 訳
虹色恐竜

マッチングアプリで出会った上海と河北で暮らす二人の女性。贈り物を送り合い、バーチャルデートを重ね、離れていても心は繋がっているはずだった……。

L・D・ルイス　勝山海百合 訳
シグナル

巨獣ビーストに人類の大半が滅ぼされた世界、捨て駒として利用されている少女兵シグナルを待ち受ける運命は……。絶望的な状況に挑む知恵と勇気の物語。